Erinnerung an die Träume

Für meine Söhne
Noah und Jonas
und das Leben,
das mich tagtäglich das Träumen lehrt ...

NICKY GEHRMANN

Erinnerung an die Träume

Glaub an Dich!

Bibliografische Information der Deutschen Nationalbibliothek
Die Deutsche Nationalbibliothek verzeichnet diese Publikation
in der Deutschen Nationalbibliografie; detaillierte bibliografische
Daten sind im Internet über http://dnb.dnb.de abrufbar.

© 2019 Nicky Gehrmann
Lektorat: Lektorat Bücherseele, Natalie Röllig
Grafik: Jica/ Pattern image/ Shutterstock.com
Coverdesign, Satz, Herstellung und Verlag:
BoD – Books on Demand
ISBN 978-3-7494-4141-9

Inhalt

Traumreise

Dunkle Nacht,
eine Sternschnuppe fällt.
Jetzt wünschen sich viele
in eine andere, verträumte Welt.

Du suchst die Tür,
den Weg dorthin,
er liegt tief verborgen in dir,
mittendrin.

Deine Träume, Hoffnung, Phantasie
weisen dir den Weg.
Deine Sehnsüchte öffnen dir das Tor,
lassen dich herein.

Für einen Augenblick der Stille
begibst du dich auf eine Reise
durch deine Welt,
einfach so, wie es dir gefällt.

Ein Regenbogen steht fest
am Himmel.
Mitten in der Nacht
blühen sonnengelbe Primeln
in wunderschöner Pracht.

Der Wind flüstert leise
ein zartes Lied.
Es begleitet dich
auf Schritt und Tritt.

In deiner Welt der Phantasie
kannst du über Regenbogen steigen,
auf Einhörnern durch die Lüfte schweben.
Dort findest du das Land der Harmonie,
wo schillernde Pflanzen aus dem Wüstensand treiben ...

Komm, Träumer,
komm herein ...

Kapitel 1 – Prolog

Hier, Frau Bergmann, sehen Sie sich das an!«, leitete Frau Erhard, Annas Klassenlehrerin, das Gespräch ein und legte Annas Mutter mit einer entrüsteten Geste die handgeschriebenen Zeilen vor.»Sie hat dieses Gedicht während des Mathematikunterrichts verfasst! So etwas geht doch nicht! Da braucht man sich über ihre schwachen schulischen Leistungen nicht zu wundern!« Anna, die neben ihrer Mutter im Klassenzimmer Platz genommen hatte, fühlte sich zunehmend unwohl. Nur mit großer Mühe gelang es ihr, ruhig auf dem Stuhl sitzen zu bleiben. Angespannt wartete sie die Reaktion ihrer Mutter ab. Bevor sich diese aber zu Wort melden konnte, sprach Frau Erhard ungebremst weiter.

»Die Versetzung Ihrer Tochter in die neunte Jahrgangsstufe ist leider gefährdet, Frau Bergmann. Sie müsste sich in den nächsten Wochen deutlich verbessern, damit ich Ihnen eine positivere Perspektive geben könnte. Insbesondere in den Fächern Mathematik und Englisch hat sie erhebliche Schwierigkeiten. Ihre Leistungen in Deutsch wären ganz passabel, wenn sie sich bei den Aufsätzen nicht immer in den Details verlieren würde«, seufzte Frau Erhard und schob ihre Hornbrille, die ihr ständig von der Nase rutschte, wieder nach oben.

Annas Mutter räusperte sich und schüttelte den Kopf. »Ich verstehe das nicht, Anna ist so bemüht, sie bekommt mehrmals pro Woche Nachhilfe und wiederholt regelmäßig den gesamten Unterrichtsstoff der letzten Tage. Ihre Aufsätze finde ich immer sehr phantasievoll.«

»Ja, das ist natürlich sehr anerkennenswert, aber im Moment reicht das nicht aus. Ich habe mich mit ihrem Mathelehrer, Herrn Radec, unterhalten und ihn um seine Meinung gebeten. Wir sind beide zu dem Schluss gekommen, dass Anna deutlich hinterherhinkt«, konterte Frau Erhard und begann etwas in ihren Aufzeichnungen zu suchen. »Da, sehen Sie, hier habe ich einen Eintrag von Herrn Radec:

Anna hat sich heute nicht für den Mathematikunterricht interessiert und diesen durch ihr Benehmen nachhaltig gestört. Sie blickte ständig aus dem Fenster und erzählte etwas von einem Regenbogen. Daraufhin sprangen die anderen Mädchen alle auf, um nach draußen zu sehen. Sie waren nur sehr schwer wieder auf ihre Plätze zurückzubringen. Der Unterricht konnte nicht wie geplant weitergeführt werden.«

Frau Erhard las diesen Zwischenfall vor, als käme er einem Verbrechen gleich. Entrüstung stand ihr ins Gesicht geschrieben.

Annas Mutter schmunzelte. »Nun ja, Frau Erhard, Anna hat eben einen besonderen Blick für die vielen kleinen und großen Dinge, die das Leben schöner machen.«

»Aber ein Regenbogen hat nichts im Mathematikunterricht zu suchen!«, unterbrach sie Frau Erhard streng.

Anna hielt das Schweigen, das von ihr gefordert wurde, nicht länger aus. »Es waren drei Regenbogen, drei und nicht einer!«, sagte sie trotzig. »Und es war wundervoll! Wann sieht man schon drei strahlende Regenbogen auf einmal?«

Frau Erhard starrte Anna fassungslos an. Ohne auch nur mit einem Wort auf sie einzugehen, wandte sie sich erneut an ihre Mutter. »Ich glaube, Sie nehmen das nicht ernst, Frau Bergmann. Das ist ja nur ein Moment von vielen, in denen uns Ihre Tochter unkonzentriert und abwesend erscheint. Sie wirkt regelrecht verträumt – Sie sollten mit ihr mal zu einer psychologischen Beratungsstelle gehen und sie testen lassen!«

Die rechte Augenbraue ihrer Mutter zuckte; Anna wusste, was das bedeutete: Sie war kurz davor, die Fassung zu verlieren.»Ich finde, Sie betrachten Anna zu einseitig, und wie mir scheint, haben Sie sie bereits in eine Schublade gesteckt, aus der es schwer sein wird, wieder herauszukommen. Natürlich spreche ich mit ihr und bitte sie, ihre Klasse in Zukunft nicht mehr zu stören, indem sie so etwas Profanes wie einen Regenbogen bewundert. Aber vielleicht könnten Sie auch einmal darüber nachdenken, wie es für ein 14-jähriges Mädchen ist, das sich bald von ihrem gewohnten Zuhause trennen muss, da sich die Eltern scheiden lassen. Noch dazu ist es gerade erst ein Jahr her, dass Annas geliebter Großvater gestorben ist, an dem sie sehr hing. Vielleicht, Frau Erhard, ist es in so einer Situation normal, dass sich Kinder auffällig und nicht konform verhalten!«

Annas Mutter griff dabei nach den Händen ihrer Tochter und drückte sie liebevoll. Diese kämpfte bereits mit den Tränen. Sie hatte beschlossen, aus dem Erwachsenengespräch auszusteigen und die vielen vorbeiziehenden watteartigen Wolken am Himmel zu beobachten.

»Sehen Sie! So verhält sich Ihre Tochter häufig im Unterricht!«, zischte Frau Erhard daraufhin.»Außerdem ist das noch nicht alles, warum ich Sie heute einbestellt habe.«

»Ach ja? Was hat denn meine Tochter außerdem verbrochen? Hat sie noch von anderen Naturschauspielen geschwärmt?«

Frau Erhard kramte in ihrer Ledertasche, die so steif und altmodisch wirkte wie die Lehrerin selbst. Die Zeit schien für sie vor Ewigkeiten stehen geblieben zu sein.

»Da, sehen Sie! So etwas bei uns zu verbreiten – unmöglich! Die Schule ist doch keine politische Organisation und darf sich auch keiner anschließen!« Mit diesem Satz klatschte Frau Erhard mehrere farbige Flugzettel auf den Tisch, auf denen mit großen roten Buchstaben stand:

Rettet die Robbenbabys und die Delfine! Lasst nicht zu, dass sie sterben müssen, und unterschreibt auf dieser Liste!

Annas Mutter blickte ihre Tochter verwundert an. Die versuchte, ihr mittlerweile hochrotes Gesicht hinter den langen dunkelblonden Haaren zu verstecken. »Anna, was hast du dir dabei gedacht?« Sie verstand diese Frage nicht. Es war doch klar, was sie sich dabei gedacht hatte. Vor Kurzem hatte sie in einem Zeitungsbericht von dem grausamen, sinnlosen Tod dieser wunderbaren Lebewesen erfahren. Sie wollte helfen, dass die Menschen darüber nachdachten, was sie taten, und endlich damit aufhörten.

Anna ahnte, dass sie in diesem Gespräch nur verlieren konnte. Mit ihren 1,50 Metern und als Kleinste in der Klasse fühlte sie sich erstmals tatsächlich winzig und machtlos.

Als ihre Mutter Frau Erhard versprach, dass so etwas nicht mehr vorkommen werde, beschloss sie, für den Rest des Gesprächs still auszuharren.

Erst als sie zusammen auf dem Heimweg im Auto saßen, brach Anna ihr Schweigen.

»Was ist daran so schlimm? Ich wollte helfen und etwas gegen dieses gemeine Abschlachten der Robbenbabys und Delfine tun. Ich hätte versucht, genug Unterschriften zusammenzubekommen, und sie dann an die jeweiligen Regierungen der Länder geschickt, die das zulassen.«

Ihre Mutter schüttelte den Kopf. »Du glaubst, du hättest damit etwas bewirken können?«

Anna nickte und spürte, wie ihr die Tränen kamen, da sie in der Stimme ihrer Mutter Zweifel wahrnahm. Es war klar und deutlich herauszuhören, dass sie ihr das nicht zutraute. Betrübt sank sie auf ihrem Platz im Auto zusammen.

»Anna, du musst endlich mal die Realität akzeptieren! Morgen kommen die Möbelpacker und wir ziehen aus, und alles, was du tust, ist dich mit Dingen zu beschäftigen, die du nicht ändern kannst! Du hast deine Sachen immer noch nicht vollständig gepackt, ganz zu schweigen von den vielen Postern von diesem Jungen, mit denen du deine Wände tapeziert hast ... Wie heißt er noch mal? Na ja, ist auch egal, jedenfalls solltest du endlich alles abnehmen. Die neuen Eigentümer wären davon nicht begeistert. Ach Anna, wann hörst du endlich auf, dich da in was hineinzuspinnen?«

»Er heißt Noah!«, flüsterte Anna leise. Mehr brachte sie nicht heraus. Die Tränen erstickten ihre Stimme. Warum verstanden ihre Mutter und auch ihr Vater sie nicht? Ihre große Schwester war schon lange ausgezogen und führte längst ihr eigenes Leben. Sie hatte das Gefühl, zu keinem zu gehören. Anna war einfach total anders als diese vernünftigen, logisch denkenden Erwachsenen. Warum sollte sie nicht etwas mit ihrer Unterschriftensammlung bewirken können? Nur weil sie noch ein Kind war?

Nachdem sie zu Hause angekommen waren, schlich Anna sofort in ihr Zimmer und verschloss die Tür. Draußen dämmerte es bereits. Das einzige Licht, das Anna einschaltete, war das ihres Weltglobus. Sehnsüchtig drehte sie die Erdkugel ein paarmal, bis sie USA – Kalifornien – erblickte.

»Noah, wenn ich doch nur eine Chance hätte, zu dir zu kommen und dich kennenzulernen«, seufzte Anna. »Vielleicht würdest du mich verstehen und mich hier rausholen, ich halte das alles nicht mehr aus!«

Niedergeschlagen begann sie ganz vorsichtig ein Poster nach dem anderen von den Wänden abzunehmen. Als sie damit fertig war, legte sie sich aufs Bett. Ein Lächeln huschte über ihr trauriges Gesicht, als sie das letzte Poster an der Decke erblickte.

»Hallo Noah, da bist du ja auch noch! – Wie soll ich da nur rankommen?«

Im gleichen Moment riss die Türklingel Anna aus ihren Träumereien. Sie lief in den Flur und öffnete die Haustür.

»Hallo Sofie!«, begrüßte sie ihre Freundin erleichtert und zog sie an der Hand sogleich mit in ihr Zimmer. Kurz danach lagen sich die beiden Freundinnen in den Armen.

»Ich bin so froh, dass du da bist!«, schluchzte Anna und vergrub ihr Gesicht in Sofies Haaren, die fast einen Kopf größer als sie war. »Du kannst dir nicht vorstellen, wie schrecklich der Termin bei Frau Erhard heute Nachmittag war! Wenn ich doch wenigstens so eine gute Schülerin wie du wäre, dann hätte sie mir meine Tierrettungsaktion auch nicht so nachgetragen!«

»Ach, mach dir nichts draus!«, versuchte sie Sofie zu trösten. Du musst nur noch dieses eine Schuljahr halbwegs überstehen, dann bist du diese doofe, zickige Kuh los, da sie ja in der 9. Jahrgangstufe nicht unterrichtet.«

»Ja, bei dir klingt das alles so einfach und logisch. Wenn ich doch nur so denken könnte«, antwortete Anna traurig und wischte sich die Tränen aus dem Gesicht.

»Anna, egal was passiert, ich werde immer da sein! Nur weil du Probleme in der Schule hast, hier ausziehst und deine Eltern sich trennen, verlieren wir uns doch nicht! Und außerdem darf ich heute bei dir übernachten!«

»Echt? Das ist ja super! Meine Mutter meinte schon, dass

sie heute die halbe Nacht in unserer neuen Wohnung soweit alles herrichten muss, damit morgen beim Umzug alles klappt. Eigentlich sollte meine Schwester noch vorbeikommen, damit ich nicht alleine bin, nur die ist auf einer Party eingeladen und hat mich gebeten, dass ich es nicht unserer Mutter verrate.«

»Na dann machen wir uns eben einen schönen Abend! Es soll richtig viele Sternschnuppen geben, habe ich im Radio gehört!«, erwiderte Sofie.

»Wirklich?«, fragte Anna und ihre blauen Augen begannen zu strahlen. Sie liebte es, bis spät nachts draußen in dem wunderschönen Garten zu sitzen und die Sterne zu beobachten.

»Das wird die Nacht der Nächte!«, schwärmte Sofie und strich sich die langen dunklen Locken aus dem Gesicht.

»Wen interessiert da schon, was morgen ist!«

»Ja, Sofie, das wird unsere Nacht!«, kicherte Anna, die für einen Augenblick ihren Kummer vergessen hatte.

Kapitel 2 – Sternschnuppennacht

Es war fünf Minuten vor Mitternacht. Der Abend war bereits vor vielen Stunden über den kleinen Ort am Rande der beeindruckenden und wunderschönen Alpen hereingebrochen. Die beiden 14-jährigen Mädchen saßen in ihren Nachthemden und in warme weiße Decken gehüllt draußen auf der Terrasse. Sie blickten in den samtblauen Himmel, der mit goldgelb funkelnden Sternen übersät war. Der Mond legte über alles einen zauberhaften silbrigen Glanz.

Wehmütig betrachtete Anna noch einmal die verschiedenen Bäume, auf die sie früher oft geklettert war, die Büsche, unter denen sie sich besonders gut verstecken konnte, und die Kletterrosen, die einen angenehmen und süßlichen Duft verströmten.

Warum wollten alle Erwachsenen um sie herum, dass sie mit dem Träumen aufhörte? Weshalb waren sie so sicher, dass es keinen Sinn machte, sich für etwas einzusetzen, nur weil man noch nicht wusste, wie das Ganze ausging? Erneut spürte sie den starken Wunsch, dieser erwachsenen Welt der Kälte und des ständigen Leistungsdruckes zu entfliehen. So wollte sie auf keinen Fall werden, dachte sie trotzig und schüttelte dabei den Kopf.

»Was ist?«, fragte Sofie, der nicht entgangen war, dass Anna gerade mit ihren Gefühlen kämpfte.

»Nichts, es ist nur, dass ich immer wieder daran zweifle, ob ich hierhergehöre, ich denke und fühle doch so anders als die meisten um mich herum ... Du bist die Einzige, die mich versteht.«

Sofie nickte. »Wie schön wäre es, in eine andere Welt zu

fliegen?«, fragte sie und starrte unentwegt in den tiefen Nachthimmel.

»Wunderschön!«, antwortete Anna. »Stell dir vor, dort wäre dein Liebling Joshua, der nur auf dich wartet, und Noah, und wir könnten machen, was wir wollen, frei sein, kein doofer Schulalltag mehr.«

»Ich bin sicher, irgendwo da draußen gibt es Leben in einer Weise, die für uns unbegreiflich ist«, erwiderte Anna leise und sank noch tiefer in die wärmende Wolldecke neben Sofie.

»Sieh nur, Anna! Da oben am Himmel stehen Sterne, die funkeln so stark, dass man denken könnte, sie wären ganz nah, und andere strahlen so schwach, dass man sie kaum sehen kann«, sagte Sofie mit gedämpfter Stimme.

Anna blickte nachdenklich auf den mitternächtlichen Himmel. »Ja, und schau mal, da links, genau über der Spitze des Berges! Die Sterne, die so hell leuchten! Wenn man sie verbindet, bilden sie einen richtigen Bogen. Wie ein Regenbogen.«

»Es könnte aber auch ein großes Tor sein, das in eine andere Welt führt, Anna!«

Kaum hatte sie das ausgesprochen, fiel eine Sternschnuppe von einem Stern in der Mitte des Bogens. Anna sah diesen kleinen, so weit entfernten goldenen Funken. Sie schloss die Augen und wünschte sich ganz fest, dass ihre Träume in Erfüllung gingen. Als sie langsam die Augen wieder öffnete, war die Sternschnuppe immer noch zu sehen.

»Das gibt es doch gar nicht«, wunderte sich Sofie. Denn anstatt dass diese Schnuppe, die mit unendlich vielen Wünschen behaftet war, kleiner wurde und sich im tiefen Schwarz des Universums verlor, wurde sie immer größer, und es machte den Anschein, als näherte sie sich. Anna traute ihren Augen nicht und auch in Sofies Blick spiegelte sich die Verwunderung und zugleich Hoffnung auf Erfüllung ihrer Träume. Anna war zu erstaunt, um noch ein Wort zu sagen. Die Sternschnuppe war gar nicht das, wofür Anna sie gehalten hatte, sondern ein großes leuchtendes Etwas, und dieses geheimnisvolle Etwas schwebte direkt über ihnen. Anna konnte es nicht glauben. Was war das? Sie fasste ihre Freundin aufgeregt an der Hand. Ihre Knie zitterten, als sie beide barfuß über das kühle, feuchte Gras auf das unbekannte Wesen zuliefen. Dort setzten sie sich erwartungsvoll auf den weichen Boden, den Blick unverwandt auf das fremde Wesen gerichtet, das nun, da sie ihm so nahe gekommen waren, sonderbare Töne von sich gab. Es klang wie ein helles, zartes Glockenspiel, das Anna in einen geheimnisvollen Bann zog. Das Wesen wirkte friedlich und diese Musik empfand Anna als wunderschön, obwohl sie etwas Vergleichbares noch nie gehört hatte.

Das Wesen landete ganz sanft, ohne große Anstrengung, und das helle Licht, das von ihm ausging, nahm langsam an Intensität ab, bis es schließlich erlosch. Anna konnte nun teilweise im Mondlicht die Umrisse erkennen. Es war kein Ufo, keine Raumfähre oder irgendetwas Ähnliches. Kein Roboter oder eine Dampfmaschine, kein abgestürzter Satellit, sondern es war ganz eindeutig ein Lebewesen. Es war mindestens fünfzehn Meter lang und zwei bis drei Meter breit. Es glich von seinen Formen denen einer riesigen Robbe. Das weiße Fell glänzte im silbernen Mondschein, der Kopf war sehr groß und die gutmütig wirkenden Augen glitzerten und funkelten in den Farben des Regenbogens.

»Wer bist du?«, fragte Sofie stockend und blickte das riesengroße Tier ernst an.

»Ich werde in meiner Welt Flinka genannt«, ertönte eine

glockenklare Stimme, und jeder Ton, der aus Flinkas Mund erklang, verhallte geheimnisvoll im Nichts.

»Du kannst sprechen?«, fragte Anna, die sich aufmerksam zu den Häusern ihrer Nachbarn umdrehte und überrascht feststellte, dass wohl niemand außer ihnen von Flinka Notiz nahm.

»Nicht jeder Mensch kann mich verstehen, es liegt an ihm, ob er mich sieht, mich hört oder mit mir spricht«, antwortete Flinka sanft. »Dort, wo ich herkomme, verständigen wir uns alle durch eine Sprache, es ist die Sprache des Herzens und der Gefühle, nur Menschen, die das nicht verlernt haben, können uns verstehen.«

Die Mädchen nickten und Anna war gespannt, was wohl geschehen würde.

»Ich habe die Aufgabe, euch mitzunehmen, um euch näher an eure Träume heranzuführen. Ihr habt nun die Wahl, mir zu vertrauen und Dinge in Bewegung zu setzen, die ihr nicht für möglich gehalten habt, oder aber hierzubleiben und euren Verstand über euer Herz siegen zu lassen. Das ist dann der sicherste Weg ... aber auch der, der euch bestimmt nicht zu euch selbst führen wird ...«

»Ist das wirklich wahr? Oder alles nur ein wunderschöner Traum?«, fragte Sofie.

»Das müsst ihr schon selbst herausfinden. Hört auf eure innere Stimme, sie ist niemals falsch. Nur auf eines müsst ihr achten: Vergesst niemals eure Träume und Wünsche, verliert nie eure Phantasie, denn dann gibt es kein Zurück mehr für euch.«

»Unsere Träume vergessen? Nie könnte ich Noah vergessen, ich wäre der glücklichste Mensch, hätte ich nur die Chance, ihn kennenzulernen!«, rief Anna in die Stille der Nacht.

Sofie stimmte ihr nickend zu.

»Dann steigt auf meinen Rücken und ich bringe euch in meine Heimat, man nennt es das Traumland.«
Sofie und Anna zögerten nicht lange und kletterten auf Flinkas weichen, warmen Rücken. Die kindliche Neugierde siegte über jegliche aufkommende Angst vor dem Unbekannten.

»Haltet euch fest!«, rief die Robbe und ihre Stimme klang wieder wie viele helle Glocken, die langsam in der unendlichen Weite der Nacht verhallten. Mit einem Ruck hob Flinka ab und flog höher und höher. In Annas Bauch kribbelte es, sie konnte noch immer nicht fassen, was gerade geschah. Jegliche Höhenangst, die sie bisher von sich kannte, wich der wachsenden Neugier nach dem Neuen, das vor ihr lag. Sie fühlte sich vollkommen sicher auf Flinkas Rücken, die stolz und würdevoll flog. Trotz ihres großen und schweren Körpers glitt sie elegant und schnell durch die Lüfte, ohne jegliche Anstrengung. Anna überkam ein irrsinniges Glücksgefühl. Leicht und losgelöst von allen Ängsten und geborgen auf Flinkas Rücken, der sie behutsam durch das samtene Dunkel trug, lächelte sie Sofie an, deren Gesicht vor Freude strahlte. Plötzlich wurde es taghell und Anna musste die Augen schließen, bis sie sich an das grelle Licht gewöhnt hatte. Flinka flog jetzt langsamer, aber immer noch würdevoll. Auf einmal tauchten wunderschöne Farben auf, sie leuchteten, glitzerten, schillerten, und verschwammen dann wieder vor Annas Augen. Es schien, als durchflögen sie einen Tunnel, der sich um die eigene Achse drehte. Und in diesem fanden Farbenspiele statt, die Anna mit keiner ihr bekannten Farbe vergleichen konnte. Sie leuchteten wie Juwelen, Smaragde, wie warme, helle Sonnenstrahlen. Alles um sie herum begann sich zu drehen, begleitet von einer zauberhaften, beruhigenden Musik.

Das musste sie unbedingt erzählen, wenn sie wieder zurück war, das würde ihr niemand glauben. Die Farbenspiele und die wunderschöne Melodie ließen sie immer schläfriger werden. Trotz aller Bemühungen war es Anna nicht mehr möglich, die Augen offen zu halten. Eine tiefe Schwere und angenehme Wärme durchdrangen ihren Körper, ließen sie in das weiche Fell sinken und für die restliche Reise in das Traumland schlafen.

Kapitel 3 – Ankunft

Langsam öffnete Anna die Augen. Hatte sie geschlafen? Daran, wann und wie sie eingeschlummert war, konnte sie sich gar nicht mehr erinnern. Seltsam, dachte sie und nahm erst jetzt die Umgebung wahr. Auf einmal erschrak sie fürchterlich. Ein großer Vogel von mindestens zwei Meter Höhe, mit einem weißen Hackschnabel und einem elfenbeinfarben schimmernden Horn auf dem Kopf, starrte ihr unverhohlen entgegen. Anna raffte sich etwas verwirrt von dem sandigen Boden auf. Sie stand in einer kleinen Senke zwischen grasbewachsenen Hügeln und musterte die weite grüne Landschaft, deren hohes Gras von unzähligen blauen Kornblumen durchsetzt war und von einem leichten, warmen Wind wellengleich hin und her gewiegt wurde. Der eigenartige Riesenvogel blickte ihr noch immer neugierig ins Gesicht. Er saß neben ihr, blinzelte, und da fiel ihr auf, dass seine Augen sehr groß waren und sich in ihnen ein strahlender Regenbogen spiegelte. Für einen kurzen Moment meinte Anna, so etwas schon irgendwann einmal gesehen zu haben, verlor diesen Gedanken jedoch noch in derselben Minute.

»Ich bin Poalbo! Und wie heißt du?«, hörte sie die Stimme des sonderbaren Vogels sprechen, ohne dass dieser seinen Schnabel bewegte. Es wunderte Anna nicht im Geringsten, dass der Vogel sprechen konnte. Jedoch machte sich in ihr eine immer größer werdende Beunruhigung breit, als ihr nicht einmal mehr ihr eigener Name einfiel. Was war nur passiert?

Poalbo sah sie durchdringend an. Sein Blick schien bis in die Tiefe ihrer Seele vorzudringen und sie komplett zu durchleuchten. »Du weißt nicht mehr, wer du bist und wie dein Name ist, oder?«, fragte er ernst. »Überleg doch bitte noch mal ganz fest. Es ist so wahnsinnig wichtig!«, bat er und warf Anna einen aufmunternden Blick zu.

»Tut mir leid, P-Poalbo, ich weiß es wirklich nicht mehr. Irgendwie habe ich das Gefühl, hier schon einmal gewesen zu sein, andererseits ist diese Welt völlig fremd für mich. Kannst du mir da weiterhelfen?«, stammelte Anna unsicher.

»Ein klein wenig vielleicht«, antwortete Poalbo ruhig. »Du kommst von der Erde und wirst dort von den Menschen Kind genannt. Du und deine Freundin Sofie seid zu uns gebracht worden. Soweit ich weiß, ist dein Name Anna.«

»Was? Ich bin mit einer Freundin hier?«, unterbrach sie ihn erstaunt.

»Ja, aber bevor ich weitererzähle, bringe ich dich erst mal zu ihr. Sie badet nicht weit entfernt im Regenbogenfluss. Sofie lag neben dir, hier unter diesem Baum, sie ist früher erwacht und hat mich bereits kennengelernt. Sie hat leider genauso ihr Gedächtnis verloren wie du«, erwiderte Poalbo und machte mit seinem rechten Flügel eine Bewegung, die sie aufforderte, ihm zu folgen. Anna fasste sofort zu dem väterlich wirkenden Vogelmännchen Vertrauen und folgte ihm. Noch einmal betrachtete sie den Platz, an dem sie geschlafen hatte, aber sie konnte sich nicht daran erinnern, wie sie dort hingekommen war. Poalbo hinterließ, während er auf seinen langen, dünnen Beinen vor ihr her stakste, für Sekunden viele kleine Regenbogen in der Luft, die verblassten und dann für Anna nicht mehr sichtbar waren.

Plötzlich sprengte ein pferdeähnliches Wesen in einer irrsinnigen Geschwindigkeit an ihr vorbei. Anna blieb erschrocken, aber auch geblendet von dessen Anmut und Schönheit für einen kurzen Augenblick stehen.

»Was war das?«, fragte sie stockend.

»Das war Keran«, antwortete Poalbo und legte seinen gefiederten Kopf nachdenklich schief. »Er ist sehr geachtet in unserem Land und bis auf die Flug-Robben das schnellste und würdevollste Tier. Jedoch weiß er das auch selbst und macht auf mich einen eingebildeten und arroganten Eindruck, denn niemand außer ihm kann zugleich fliegen und ist zu Land und Wasser so flink. Es scheint so, als wäre er auch noch unverletzbar, denn er kann Dinge tun, die manch anderen das Leben kosten würden.«

»Was meinst du damit?«, fragte Anna neugierig.

»Ach das wirst du selbst noch erfahren. So viel kann ich dir aber sagen: Keran kommt über Monate ohne jegliche Nahrung aus. Er ist ein sehr stolzes Tier.«

Anna staunte und hätte zu gern mit Keran Bekanntschaft gemacht, aber da hörte sie bereits ein erst sehr leises Gluckern und dann ein immer lauter werdendes Rauschen aus der Richtung, in die sie liefen. Es musste der Regenbogenfluss sein, und es dauerte nicht lange, da stand sie vor einem breiten Gewässer. Auf einem riesigen Felsen, der wie so vieles hier in Regenbogenfarben erstrahlte, saß eine junge, schlanke Frau mit dunkelbraunem, lockigem Haar, die Anna nicht kannte, aber laut Poalbo eine Freundin von ihr war. Sie trug ein dünnes, wunderschönes Kleid; es schillerte in den bunten Farben des Regenbogens. Anna trug im Gegensatz zu ihrer Freundin ein einfaches weißes Nachthemd. Poalbo stellte sie einander vor. Sofort empfand Anna ein Gefühl der Verbundenheit für die junge Frau.

»Hallo!«, wurde sie von Sofie freundlich lächelnd begrüßt. »Wenn du in den Fluss springst, wird dein Nachthemd genauso schön wie meines.«

»Wirklich?« Anna wartete nicht lange und stürzte sich geradewegs in das herrlich erfrischende Wasser. Als sie sich wieder ans Ufer begab, hatte auch sie sich verändert.

Sie sah an sich hinunter. Das Kleid, das sie trug, war kaum wiederzuerkennen und hatte große Ähnlichkeit mit Sofies. Es war elfenbeinweiß, und wenn die Sonnenstrahlen es beschienen, brach sich das weiße Licht in viele bunte Farben.

»Du siehst wunderschön aus, irgendwie älter! Das Bad im Regenbogenfluss hat wohl eine magische Wirkung!«, äußerte Sofie begeistert.

Anna begab sich ein Stück flussabwärts und blickte neugierig in ihr Spiegelbild, das sie in einem ruhiger fließenden Ausläufer erkennen konnte. Ihre Haut schimmerte genauso strahlend wie Sofies, ihre Augen spiegelten Wärme und Liebe wider und ihre schulterlangen Haare hatten einen goldenen Schimmer. »Das bin also ich?«, fragte sie erstaunt.

»Im Traumland ist es ein bisschen anders mit dem Alter als bei euch zu Hause«, erklärte Poalbo. »Jeder, der hier lebt, nimmt die Gestalt an, die der Reife seiner Seele entspricht. Durch verschiedenste Lebenserfahrungen gewinnen die Wesen hier an Tiefe und erscheinen äußerlich damit älter.«

»Dann sind wir beide nun Wesen dieses Landes?«, fragte Sofie verwundert und ließ sich neben Anna in das weiche Gras am Rande des Flusses sinken.

»Poalbo, kannst du uns nicht ein bisschen von diesem Land hier erzählen?«, bat Sofie.

Der setzte sich ihnen gegenüber und räusperte sich. »Ihr befindet euch im Regenbogenland, es gehört zu einem riesigen Gebiet, das sich Traumland nennt. Dieses existiert schon sehr lange, von dem Tag an, als Menschen begannen auf dem Planeten Erde zu leben, also seit vielen Tausenden von Jahren. Das Traumland wurde mit der Phantasie der ersten Menschen in ihren nächtlichen Träumen erschaffen. Wenn sie schliefen, befanden sie sich in der Traumwelt, die sich mit jedem ihrer Wünsche und Gedanken ausdehnte. Zuerst war es winzig, doch im Laufe der Jahre wuchs es zu einer unendlichen Größe heran. Jedoch veränderten sich die Menschen besonders im letzten Jahrhundert und alles, was das Traumland betraf, verlor an Wichtigkeit für sie. Vielleicht dachten sie, eine Welt ohne Träume und Phantasie wäre besser und sie sollten andere Ziele verfolgen, die ihnen mehr wert waren. Es ist eigentlich eine sehr traurige Geschichte, denn die Menschen gaben über Generationen hinweg den Glauben an eine andere Welt auf, eine Welt der Träume und der Liebe. Sie verdrängten jeden Gedanken daran, als würden sie Schaden davontragen, Gefühle zu zeigen, die guten wie die schlechten, und diese zu durchleben. Deshalb hat sich das Traumland immer mehr von der Erde entfernt. Es ist so manch Schlimmes geschehen, seit die Menschen ihre Träume aufgaben und sich anstatt Liebe in ihren Herzen Hass und Selbstsucht ausbreitete. Es entwickelte sich eine andere Art von Phantasie, die des Machtstrebens und der Kälte, und so entstanden auch hier Länder, die dies widerspiegeln und sehr gefährlich sind. Das Traumland kann für sich allein nicht existieren, es lebt von der Phantasie der Menschen und wurde zusammen mit ihnen geschaffen.«

»Aber warum sind wir denn hier, wenn sich die Menschen von euch abgewandt haben?«, fragte Anna ungeduldig. Sie konnte sich das alles nicht erklären und empfand die zunehmende innere Anspannung als unerträglich.

»Weil ihr noch nicht so seid wie die meisten Erwachsenen. Ihr habt noch Träume und glaubt an das Unmögliche. Wir haben euch geholt, um euch die Chance zu geben, sie zu verwirklichen, damit ihr wisst, dass es kein Unsinn ist, an Dinge zu glauben, die anders sind als das, was in eurer Welt als ›normal und richtig‹ angesehen wird. Denn wir haben unseren Glauben an euch noch nicht verloren und wollten in Kontakt mit Menschen treten, die noch Liebe und Hoffnung in ihren Herzen tragen. Solltet ihr beide es schaffen, eure Träume in unserem Land zu finden und zu verwirklichen, so wird das Traumland weiterhin bestehen und für Menschen, denen das Träumen wichtig ist, zugänglich sein. Denn ihr müsst wissen, ohne unser Land könnt auch ihr auf Dauer nicht überleben. Es ist wie ein ungleiches Zwillingspaar, das ohne Kontakt zu dem anderen leidet und deshalb schwer krank wird und schließlich zugrunde geht. Ich weiß, das ist schwer zu verstehen, alles ist so neu für euch.«

Anna und Sofie blickten einander traurig an.»Es ist sehr schade und furchtbar, dass es so weit gekommen ist«, unterbrach Sofie Poalbo, der ein ganz ernstes Gesicht machte. »Aber wie konntet ihr denn nur vergessen werden? Es ist so schön hier, ich kann mir nichts Aufregenderes vorstellen als ein Leben im Traumland«, fragte Sofie ungläubig.

»Ja, das wundert mich auch«, fügte Anna hinzu.

»Nun, auch wenn ihr es momentan nicht mehr wisst, es hat schon immer Geschichten oder Sagen über uns gegeben. Ihr findet in eurer Welt unzählige Bücher, die in vielfältiger Weise von uns berichten. Aber wir sind in der heutigen Zeit, in der ihr lebt, in Vergessenheit geraten. Wir waren einst, als Friede und Freundschaft noch eine Bedeutung hatte, im Einklang mit euch. Aber das ist sehr, sehr lange her und bald wird sich auch kein einziges Wesen des Traumlandes mehr an diese wundervolle Zeit der Verbundenheit erinnern. Damit dies nie geschieht und vielleicht irgendwann einmal die Hoffnung besteht, dass unsere beiden Welten wieder eins werden, haben wir euch hierherholen lassen.«

»Aber warum denn gerade uns beide?«, unterbrach ihn Anna. In ihrem Kopf kreisten zahllose Fragen und Gedanken, die sie nur schwer einordnen konnte. Ja, sie wollte so gerne an eine Welt wie diese hier glauben, wo so vieles möglich war. Das, wovon sie immer geträumt hatte. Aber was war das noch mal? Sie konnte sich vage an ihre Familie und das Leben auf der Erde erinnern, wusste aber weder, was ihre Vorlieben, Wünsche und Sehnsüchte, noch, was ihre größten Ängste waren. Alles, was sie als Person ausmachte, sogar ihren Namen und ihre Freundin Sofie, hatte sie vergessen. Ein flaues Gefühl in der Magengegend riss sie aus den Gedanken und ließ ihre Aufmerksamkeit wieder zu Poalbo und Sofie zurückkehren.

»Warum holt ihr nicht irgendein hohes Tier wie die Bundeskanzlerin oder den Präsidenten der Vereinigten Staaten von Amerika?«, setzte Anna fort.

Poalbo schüttelte heftig den Kopf. »Dazu ist kein Mensch, der eine gehobene Stellung hat und Macht ausüben kann, geeignet. Gerade weil ihr noch nicht seid wie die meisten Erwachsenen, haben wir euch ausgesucht. Ihr habt noch so viel gemeinsam mit den Menschen von früher, mit denen wir Verbindung hatten. Wir wussten, dass eure Phantasie grenzenlos ist. Ihr habt Träume, die für die meisten von euch schon zu absurd wären. Ihr Verstand lässt nicht zu, dass sie der Phantasie Raum geben. Nun habt ihr die Möglichkeit, in unserem Land euren Träumen zu begegnen und sie wahr werden zu lassen. Dadurch werden sich unsere Welten wieder einen großen Schritt näher kommen.«

»Aber Poalbo, ich weiß schon gar nicht mehr, was denn mein Traum war, weshalb ich mich hierhergewünscht habe«, bedauerte Sofie.

Anna stimmte ihr zu und blickte den großen Regenbogenvogel fragend an.

»Das habe ich mir schon gedacht, als ich euch beide fand und ihr sogar eure Namen vergessen hattet. Leider ist das bisher allen Menschen passiert, die wir hierhergebracht haben, sie vergaßen auf der Reise in unser Land das, warum sie hier waren. Die meisten interessierten sich auch nicht mehr besonders dafür. Begeistert von dem, was sie im Traumland vorfanden, wollten sie von ihrer eigenen Vergangenheit nichts mehr wissen und das Leben in dieser phantastischen Welt nur genießen. Sie gaben die Suche nach ihrer verlorenen Erinnerung rasch auf.«

»Das finde ich sehr traurig«, sagte Anna und spürte, wie sich das unbehagliche Gefühl verstärkte.

»Ja, es ist nicht nur sehr traurig, sondern auch sehr gefährlich. Denn alle Menschen, die bislang hierhergekommen sind und ihre Suche nach ihrer Erinnerung an ihre Träume aufgaben, erkrankten schwer und starben nach einer gewissen Zeit.«

»Was? Ist das wirklich passiert?«, schreckte Sofie auf und auch Anna, die nun mittlerweile gegen eine starke Übelkeit kämpfte, wurde sich bewusst, wie schwerwiegend das war.

»Es ist tatsächlich so geschehen«, antwortete Poalbo. »Ihr wisst nun, dass ihr in ernster Gefahr schwebt, wenn ihr keinen Weg findet, euren Träumen zu begegnen. Deshalb müsst ihr eure Erinnerung wiederfinden, denn nicht nur euer Leben steht auf dem Spiel, das, was eure Träume beinhaltet, wird auch jämmerlich zugrunde gehen.«

»Oh nein!«, rief Anna entsetzt und sprang augenblicklich von dem weichen Boden auf. Die immense innere Anspannung konnte sie nicht mehr unterdrücken. Sie wollte laufen, rennen, einfach los, um nicht in einer für sie bedrohlichen Hilflosigkeit zu verharren. »Wir müssen was unternehmen, Sofie, bevor es zu spät ist.«

Sofie nickte und erhob sich zögernd. »Aber was sollen wir nur machen, Anna? Ich habe so vieles vergessen!«

»Ich bin sicher, Mädchen, irgendwo im Traumland befinden sich genau eure Träume«, versuchte Poalbo sie zu beruhigen. »Ihr werdet sie finden und wiedererkennen, wenn ihr nicht wie die anderen die Hoffnung aufgebt. Ihr müsst so bald wie möglich aufbrechen und euch auf die Suche machen. Am besten gleich morgen früh. Ich kann euch bis an die Grenzen des Regenbogenlandes fliegen, weiter nicht, denn sobald ich in ein Gebiet außerhalb gelange, löse ich mich in Luft auf. Jedoch glaube ich, dies ist ein guter Ausgangspunkt für euren Weg in all die anderen Regionen, die allein von der Phantasie der Menschen geschaffen wurden. Ich komme morgen wieder an diesen Ort und bringe euch so viel Proviant wie möglich mit, denn es wird sicher eine lange Reise.« Mit diesen Worten tippte er Anna und Sofie mit seinen beiden Flügelspitzen behutsam auf die Schultern, drehte sich um und flog davon.

Kapitel 4 – Antiqua

Die beiden Mädchen, die nicht einmal mehr wussten, wer sie waren, standen sich ratlos gegenüber.

»Vielleicht kann uns jemand aus dem Regenbogenland weiterhelfen«, sagte Anna hoffnungsvoll, nahm Sofie an der Hand und lud sie ein, ihr zu folgen. Diese machte ein recht ernstes und zugleich trauriges Gesicht. Anna versuchte ihre eigenen Ängste zu verdrängen, denn sie war sicher, wenn sie diesen Gefühlen freien Lauf ließ, wäre jede Anstrengung, ihre Träume zu finden, vergebens. Gerade eben hatte sie erfolgreich die aufkommende Übelkeit besiegt, als ihr der Ernst der Lage, aber auch die Möglichkeit, dass alles ein gutes Ende nehmen konnte, klar wurde.

»Komm schon!«, forderte sie Sofie auf, die völlig erstarrt war. »Du darfst doch jetzt nicht schon aufgeben! Wir sehen uns hier mal um, wahrscheinlich ist alles gar nicht so schlimm, wie wir denken«, versuchte sie ihre Freundin aufzumuntern.

Sofie nickte und folgte schließlich Anna durch das saftig grüne, sich im Wind wiegende Gras, zunächst am Flussufer entlang und dann in Richtung eines kleinen Mischwaldes. Zarter Vogelgesang und die sanften grünen Hügel, die den Waldrand säumten, wirkten so friedlich und idyllisch, dass Anna für kurze Zeit ihre Probleme vergaß.

Die Sonne schien warm vom Himmel und tauchte die Landschaft in ein goldenes Licht. Beschwingt von deren Schönheit beschleunigten Anna und Sofie ihre Schritte. Sie konnten gar nichts dagegen tun. Es geschah einfach von selbst. Schließlich liefen sie mit weit ausgestreckten Armen, ausgelassen in kleinen Bögen durch das hohe Gras mit den unzähligen blauen Kornblumen, entdeckten kleine Bachläufe und übersprangen diese lachend.

Außer Atem von ihrem vergnügten Spiel ließen sich die beiden Mädchen auf den sandigen Boden vor einem kleinen See, der in Regenbogenfacetten schillerte, nieder. Dort trafen sie auf die sonderbarsten Tiere. Enten, die lange, mit Fell besetzte Ohren hatten, schwammen, tauchten unter und kamen nach ein paar Minuten wieder an die Wasseroberfläche. Rehähnliche Wesen, deren Körper ganz und gar mit Fischschuppen bedeckt waren, tranken am gegenüberliegenden Ufer aus dem See. Doch das Schönste von alledem war der große Regenbogen, der über dem kleinen Gewässer prangte. Alle Tiere wirkten auf eine ganz bestimmte Art glücklich und friedlich. Anna konnte sich nicht vorstellen, dass Hass und Gewalt hier jemals einen Platz hatten. Ihr fiel auf, dass alle Lebewesen des Regenbogenlandes Zufriedenheit und Harmonie ausstrahlten, außerdem hatten sie bestimmte Merkmale gemeinsam: Ihre Augen glitzerten einem Meer von Juwelen gleich, in dem zarte Regenbogen funkelten. Trugen diese Tiere Fell, Stacheln, Schuppen oder Sonstiges, so schimmerte ein leuchtender Regenbogen darauf. Lange beobachteten Sofie und Anna dieses Schauspiel, bis sich eine kleine Libelle auf Sofies Fuß setzte. Sie schreckte zunächst auf, doch da begann die kleine Libelle so stark zu kichern, dass sie beinahe das Gleichgewicht verlor.

»Die hat gut lachen«, bemerkte Anna etwas mürrisch.

»Ich heiße Antiqua«, stellte sich dieses kleine Wesen bei den Mädchen vor, und ihre Stimme war so zart und hell, als würde sie jeden Moment zerbrechen. »Ich bin zu euch gekommen, weil ich euch helfen möchte. Im Regenbogenland spricht sich alles sehr schnell herum, müsst ihr wissen.«

»Du willst uns helfen?«, zweifelte Sofie.

»Ja!«, wiederholte Antiqua etwas bestimmter. »Ihr wisst doch nicht einmal mehr, wie ihr hierhergekommen seid?!«, begann sie erneut und putzte sich die kristallklaren Flügelchen, ohne dabei die Balance auf Sofies großer Zehe zu verlieren.

»Leider wissen wir so gut wie gar nichts mehr«, erwiderte Sofie traurig.

»Na dann kann ich eurem Gedächtnis ein klein bisschen weiterhelfen«, sagte Antiqua keck. »Sicherlich hat Poalbo euch schon eine ganze Menge über unser Land erzählt und warum ihr zu uns gekommen seid. Das tut er immer, wenn Menschen hierhergebracht werden, um die Möglichkeit zu bekommen, ihre Träume zu verwirklichen. Poalbo hat damals bei der Versammlung, bei der ihr auserwählt wurdet, teilgenommen und bekam die Aufgabe, euch in Empfang zu nehmen. Ich selbst war bei dem Treffen der höchsten und mächtigsten Wesen des Traumlandes nicht dabei, aber ich bin sehr neugierig und habe Einblick in viele Dinge, die nur den wenigsten von uns bekannt sind. Ich weiß, wer euch hierhergebracht hat, und wenn ihr dieses Wesen findet, dann seid ihr euren Träumen schon einen großen Schritt näher gekommen.«

»Und kannst du uns sagen, wer das ist? Wer war das, Antiqua?«, fragte Anna aufgeregt. Ihr Herz schien plötzlich schneller zu schlagen. Als sie Sofies Blick sah, wusste sie, dass es ihr genauso erging.

»Flinka, eine gute Freundin von mir, hatte die Aufgabe, zwei Mädchen, wie ihr es seid, zu uns zu holen. Sie ist den Robben auf eurer Erde sehr ähnlich, nur ist sie ein Riese dagegen. Flinka ist ein gutmütiges und mütterliches Tier. Sie holte euch und muss etwas von euren Wünschen und Träumen gewusst haben«, erklärte Antiqua.

»Ja, dann gehen wir eben zu dieser Flinka und fragen sie

danach«, schlug Sofie vor. Ihr Tonfall verriet ihre aufkommende Hoffnung.

»Hm, wenn das so leicht wäre«, setzte Antiqua fort. »Mit dem Vergessen eurer Träume ist ja auch Flinka großer Gefahr ausgesetzt. Sie ist ein Teil eurer Erinnerung. Keine Erinnerung, keine Flinka! So einfach ist das.«

Anna glaubte für einen Moment keine Luft mehr zu bekommen. Ein starker Druck lastete auf ihrer Brust. Nur mit Mühe gelang ihr ein Atemzug und gleichzeitig die Kontrolle über die verstärkt auftretende Panik.

»Aber du weißt, wo sie ist, oder?«, fragte Anna und versuchte das Zittern in ihrer Stimme zu unterdrücken. Besorgt stellte sie fest, dass Sofie in sich zusammengesunken war und erneut reglos dasaß.

»Bitte sag uns doch, wo wir Flinka finden können, damit wir morgen gleich ein Ziel vor Augen haben, wenn uns Poalbo an die Grenzen des Regenbogenlandes fliegt. Wir haben keine Ahnung, wo wir anfangen sollen.«

Antiqua schwieg eine Weile und blickte Sofie und Anna durchdringend an. »Ich weiß wirklich nicht, wo genau Flinka ist, aber nach den alten Überlieferungen, die ich kenne, werden sämtliche vergessenen Träume in das Land des ewigen Eises verbannt«, antwortete Antiqua leise. »Es ist eure einzige Chance, eure Erinnerung, euch selbst und alles, was damit verbunden ist, zu retten. Dort liegen eure Erinnerungen vereist.«

»Wieso vereist?«, fragte Sofie erstaunt.

»Es ist eben so!«, wisperte Antiqua kurz. »Keiner weiß die genauen Gründe. Bis jetzt war es immer so, dass die Träume und Wünsche aller Menschen, die vom Planeten Erde stammen, vereist in diesem kalten, toten Land verborgen liegen. Die Träume ruhen dort Ewigkeiten und warten darauf, zum Leben erweckt zu werden. Diese Träume und

Wünsche könnten hier im Traumland aufleben, aber die Menschen schließen sie selbst in das kalte dunkle Eis ein. Sie haben gar keine Hoffnung und keinen Glauben daran. Es fehlt ihnen der Wille, den Weg zu vollenden, der sie zu ihren Träumen führt. Das Eis tötet über die Jahre hinweg alles, was es einschließt. Und so wird es auch euren Träumen ergehen, wenn ihr sie nicht findet.«

»Und Flinka ist auch im Land des ewigen Eises?«, fragte Anna nachdenklich.

»Ja«, antwortete Antiqua und begann erneut ihre kristallklaren Flügelchen zu putzen. »Auch sie gehört zu eurer Erinnerung und ist in dem Eis gefangen, bis ihr sie findet. Ansonsten wird sie in der ewigen Kälte erfrieren und für euch wird es keine Hoffnung mehr geben!«

»Das ist ja schrecklich!«, unterbrach Anna die kleine Libelle. »Was sollen wir nur tun, damit es uns nicht so ergeht wie all den anderen Menschen, die ins Traumland kamen?«

»Ihr habt keine Zeit zu verlieren, macht euch sobald wie möglich auf die Suche in Richtung Norden. Dort liegt das Land des ewigen Eises. Es ist allein von euch abhängig, ob ihr es finden werdet, ob euer Glaube an euch groß, eure Kraft stark genug ist und beides nicht auf dieser langen Reise schwindet. Tut mir leid, mehr weiß ich auch nicht. Ich wünschte, ich könnte euch mehr sagen. Aber nun ist es schon spät geworden, ich werde weiterfliegen und wünsche euch viel Glück! Ich glaube, dass ihr es schaffen könnt«, versuchte Antiqua, Sofie und Anna zum Abschluss zu beruhigen, bevor sie leise surrend über den See hinwegflog und allmählich im goldenen Abendlicht der untergehenden Sonne verschwand.

»Na dann gehen wir mal zurück zum Regenbogenfluss«, schlug Anna vor, erleichtert, nun erstmals ein Ziel vor Augen zu haben. Das Land des ewigen Eises klang zwar furchteinflößend, jedoch keimte in ihr die Hoffnung, dort ihre vergessenen Träume wiederzufinden. Gedankenversunken standen Anna und Sofie vom Seeufer auf und liefen zurück an den Platz, wo sie zuletzt mit Poalbo gesprochen hatten. Erschöpft von all den verwirrenden Neuigkeiten legten sie sich seitlich Rücken an Rücken in eine Senke zwischen zwei Grashügeln. Anna hing ihren Gedanken nach, bis letztendlich die Müdigkeit über die innere Unruhe und die vielen Fragen siegte und sie in einen tiefen, festen Schlaf fiel.

Kapitel 5 – Keran

Die ersten Sonnenstrahlen erreichten gerade die weich geformten Hügel des Regenbogenlandes, als am Himmel ein großer bunter Vogel erschien. Es war Poalbo. Mit verschiedensten Früchten und zwei Decken bepackt, landete er beinahe lautlos vor Sofie und Anna. Kaum waren sie richtig wach, erzählten sie ihm aufgeregt und durcheinander, was sich am letzten Abend ereignet hatte.

»Wie kommen wir in das Land des ewigen Eises?«, fragte Anna wissbegierig.

Poalbo blickte die beiden ernst an und legte dabei seinen großen gefiederten Kopf schräg, wie er es bisher immer tat, wenn er einen Augenblick überlegte. Anna kam es wie eine Ewigkeit vor, bis er endlich antwortete.

»Es ist ein langer und harter Weg dorthin. Diese düstere Gegend liegt ganz am Ende des Traumlandes, weit weg von hier, unerreichbar für euch, denn bis ihr dort seid, ist viel zu viel Zeit vergangen«, seufzte der große Regenbogenvogel und ließ für einen Moment den Kopf und die Flügel traurig hängen.

»Es muss doch einen Weg geben, wie wir möglichst rasch in den Norden dieses Landes kommen?«, fragte Sofie und blickte Anna durchdringend an.

»Ja, dann brauchen wir eben Hilfe auf unserem Weg, ein Wesen, das uns dort hinbringt, das blitzartig von einem Ort zum anderen reisen kann«, beschrieb Anna hoffnungsvoll den einzigen Ausweg, der ihr einfiel. Im gleichen Moment schoss es ihr durch den Kopf: »Keran! Poalbo, du hast mir doch erzählt, dass er das schnellste Tier des Regenbogenlandes ist.«

»Keran?«, fragte Sofie verwirrt. »Wer ist das?«

»Keran ist ein wunderschönes pferdeähnliches Wesen«, erklärte Anna begeistert. »Von seiner Anmut und seinem Stolz bist du geblendet, wenn er dir gegenübersteht. Er ist in jedem Element dieser Welt zu Hause. Nichts ist für ihn ein Hindernis, er kann sogar lange Zeit ohne jegliche Nahrung auskommen.« Anna geriet richtig ins Schwärmen, sie hatte Keran kaum gesehen, da empfand sie doch auf unerklärbare Weise Zuneigung zu ihm.

»Wie hast du ihn kennengelernt?«, fragte Sofie erstaunt.

»Als mich Poalbo zu dir zum Regenbogenfluss geführt hat, galoppierte er an uns vorbei. Ich habe aber kein Wort mit ihm gesprochen, denn er war wie ein Blitz verschwunden. Poalbo hat mir das alles erzählt.«

»Macht euch lieber nicht zu große Hoffnung, dass Keran euch helfen wird«, unterbrach Poalbo Anna. »Keran ist leider sehr eigensinnig und viel zu stolz, um euch auf so einer harten Reise beizustehen. Wenn ihr wollt, kann ich euch auf dem Weg an die Grenzen des Regenbogenlandes zu Kerans Reich fliegen, auch wenn es meiner Ansicht nach keinen Sinn hat.«

»Doch, Poalbo, bitte bringe uns zu ihm, vielleicht hat er sich ja ein klein wenig geändert oder scheint nur nach außen so hart?«, bat Anna zuversichtlich.

Sofie nickte zustimmend.

»Also gut, dann aber los, damit wir spätestens heute Abend Kerans Gebiet erreichen«, willigte Poalbo ein und gab Sofie und Anna ein Zeichen, auf seinem Rücken Platz zu nehmen. Anna war froh und ein wenig erleichtert, dass Poalbo alles, was in seiner Macht stand, für sie tat. Vorsichtig stiegen die beiden Freundinnen über seinen linken, ausgestreckten Flügel auf und streichelten liebevoll seinen warmen fedrigen Rücken. Anna empfand bereits nach so kurzer Zeit ein Gefühl der Freundschaft und Verbundenheit zu dem farbenprächtigen Vogel.

Poalbo hob nach einem kurzen Anlauf vom Boden ab. Bald wurden Bäume, Sträucher, Seen, Flüsse und ganze Täler immer kleiner und das wunderschöne Regenbogenland verschwamm allmählich zu einem einzigen bunten Farbklecks.

Ihr Flug dauerte viele Stunden, bis schließlich die hereinbrechende Nacht den Horizont dunkel färbte. Poalbo zog mit weit ausgestreckten Flügeln Kreise und hielt Ausschau nach einem geeigneten Landeplatz. Auf einer weiten, flachen Steppenlandschaft setzte er im hohen, seidig schimmernden Gras auf. Anna und Sofie stiegen nacheinander von Poalbos Rücken ab und musterten neugierig die Umgebung.

»Nun sind wir in Kerans Reich. Er wird sicherlich bald vor uns stehen«, erwähnte dieser beiläufig und breitete seine müden Flügel aus

»Wieso denn das?«, fragte Sofie verdutzt, die sich neben Anna in das Steppengras setzte. Die hatte sich bereits in eine der warmen Decken gehüllt.

»Weil Keran es nicht gern sieht, wenn Fremde zu ihm in sein Revier kommen«, erklärte Poalbo ernst.

Eine Stunde nach der anderen verging und nichts geschah. Sofie und Annas Hoffnung auf einen möglichen Ausweg vor dem Untergang schwand nach und nach. Müde schmiegten sie sich, eingerollt in ihre Decken, an Poalbos gefiederte Brust.

Doch dann stand er plötzlich vor ihnen, mächtig, mit schwarzen, zitternden Flanken und weit ausgestreckten Flügeln, die mit silbrig grauen Federn besetzt waren. Seine Nüstern bebten vor Aufregung und sein dunkler Schweif war hoch aufgerichtet. Er war wirklich ein prächtiges Tier, pferdeähnlich, aber noch viel bezaubernder, einfach wunderschön.

»Was macht ihr hier?«, fragte er mit tiefer, lauter Stimme und stampfte mit dem linken Vorderhuf auf.

»Beruhige dich!«, trillerte Poalbo sanft. Wir sind zu dir gekommen, um deine Hilfe zu erbitten.«

»Meine Hilfe?«, wieherte Keran spöttisch. »Wofür braucht ihr denn meine Hilfe?« Er funkelte die jungen Mädchen zornig an.

Poalbo begann so kurz wie möglich die Geschichte von Sofies und Annas vergessenen Träumen zu erzählen und auch von den damit verbundenen Gefahren.

»Und was habe ich damit zu tun?«, fragte Keran verständnislos.

Anna konnte sich nicht länger zurückhalten. In ihrer Vorstellung durfte es nicht sein, dass er gar kein Mitgefühl hatte. Mit einem Mal sprang sie vom Boden auf und ging ein paar Schritte auf ihn zu. Keran wich blitzschnell zurück. »Wir wollten dich fragen, ob du uns auf deinem Rücken zum Land des ewigen Eises bringen würdest, denn soweit wir wissen, bist du das schnellste Lebewesen des Traumlandes und das stärkste. Unsere Zeit ist knapp und ohne deine Hilfe sind wir vielleicht zu langsam. Bis wir den Norden erreicht haben, könnten unsere Träume und alle Geschöpfe, die damit verbunden sind, im Eis erfroren sein. Auch unser Tod wäre somit unausweichlich!«

»Nein! Niemals!«, schrie Keran. In seinen Augen funkelte blanke Wut.

Sofie, die leise hinter Anna aufgestanden war, griff ihre Hand und zog sie nach einem anfänglichen Widerstand von ihm weg. »Er wird uns nicht helfen, Anna, lass es gut sein«, flüsterte sie.

Doch Anna starrte wie gebannt in Kerans Richtung. Dieser wieherte laut auf, kehrte ihnen den Rücken zu und galoppierte mit hohem Tempo davon, sodass nichts als eine aufgewirbelte Staubwolke zurückblieb.

»Keran!«, rief Anna ihm verzweifelt hinterher. Angst legte sich erneut wie Blei auf ihre Brust und erschwerte jeden Atemzug, sodass ihre Stimme versagte. Keran aber blickte nicht mehr zurück. Anna hatte noch seinen Blick vor Augen. War es wirklich Wut, die sie glaubte, in seinen Augen gesehen zu haben, oder war da auch ein Funke Angst, die mächtiger war als er und ihn zum Fliehen veranlasst hatte?

Während Anna ihren Gedanken nachhing, kämpfte Sofie mit den aufkommenden Tränen. Anna verstand sie; alle Hoffnungen waren mit einem Mal zunichtegemacht.

Poalbo bückte sich zu ihr hinunter und umarmte sie tröstend mit beiden Flügeln. »Am besten, ihr zwei ruht euch jetzt erst mal aus und morgen werden wir aufbrechen. Wer weiß, vielleicht könnt ihr es auch ohne ihn schaffen! Im Traumland ist alles möglich, man muss nur die Zeichen und Möglichkeiten im richtigen Augenblick sehen und ergreifen. Die Grenze ist nur noch eine Tagesreise von hier entfernt. Weiter kann ich euch leider nicht bringen, denn wie ihr wisst, lösen wir Regenbogenvögel uns in nichts auf, wenn wir unsere Heimat verlassen.«

Die letzten Worte nahm Anna nur im Dämmerzustand wahr, während sie erschöpft von der Aussichtslosigkeit der Lage einschlief und in ihren vergessenen Träumen versank.

Kapitel 6 – Einsamkeit

Bereits sehr früh am nächsten Morgen setzten sie ihre Reise fort. Die ersten Sonnenstrahlen durchbrachen das dunkle Grau der tief hängenden Wolken. Schon bald wandelte sich die grüne Steppenlandschaft in nur noch karg bewachsene Felsen, die an Höhe zunahmen und ein Gebirge bildeten. In der Ferne verdunkelte sich der Himmel und nichts außer einer unheimlichen schwarzen Wolkenfront war am Horizont zu erkennen.

Poalbo überflog die Berge und setzte dahinter zur Landung an. Sofie und Anna glitten von Poalbos Rücken hinunter und sahen ängstlich dem bedrohlichen Dunkel entgegen.

»Ist das die Grenze des Regenbogenlandes?«, fragte Anna und wünschte, Poalbo würde sie jetzt nicht verlassen.

»Ja«, antwortete dieser ernst. »Hier endet es. Zugleich beginnt dahinter eine neue Region des Traumlandes. Man nennt es das Land der toten Felsen. Dort gedeiht kein Leben.«

»Kein Leben?«, fragte Sofie irritiert. »Dann gibt es auch keine Gefahren für uns, Poalbo, oder?«

»Leider, gerade das ist ja die große Gefahr! Die Einsamkeit. Nichts kann vernichtender sein als die Einsamkeit. Ihr werdet mit euch selbst einen harten Kampf ausfechten. Gebt nicht auf und widersetzt euch dem Drang, ins Regenbogenland zurückzukehren.«

»Wir werden nicht aufgeben, Poalbo, du kannst dich auf uns verlassen!«, erwiderte Anna, die von ihrem eigenen Mut beim Anblick der abweisenden und düsteren Landschaft überrascht war. »Wir werden alles versuchen, um unsere Träume wiederzufinden.«

Sofie nickte zögerlich und begann, all ihre Habselig-keiten, Decken und Proviant von Poalbos Rücken zu neh-men.

»Bitte passt aufeinander auf! Ich wäre sehr glücklich, euch wiederzusehen, unabhängig davon, wie wichtig euer Gelingen für unser Land und seine Bewohner ist. Ich bin sicher, wenn ihr den festen Willen habt, dann könnt ihr es schaffen«, fügte er hinzu und sah in diesem Moment die beiden Freundinnen nicht direkt an.

»Danke, Poalbo, für alles, was du für uns getan hast!«, verabschiedete sich Anna und umarmte Poalbos dicken, weichen Federhals. Sofie tat es ihr nach, und Anna meinte kleine Tränen des Abschiedes in seinen sonst so leucht-enden Augen zu sehen. Er blickte die jungen Frauen noch einmal aufmunternd an und hob schließlich ab.

Sobald sie Poalbo am Himmel nicht mehr erkennen konnten, machten sich Sofie und Anna auf den Weg. Im-mer weiter in Richtung Norden, dann würden sie eines Tages ihr Ziel erreichen.

Viele Stunden waren vergangen, als Anna das Gefühl ver-spürte, das Poalbo ihnen geschildert hatte. Sie musste all ihre Willenskraft einsetzen, um nicht sofort umzudrehen und so schnell wie möglich zum Regenbogenland zu-rückzulaufen. Erst allmählich wurde ihr die Bedeutung des Namens Land der toten Felsen klar. Sie liefen unent-wegt über pechschwarze Steintrümmer, Felsen, Kolosse, die nicht einmal in ihrer Form variierten. Es war schwer, die Orientierung zu behalten, denn alles um sie herum schien gleich zu sein: gleich schwarz, gleich düster und gleich angsteinflößend. Doch als sich die Dunkelheit mit der hereinbrechenden Nacht wie wabernder Nebel um sie herum ausbreitete, änderte sich die Beschaffenheit des

Bodens plötzlich. Ihre Füße traten nicht mehr auf einen ebenen Untergrund, sondern massenhaft spitze, dolchartige Steine bedeckten ihn. Es schmerzte sehr, über sie hinwegzulaufen.

Nach einer Weile blieb Sofie stehen, sie kämpfte mit den Tränen. »Ich kann nicht mehr! Anna, ich will wieder zurück zu Poalbo!«

»Du musst aber weiter!«, forderte Anna sie auf. »Du weißt, was davon abhängt. Es ist noch viel zu früh, um aufzugeben!«

»Aber meine Füße, sie tun so weh, ich kann nicht mehr laufen.«

»Ja, meine auch, aber schau dich doch um, wo willst du dich denn ausruhen? Überall ragen diese furchtbaren spitzen Steine aus dem Boden. Wir müssen so lange weitergehen, bis wir eine Stelle finden, wo wir uns hinsetzen und die Nacht verbringen können.«

Als Anna Sofie überredet hatte, bewegten sie sich mühevoll und langsam über den schmerzhaften Untergrund. Anna konnte kaum mehr die Hand vor Augen sehen, da die Nacht bereits weit fortgeschritten war, als sie schließlich erstmals einen glatten Felsen erreichten. Erschöpft ließen sie sich nieder und wickelten sich zum Schutz vor der zunehmenden Kälte in ihre Decken ein. Nachdem sie eine Mahlzeit aus Poalbos zusammengestelltem Proviant zu sich genommen hatten, unterhielten sie sich unentwegt miteinander, bis sie einschliefen, denn dies vertrieb die immer wieder aufkommende Furcht vor der fremden Umgebung, der Dunkelheit und linderte das starke Gefühl der Einsamkeit.

Kapitel 7 – Absturz

Ein greller Schrei schallte durch die kalte Felsenlandschaft. Anna schreckte hoch. Was war das?

Der Morgen dämmerte bereits. Sofie schlief noch fest neben ihr, sie hatte wohl nichts wahrgenommen.

Hatte Anna das geträumt? Sie saß einen Augenblick reglos da, eingehüllt in ihre Decke. Auf einmal bemerkte sie, dass sie Traum und Wirklichkeit nicht mehr voneinander trennen konnte. Für sie war es zu einem zusammengeschmolzen.

Da! Schon wieder vernahm sie diesen Schrei, es klang schrecklich, furchteinflößend, so als wäre jemand in große Not geraten. Leise stand sie auf, um Sofie nicht zu wecken. Ihre Fußsohlen brannten, und so hinkte sie in die Richtung, von der der Schrei gekommen war. Der Himmel war von grauen, sehr tief stehenden Wolken bedeckt. Fast könnte man meinen, sie berührten den Boden. Anna fröstelte. Ein eisiger Wind ließ sie erschauern, als sie beim Versuch, sich mit an den Körper verschränkten Armen zu wärmen, bemerkte, dass ihr Kleid die ganze schöne Farbenpracht verloren hatte. Es war nun genauso schwarz wie das Gestein und hatte sich der tristen Umgebung angeglichen. Wachsam humpelte sie vorwärts, als sie in der Ferne zwei riesige spitze Felsen erkannte, die großen scharfen Vampirzähnen glichen und die dunklen Wolken bedrohlich durchbohrten. Anna bewegte sich kontinuierlich darauf zu, sie war sicher, dort jemanden zu finden, der ihre Hilfe brauchte. Doch je näher sie diesem unheimlichen Ort kam, desto mehr fühlte sie eine zermürbende Einsamkeit.

Es war ein ungeheurer Schmerz, der ihren ganzen Körper erfasste und mit jedem Schritt in Richtung der geheimnisvollen Vampirzähne wuchs. Gleichzeitig lähmte er sie derart, dass sie nicht mehr in der Lage war umzudrehen, um einfach zu Sofie zurückzulaufen. Etwas zog sie magisch an. Etwas Unheimliches, das Gewalt über ihren Willen hatte und viel stärker war als sie selbst. Dichter grauer Nebel stieg vor ihr auf und umhüllte sie. Anna konnte nicht mehr sehen, wohin der Weg sie führte. Alles, was sie noch erblickte, waren diese großen dunklen Felsen. Sie war nur noch wenige Meter von ihnen entfernt, als sie plötzlich ein Beben unter ihren Fußsohlen verspürte. Erst war es kaum zu bemerken, doch dann wurde es explosionsartig immer stärker und alles um Anna herum schien sich in Bewegung zu setzen und zu vibrieren. Oh nein! Ein Erdbeben! Sie musste hier weg! Im gleichen Augenblick bemerkte sie, dass ihre Füße sich nicht mehr bewegen ließen, um vor dieser Bedrohung zu fliehen. Sie waren wie angewachsen. Dann ging alles rasend schnell. Sie fühlte, wie der gerade noch so feste Boden unter ihr in sich zusammensackte und in eine unbekannte Tiefe stürzte. Annas Panik wuchs ins Unermessliche, sie versuchte sich an irgendetwas festzuhalten und den kahlen Stein zu greifen. Sie wollte um Hilfe schreien, doch ihr Mund war wie ausgetrocknet und ihre Stimme gehorchte ihr nicht. Erst als ihre Füße den Halt verloren und sie in letzter Sekunde einen Felsen zu fassen bekam, schrie sie, so laut sie konnte: »Sofie! Sofie! Komm! Hilf mir! Hilfe!«, doch ihre Worte schienen unter dem tosenden Lärm der zusammenstürzenden Steinmassen unterzugehen.

Sofie wurde von einem eigenartigen Geräusch geweckt, das sie sich nicht erklären konnte. Als sie den Platz neben sich leer vorfand, wusste sie schlagartig, Anna war in Gefahr. So schnell ihre geschundenen Füße sie tragen konnten, lief sie in die Richtung, von der sie glaubte, Annas Stimme gehört zu haben. Der Nebel erschwerte ihr die Sicht, doch Annas Rufe wiesen ihr den Weg. Fassungslos entdeckte sie ihre Freundin, die sich mit aller Kraft an einem Felsen am Rand einer riesigen Schlucht festklammerte, in die sie abzustürzen drohte.

Nachdem sie ihren anfänglichen Schock überwunden hatte und ihr Verstand sich rasend schnell einschaltete, beugte sie sich zu Anna hinunter und griff nach ihren Händen. Sie fühlten sich sonderbar kalt und glatt an, sodass sie Mühe hatte, sie festzuhalten. Mit aller Kraft versuchte sie ihre Freundin hochzuziehen, doch sie war zu schwach und rutschte dabei immer mehr in Richtung Abgrund. Sofie begann am ganzen Leib zu zittern, die Angst, ihre Freundin zu verlieren, versetzte ihren Körper in Alarmbereitschaft und gab ihr für den Moment noch genug Kraft, sie zu halten.

»Komm, ich ziehe dich hoch!«, rief sie Anna zu. Der Lärm der zusammenstürzenden Felsmassen schmerzte in ihren Ohren.

»Ich kann mich nicht mehr halten, Sofie! Ich habe keine Kraft mehr! Oh Gott, ich werde abstürzen!«, schrie Anna angsterfüllt.

»Nein! Das wird nicht passieren!«, antwortete Sofie. »Du darfst mich doch nicht allein lassen!«

Doch alle Bemühungen, Anna hochzuziehen, scheiterten. Ein ungeheurer Sog versuchte Anna in den Abgrund zu ziehen. Doch nicht nur das, die Wände der tiefen Schlucht begannen sich wieder aufeinander zuzubewegen. Der Abgrund wollte sich wieder schließen. Schockiert bemerkte Sofie, wie die Felsmauern bedrohlich auf ihre Freundin zukamen. Alles wurde von einem noch stärkeren, unheimlichen Beben erfasst. Sofie bemühte sich mit aller Kraft, doch Annas Hände glitten ihr beinahe davon.

Laut schluchzend rief sie: »Anna, was soll ich nur machen, ich versuche es ja, aber die Mauern kommen immer näher!«

Anna schloss vor Panik die Augen. Erneut bebte die Erde fürchterlich und Anna stieß einen Schrei des Entsetzens aus, als sie die Augen öffnete und feststellte, dass nur noch wenige Meter fehlten, bevor sie von den sich schließenden Felswänden zermalmt würde.

»Sofie, du ... du musst mich fallen lassen, denn sonst zieht dich der Abgrund auch noch in die Tiefe«, begann sie ihr schließlich mit zittriger, aber lauter Stimme zuzurufen.

»Das kann ich nicht! Ich kann dich doch nicht töten!«

»Du musst! Denn sonst wirst du zusehen, wie ich von den Steinmassen erdrückt werde ... ich ... ich habe solche Angst! Sofie, ich hoffe, der Tod ist weniger qualvoll, wenn ich falle, als wenn ich hier langsam Zentimeter für Zentimeter sterbe.«

Sofies Kraft schwand zusehends und ihre Arme zitterten immer stärker. »Oh Anna, ich brauche dich doch so, ich will nicht ohne dich sein!«

Tränenbäche strömten über ihre Wangen und verschleierten ihren Blick. Anna hob den Kopf und sah Sofie flehend in die Augen. Diese verstand stumm, was sie zu tun hatte. Sie musste ihrer Freundin diesen letzten Wunsch erfüllen, auch wenn sie nicht wusste, wie sie anschließend mit dieser Tat leben sollte. Es war ihr, als wäre sie selbst eine Fremde, der sie zusah, wie sie Annas Hände losließ und sich langsam vom Abgrund entfernte. Annas Schluchzen und ihr letzter Schrei hallten noch in ihren Ohren wider, als sie eine furchtbare Übelkeit übermannte. Sofie krümmte sich auf dem kalten felsigen Boden zusammen und weinte laut. Sie konnte nicht fassen, was sie eben getan hatte, so wollte sie nicht mehr leben. Schnell richtete sie sich auf und lief zurück zur Schlucht, um ihrer Freundin in den Tod zu folgen, doch die hatte sich zu ihrer eigenen Verwunderung bereits geschlossen. Sofie starrte ungläubig auf die Stelle, an der sie sich von Anna getrennt hatte. Der Boden wies nicht einmal einen Riss auf. Schluchzend brach sie zusammen und trommelte mit den Fäusten gegen den harten Fels.

Bestimmt war es nur ein Alptraum und sie erwachte gleich. Anna konnte nicht tot sein, niemals. Was sollte Sofie jetzt nur ohne ihre Freundin machen? Anna war viel mutiger als sie und wusste immer, was zu tun war. Ohne ihren starken Willen wäre Sofie doch längst umgekehrt oder im Regenbogenland geblieben. Waren ihre Träume das alles wert?

»Verdammt noch mal!«, fluchte Sofie. »Warum habe ich nur meine Träume vergessen?«

Kapitel 8 – Verloren

Es vergingen viele Stunden, in denen Sofie ratlos zusammengekauert an der Stelle verharrte, an der sie Anna zuletzt gesehen hatte. Sie weinte so lange, bis sich auf dem kalten Felsboden ein kleiner Tränensee gebildet hatte. Seltsam, zum ersten Mal war außer den unendlichen Steinmassen ein anderes Element entstanden: Wasser. Wasser, das von ihren Tränen stammte, die sich vor lauter Schmerz und Trauer um die verlorene Freundin nicht stoppen ließen. Kaum hatte sie diesen Gedanken gefasst, nahm sie ein leises und wohltuendes Geräusch wahr. Es war das Rauschen einer Quelle oder eines Baches, möglicherweise lag dort in der Ferne sogar ein richtiger Fluss. Sofie glaubte ihren Ohren kaum zu trauen. Vielleicht war das alles eine Täuschung der Sinne, eine Halluzination? Warum hatte sie dieses Geräusch nicht schon viel früher gehört? War sie taub gewesen? Taub vor Schmerz?

Nie wieder könnte sie lachen, sich an etwas erfreuen. Sie hatte schreckliche Schuldgefühle und schon jetzt fehlte ihr Anna. Poalbo hatte doch noch gesagt: »Passt gut aufeinander auf!« – Und was war geschehen?

Aber da fielen ihr auf einmal noch andere Worte Poalbos ein, die er ihnen in der Nacht, als sie auf Keran warteten, ans Herz gelegt hatte: »Wenn ihr in eurem Innersten bereit seid, eure vergessenen Träume zu finden, dann werdet ihr es schaffen. Denkt daran, ihr selbst seid der Schlüssel dazu. Irgendwo im tief Verborgenen, im Dunkel eurer Seele, lebt die Erinnerung und wartet darauf, von euch entdeckt zu werden. Es hängt allein von euch ab, ob ihr die Zeichen, die euch im Inneren und auf eurem Weg begegnen, seht und erkennt. Folgt diesen Zeichen – manche werden Schmerzen, andere werden Freude bereiten.«

Sofie grübelte über diesen Rat ihres Freundes. Vielleicht war das alles hier ein Zeichen, ein Hinweis. Es war schmerzlich, doch erst der kleine Tränensee hatte sie das Rauschen eines Baches wahrnehmen lassen. Entschlossen stand sie auf und lief zurück zu ihrem Nachtlager. Sie sammelte ihr Hab und Gut sorgfältig auf und verspürte einen scharfen Stich des Verlustes, als sie Annas Decke zusammenlegte. Anna würde wollen, dass sie nicht aufgab, sondern für sie beide ihre Träume wiederfand. Sie machte sich so schnell wie möglich auf die Suche nach dem vermeintlichen Bach, und je näher sie kam, umso leichter wurde ihr Herz, denn ihr Verstand sagte ihr: Wasser bedeutete Leben. Diese logische Denkweise gab ihr ein wenig Sicherheit und fühlte sich für sie auf unerklärbare Weise vertraut an. Der Bach würde sie aus der schrecklichen Umgebung führen, weg von diesem Land der toten Felsen, und vielleicht fand sie ihre Anna – lebendig ...

Wie sie auf diesen letzten Gedanken kam, für den es keinerlei Hinweise gab, war ihr gleichgültig. Sie beherzigte einfach das, was Poalbo geraten hatte und was ihr Anna bisher vorgelebt hatte. Sie glaubte einfach daran – und das gab ihr Mut und Hoffnung.

Kapitel 9 – Verletzt

Anna öffnete ganz vorsichtig die Augen. Wo war sie? Was war passiert? War sie tot? Langsam nahm sie die Umgebung um sich herum wahr. Alles glich einem großen Sumpf, sie lag inmitten eines grauen, modrig riechenden Schlammloches. Von ihrem Kleid war nicht mehr viel übrig, es hing in groben Fetzen an ihrem Körper und war zum größten Teil von diesem übel riechenden Schlamm bedeckt, der ihr jede Bewegung erschwerte. Langsam, mit großer Mühe streckte sie sich, zuckte jedoch unter starken Schmerzen zusammen. Ihre Beine waren zu schwach und gehorchten ihr nicht mehr. Auf einmal hörte sie ein Schnauben über ihrem Kopf, sie erschrak fürchterlich, beruhigte sich jedoch sogleich, als sie ihn erkannte. Keran. Er stand hinter ihr und blickte mit seinen großen dunklen Augen von oben auf sie herab. Mit einem Ruck versuchte sie sich aufzurichten, doch ihr Rücken hatte tiefe Schürfwunden und starke Prellungen abbekommen, sodass sie aus eigener Kraft nicht einmal mehr sitzen konnte. Keran stützte sie sanft mit seinem Kopf, und erst als sie die Wärme spürte, die sein Körper ausstrahlte, merkte sie, wie sie fror. Anna begann zu zittern und zu schlottern.

»Du musst hier weg, sonst erfrierst du noch!«, sagte Keran und Anna meinte, Besorgnis in seiner Stimme wahrzunehmen.

Mit einem Mal wurde ihr alles klar. Die Hilfeschreie, das war Keran gewesen! Fragend blickte sie ihn an.

»Ich habe an meiner Entscheidung, euch nicht zu helfen, gezweifelt«, begann er leise. »Ich wusste, ohne mich werdet ihr so gut wie keine Chance haben, das Land des ewigen Eises rechtzeitig zu erreichen. Ich war zu stolz, aber auch ängstlich, denn ich wusste, auch ich würde auf dieser Reise an meine Grenzen stoßen ... und das wollte ich niemandem preisgeben. Ich bin nicht so arrogant und hartherzig, wie ich nach außen wirke, aber bisher hat mich das nie sonderlich gestört, außer zu dem Zeitpunkt, als ich euch sah. So machte ich mich auf in das Land der toten Felsen und suchte euch, bis ich letzte Nacht diese Schlucht übersah. Sie tat sich aus dem Nichts auf, als ich an den dolchartigen Felsen ankam. Noch nie ist mir so etwas passiert. Es war mir gerade noch möglich, mich mit meinen Flügeln abzufangen und so mein Leben zu retten. Mit meiner ganzen Kraft versuchte ich wieder emporzufliegen, doch sie reichte nicht. Ich wurde immer schwächer, und mit Entsetzen musste ich zusehen, wie sich dieser Abgrund nach meinem Sturz sofort wieder schloss. Verzweifelt schrie ich um Hilfe. Niemals hätte ich das getan, hätte ich gewusst, dass du in Gefahr bist. Du kamst an diese gefährliche Stelle und prompt fing das Schauspiel von vorne an. Diese Schlucht scheint seine Opfer anzulocken wie eine Falle, in der ein Köder liegt. Sobald man den Boden vor den zwei spitzen Felsen betritt, beginnt das Beben und du verlierst jeglichen Halt. Meine Kraft reichte gerade noch, um deinen Sturz abzufangen, aber du hast dich an den kantigen Felsen trotzdem verletzt, da ich nicht so weit nach oben gelangen konnte. Ansonsten hätte ich uns beide aus diesem Schlund gezogen.«

»Du hast mir das Leben gerettet!«, unterbrach ihn Anna und versuchte trotz der starken Schmerzen ein dankbares Lächeln zustande zu bringen.

»Ich habe mein Bestes gegeben, es hat leider nicht gereicht, um von hier zu entkommen«

Von Kerans Arroganz war nichts mehr zu spüren. Er war in Wirklichkeit viel weicher und liebenswerter, als er nach außen hin zeigte.

»Aber wo sind wir?«, fragte sie und war froh, sich an Kerans Körper wärmen zu können.

»Ich bin mir nicht sicher, Anna, aber ich glaube, wir sind hier an einem sehr unbehaglichen und gefährlichen Ort. Dieses Moor befindet sich in einer riesigen Höhle unter dem Land der toten Felsen. Man sagt, es ist der Ort der Hoffnungslosigkeit und lebt von jedem Wesen, das verzweifelt und unglücklich ist. Wir dürfen diese Stimmung nicht in uns aufkommen lassen, dann haben wir eine Chance, diese Gegend lebend zu verlassen. Der einzige Weg, der hier heraus und wieder nach oben führt, ist durch eine Grotte. In dieser gibt es eine Verbindung zu einem Meer.

»Zu einem Meer?«, fragte Anna überrascht.

»Ja, es nennt sich das Meer der tausend Blüten, ein wunderschöner, friedlicher Ort.«

Kapitel 10 – Hoffnung

S ofie fand unter einer Felsspalte die Quelle eines kleinen Baches. Sein Wasser war glasklar und rein. Sie
zögerte keinen Augenblick und begann sich mit dem
kalten Wasser zu erfrischen und zu waschen. Es hatte eine
stark belebende Wirkung. Sie fühlte sich immer lebendiger,
je länger sie in ihm verweilte. Ihre Füße schmerzten so gut
wie gar nicht mehr, und so lief sie entlang eines immer
breiter werdenden Flussbettes, das nun links und rechts
eine Vegetation aufwies.

Die dunklen Felsen schwanden und wichen Wiesen und
wunderschönen Bäumen. Schließlich führte der Fluss
durch einen lichten Wald aus hohen Tannen und Buchen.
Der Boden war von hellem seidigen Gras und Klee bedeckt.
Immer wieder stieß sie auf Himbeerbüsche und ganze
Felder, die mit leuchtend roten Erdbeeren bedeckt waren.
Sofie pflückte einige und verstaute die Früchte vorsichtig
in ihrem Beutel. Sie wusste, ihr Proviant würde nicht ewig
ausreichen. Sie musste alles Essbare, das sie fand, nutzen.

Allmählich neigte sich der Tag. Das goldene, schräg
einfallende Sonnenlicht durchflutete Gräser, Blätter und
Bäume. Die Strahlen brachen sich tausendfach schim-
mernd und glitzernd in den Wogen des Flusses, der hin
und wieder Stromschnellen und kleinere Wasserfälle
aufwies. Das leise rätselhafte Gluckern hatte sich in ein
gewaltiges Rauschen und Tosen verwandelt. Sofie spürte,
wie die Müdigkeit in ihr emporkroch. Sie suchte die Umgebung nach einem geeigneten Ruheplatz ab. Links von
ihr, etwas höher gelegen, erblickte sie einen Fleck Moos.
Die Sonne ließ es leuchtend hellgrün schimmern und verwandelte diesen Platz in einen magischen Ort. Sofie folgte

dieser Verzauberung und setzte sich in das weiche grüne Moos. Sie fühlte eine innere Wärme und Geborgenheit in sich aufsteigen und empfand Trost nach den schrecklichen Geschehnissen, die hinter ihr lagen. Die Schönheit dieses Waldes, die Kraft des unter ihr liegenden Flusses, das Summen der vielbeschäftigten Hummeln und Bienen, die emsig von Blüte zu Blüte eilten, und das Gezwitscher der Vögel beruhigten Sofie auf geheimnisvolle Art und Weise. Ein Gefühl von grenzenloser Harmonie und Frieden ergriff sie. Müde und entspannt rollte sie sich in ihrer Decke ein und aß etwas von den Beeren, die saftig und süß schmeckten. Irgendwann schlief sie ein, satt und froh, einen solch schönen Ort gefunden zu haben.

Kapitel 11 – Rettung

Wie weit ist es noch, bis wir den Ausgang dieser Schlucht erreichen?«, fragte Anna sehr müde und erschöpft. Kerans Rücken war ihr letzter Halt, ihre Arme umschlangen seinen Hals, sodass ihr Kopf in seiner schwarzen, langen Mähne ruhte.

»Vielleicht noch einen Tag oder zwei, womöglich auch sehr viel kürzer, ich weiß es leider nicht.«

Schon zwei Tage waren sie unterwegs auf der Suche nach einem Weg aus dieser finsteren und bedrohlichen Gegend. Beinahe wären ihnen Moorlöcher zum Verhängnis geworden, in denen sie jämmerlich versunken wären, doch ihr Wille zu überleben war stärker und gab ihnen den nötigen Instinkt, ihre Schritte außerhalb der Gefahrenzonen zu setzen. Trotzdem war es höchste Zeit, von hier zu entfliehen, denn Anna wurde immer schwächer. Sie hatte Fieber und alles an ihr schmerzte. Wenn sie die Augen öffnete, sah sie nur noch verschwommene Bilder. Sie hatten weder zu essen noch zu trinken. In allergrößter Not würde sie von dem schmutzigen Moorwasser trinken. Keran konnte ja lange ohne Nahrung auskommen, aber für Anna wurde die Zeit knapp.

Der Weg durch den Morast schlängelte sich seit Kurzem bergaufwärts, als Anna fühlte, wie sich Kerans Rücken anspannte. Abrupt blieb er mit hocherhobenem Kopf und nach vorne gerichteten Ohren stehen.

»Anna, sieh nur! Da vorne ist eine Felswand, die anders aussieht als alle, die wir bisher gesehen haben. Es könnte dort der Eingang zu der Grotte sein!«

Anna versuchte sich mit ihrer ganzen Kraft auf diese neue Entdeckung zu konzentrieren und die verschwommenen Bilder vor ihren Augen zu ordnen. Ja, ihr Freund hatte recht, da war etwas, vielleicht das Ende aus dieser grauenvollen Umgebung. Hoffentlich handelte es sich nicht um eine erneute Falle, dachte sie besorgt und beobachtete, wie Keran vorsichtig voranging.

Zunächst erkannte sie nichts, alles um sie herum war in vollkommene Dunkelheit getaucht. Doch da setzte sich Anna ruckartig auf und versuchte den neuen Geruch, den sie wahrnahm, besser einzuordnen ... Salz, es roch nach Salz ... Salzwasser ... sie kannte das von irgendwoher ...

Das Meer der tausend Blüten konnte nicht mehr weit entfernt sein. Keran setzte weiterhin einen behutsamen Schritt nach dem anderen. Langsam verschwanden er und Anna im geheimnisvollen Dunkel. Nachdem sich ihre Augen an die Finsternis gewöhnt hatten, konnte sie erstmals grün schimmerndes Gestein erkennen, das mit seiner Leuchtkraft alles um sie herum in ein mystisches Licht tauchte. Erst jetzt sahen sie, wo sie waren. Keran und Anna befanden sich in einer riesigen Grotte. Die kuppelartige Decke wölbte sich mindestens zwanzig Meter über ihnen. Von dort herunter und an den Wänden hingen eiszapfenförmige, leuchtende Steine. Das Licht der geheimnisvollen Felsen variierte von grün, über gelb bis hin zu blau und türkis. Anna war fasziniert von diesem schönen Anblick.

Keran lief nun etwas sicherer immer tiefer in die unbekannte Höhle. Nach und nach verwandelte sich der harte steinige Boden unter seinen Hufen in einen weichen sandigen Untergrund.

Das Meer der tausend Blüten, es war nicht mehr weit, dachte Anna und betrachtete alles neugierig. Ihre Hoffnung, noch einmal dem Tod entrinnen zu können, wuchs. Da streifte sie plötzlich ein Windhauch. Sie konzentrierte sich ganz darauf. Nein, es war keine Einbildung. Schon wieder fühlte sie einen sanften, milden Zug auf ihrer Haut. Er musste vom Meer stammen. Schon bald würden sie es erreichen. Noch immer begleitete sie das geheimnisvolle Leuchten der Steine, als sie in der Ferne ein Licht sahen. Erst war es nur ganz schwach und man hätte es leicht übersehen können, doch je näher sie kamen, desto stärker wurde es. Dieses wunderbare Licht bedeutete Kerans und Annas Ausweg aus dem Moor. Allmählich konnten sie einen kleinen See erkennen, der in einem komplett von Felsen umrandeten Becken lag und hellblau fluoreszierte.

»Siehst du die Öffnung im Fels da vorne am Ende der Grotte?«, fragte Keran.

Anna brauchte einen Moment, um sich zu orientieren. Die neue faszinierende Umgebung beeindruckte sie. Das Licht ging nicht nur von dem See aus, sondern auch von den darauf schwimmenden Blüten, die sich tausendfach im leuchtenden Wasser sammelten. Keine gewöhnlichen Blüten wie die einer Seerose. Ihre Blütenblätter strahlten entweder so golden wie die Sonne oder so silbern wie der Mond.

»Ja, ich glaube schon, du meinst dort, wo das Wasser wellenartig in den See gespült wird?«

»Genau, hier ist die Verbindung zwischen der Grotte und dem Meer der tausend Blüten«, erwiderte er und lief zügig weiter.

Als sie das Gewässer erreichten, blieb Keran stehen und drehte den Kopf zu Anna. »Meinst du, du schaffst es, durch diese Öffnung an die Oberfläche zu schwimmen? Zu zweit kommen wir nicht gleichzeitig hindurch. Ich werde dir folgen und dich wenn nötig nach oben ziehen.«

Anna glitt zögerlich von Kerans Rücken. Sie hatte von Anfang an großes Vertrauen zu ihm gehabt, dennoch nahm sie in ihrem Innersten eine wachsende Angst vor dem unbekannten See und dem dahinterliegenden Meer wahr. »Ich versuche es, Keran«, antwortete sie leise, hielt sich jedoch noch immer an seiner Mähne fest. Sie brauchte diesen Halt.

»Hab keine Angst, Anna! Dieses Wasser hier stellt keine Gefahr für dich da!«, versuchte Keran sie zu beruhigen.

»Du hast bestimmt recht, aber vergiss nicht, ich bin nicht wie du – unverletzbar«, erwiderte sie ernst.

Keran drückte seine Stirn liebevoll an Annas Brust. »Ich weiß, dies erzählt man von mir im Traumland. Es verleiht mir Würde und Stolz und macht mich einzigartig, aber es entspricht nicht der ganzen Wahrheit.« Seine Stimme hatte einen ungewöhnlich weichen Tonfall.

»Wie meinst du das?«, fragte Anna überrascht.

Keran erhob den Kopf, sodass seine dunklen Augen genau in Annas Gesicht blickten. »Es ist das Feuer, das mich verwundbar machen kann. Denn meine Flügel verlieren innerhalb kürzester Zeit ihre Fähigkeit zu fliegen. Die Federn zerfallen bei Einwirkung großer Hitze. Dann bin ich nur noch ein gewöhnliches Pferd, nichts anderes.«

Anna strich behutsam über Kerans Hals. »Niemals bist du gewöhnlich für mich! Ich danke dir für deine Ehrlichkeit.« Mit diesen Worten schmiegte sie ihre Stirn an seine und schloss für einen kurzen Moment die Augen. Die Wärme seines Körpers beruhigte sie.

Entschlossen wandte sie sich dem unbekannten Gewässer zu und ging in dessen Richtung. Anna hatte immer noch sehr starke Schmerzen in den Beinen und war schrecklich hungrig, aber sie wusste, das war ihre einzige Chance, am Leben zu bleiben und vielleicht je wieder Sofie zu begegnen. So nahm sie ihren ganzen Mut zusammen und stieg vorsichtig in den geheimnisvollen See. Erleichtert stellte sie fest, dass sie das Schwimmen nicht verlernt hatte. Langsam bewegte sie sich auf die Passage zu, die das Meer mit dem See verband, und nahm noch einen tiefen letzten Atemzug, bevor sie tauchte. Anna öffnete die Augen und konnte nichts außer wunderschönen Blüten sehen. Aber wo war oben, wo war unten? Sie hatte die Orientierung verloren und schwamm in irgendeine Richtung. Die Luft drohte ihr auszugehen und ein schwerer Schwindel ergriff sie. Anna kämpfte, doch ihre Kraft war zu gering, ein schwarzer Schleier umhüllte sie und zog sie kontinuierlich weiter nach unten. In der Ferne konnte sie Keran schwimmen sehen, sie wollte zu ihm, aber die Strömung riss sie mit sich, in Richtung Meeresboden. Schließlich gab Anna auf und ließ sich treiben. Ihr ganzer Körper fühlte sich unerwartet leicht an, wie Watte, und vor ihren Augen fanden die sonderlichsten Farbenspiele statt. Sie hatte keine Angst mehr. Eine unbeschreibliche Müdigkeit legte sich wie eine bleischwere Decke auf ihren Körper und zog sie immer weiter in die Tiefe. Anna hatte alles vergessen, warum sie hier war, was sie suchte. Doch in diesem trance-ähnlichen Zustand erschien immer wieder ein Gesicht, das ihre ganze Aufmerksamkeit auf sich zog. Das Gesicht eines jungen Mannes mit schwarzem, halblangem Haar und großen braunen Augen. Er sah aus wie ein Indianer. Anna war mit diesem inneren Bild so beschäftigt und fühlte sich dabei so unsäglich wohl, dass sie gar nicht bemerkte, wie zwei Hände nach ihr griffen und sie an den Schultern nach oben an die Wasseroberfläche zogen.

Kapitel 12 – Der Fluss

Sofie erreichte das Ende des lichten Waldes und lief nun entlang des breiten Flusses, in der Hoffnung, auf eine Siedlung oder irgendeine Form von Lebewesen zu stoßen, die ihr weiterhelfen konnten. Die Sonne strahlte immer wärmer vom azurblauen Himmel und sie wollte sich am liebsten in die Fluten stürzen, doch eine unbestimmte Ahnung hielt sie davon ab.

Plötzlich hörte sie in der Ferne ein lautes Donnern und Tosen. Wo kam das her? Sofie konnte sich im ersten Augenblick dieses Geräusch nicht erklären. Nachdem sie kurz innehielt und entschied, dass für sie keinerlei Gefahr herrschte, folgte sie dem Flusslauf weiter. Der grüne Ufersaum wandelte sich und wich allmählich einem leuchtend roten sandigen Boden. Links und rechts des Flusses ragten mannshohe runde Felsen empor, über die sie teilweise klettern musste, um voranzukommen. Sie versperrten ihr den Blick in die Richtung, in die sie gehen wollte, sodass sie sich sehr vorsichtig fortbewegte. Aus dem kleinen Bach war ein reißender Fluss geworden. Als würden die einzelnen Wassertropfen ein Rennen untereinander abhalten. Fasziniert betrachtete sie die schäumende Gischt im Bereich der Stromschnellen.

Doch da stockte ihr der Atem. Sofort wich sie einen Schritt zurück und blieb wie angewurzelt stehen. Ihre Hände suchten instinktiv Halt an dem hinter ihr liegenden runden Fels, als sie nun erstmals sehen konnte, was vor ihr lag. Wahnsinn, das war wunderschön, aber auch sehr tief. Ehrfürchtig betrachtete sie den riesigen Abgrund vor sich. Es war ein breiter Canyon, mindestens fünfhundert Meter unter ihr lag eine bizarre Stein- und Wüstenlandschaft, die in der Sonne glutrot leuchtete. Inmitten dieses roten Landstreifens lag ein hellblau schimmernder See, der von diesem Fluss mit Wasser gespeist wurde. Genau dort, wo Sofie jetzt stand, bildeten die Fluten einen mächtigen Wasserfall, der von einem lauten Donnern und Rauschen begleitet wurde. Exakt diesem Geräusch war Sofie gefolgt. Gebannt beobachtete sie, wie Millionen von Wassertropfen in diesen Canyon hinabstürzten, sich im freien Fall für kurze Zeit voneinander trennten, durch die Luft glitten, in der Sonne strahlten und sich dann in der Tiefe wieder zu einem gewaltigen und starken Fluss vereinigten.

Mit einem Mal zuckte Sofie zusammen. Eine aus schwarzem Stein gefertigte Pfeilspitze war auf ihre Brust gerichtet. Eine Gruppe junger Männer umzingelte sie, nur in hellbraune, lange Wildlederhosen gekleidet und mit Messern und Pfeilen bewaffnet. Ihre Blicke waren konzentriert und ernst. Oh nein, was wollten sie von ihr? Sofie spürte, wie ihr Herz zu rasen begann. Wer waren sie? Ihre Haut war genauso rotbraun wie die Felsen des Canyons, ihre langen Haare dunkelbraun und ihre Augen leuchteten im Kontrast dazu so blau wie das klare und leuchtende Wasser des Sees tief unten im Tal.

»Wer bist du und was willst du hier?«, fragte sie einer der Männer, der ihr am nächsten stand und noch immer diesen bedrohlichen Pfeil auf sie richtete. Er wirkte etwas älter als die anderen und sein Gesicht drückte Reife und Erfahrung aus. Sofie schluckte, sie hatte vor lauter Aufregung einen Kloß im Hals und suchte verzweifelt nach ihrer Stimme, doch alles, was ihr gelang, war ein heiseres Krächzen. Es überraschte sie, dass er ihre Muttersprache beherrschte, oder konnte sie plötzlich seine verstehen? Vielleicht war das ja genauso wie mit Poalbo und Keran. Hier im Traumland war Unvorstellbares möglich.

Der Krieger, der ihr die Frage gestellt hatte, gab seinen Männern ein Handzeichen, und sofort ließen alle ihre gespannten Bögen sinken. Ihre Gesichter hellten sich ein wenig auf. Der ältere Mann reichte Sofie die Hand. Vorsichtig gab sie ihm die ihre. Er ergriff sie fest, ohne dass es schmerzte, und bedeutete ihr, mit ihnen zu kommen. Sofie widersprach nicht und folgte. Der Weg war ein wenig beschwerlich, da er sich dicht am Abgrund entlangschlängelte. Doch ohne diese jungen Krieger hätte sich Sofie den Abstieg nie zugetraut. Zum Glück war sie auf diese Männer gestoßen. Oder war es womöglich gar kein Zufall? Hatte sie die Unbekannten auf eine für sie nicht fassbare Art und Weise herbeigerufen? Sie grübelte vor sich hin, während sie weiterhin einen Fuß vor den anderen setzte. Und plötzlich fühlte sie in ihrem Herzen eine Wärme, die sie beruhigte. Sie hatte das Gefühl, schon bald würde sie ihrem vergessenen Traum näher kommen.

Kapitel 13 – Wintanso

Drei Tage waren vergangen, in denen Anna tief geschlafen hatte. Sie wurde von einer Frau mit dem Namen Sonnenwind gepflegt, die aus den zahlreichen Blumen des Meeres eine Spezialmedizin bereitete und Anna Stunde für Stunde einflößte. Dieses Elixier hatte eine stark heilende Wirkung, und so fühlte sich Anna schon viel besser. Sie blinzelte in das Feuer, das in der Mitte des Zeltes eine wohlige Wärme verbreitete. Die Flammen färbten das Innere der Zeltwände glutrot bis braun, es erinnerte sie an die Farben der untergehenden Sonne.

»Du hast lange geschlafen und warst sehr krank«, erklärte die dunkelhäutige Frau sanft und ihre braunen Augen strahlten mütterliche Liebe und Geborgenheit aus.

»Wo bin ich?«, fragte Anna und versuchte sich langsam aufzusetzen. Noch immer wohnte eine unendliche Müdigkeit in ihrem Körper. Es kostete sie Kraft, einen klaren Gedanken zu fassen und zu sprechen.

»Du hast zusammen mit Keran das Meer der tausend Blüten erreicht und bist hierhergebracht worden. Durch den Absturz in die Schlucht hast du viele Verletzungen erlitten und wärst beinahe im Meer ertrunken, doch Wintanso hat dich gerettet.«

»Wintanso?«, wiederholte Anna verwirrt und wunderte sich, dass sie daran gar keine Erinnerung mehr hatte. »Wer ist Wintanso?«, fragte sie schließlich. Was mochte dieser sonderbare Name wohl bedeuten?

»Wintanso ist ein junger Mann unseres Stammes. Er dürfte nur ein wenig älter sein als du und er ist zugleich mein jüngster Sohn. Derzeit ist er mehrere Tage auf dem Meer zum Fischen.«

»Ich bin ihm sehr dankbar«, flüsterte Anna erschöpft, schloss die Augen und fiel in einen heilenden und tiefen Schlaf. Doch immer wieder seit dem verhängnisvollen Tauchen im Meer der tausend Blüten sah sie das Gesicht eines jungen Mannes, der sie völlig verzauberte. Seine Augen und sein Blick waren unbeschreiblich und vereinten Sanftmut und Stärke.

Es war bereits ein neuer Tag angebrochen, als Anna aus diesen sonderbaren Träumen erwachte. Das Zelt war leer und das Feuer erloschen. Durch einen schmalen Spalt fiel goldenes Sonnenlicht hinein. Draußen hörte sie Stimmengewirr, das klappernde und dumpfe Geräusch von Pferdehufen und das Lachen und Schreien von Kindern. Anna stand langsam auf und war froh, dass ihre Wunden schon zum größten Teil geheilt waren. Zögernd öffnete sie das Zelt einen Spaltbreit und warf einen vorsichtigen Blick nach draußen. Als sie die weite Dünenlandschaft entdeckte, blieb sie kurz stehen und genoss den Anblick der schäumenden Meeresbrandung und das bunte Treiben der Blüten. Alle hier trugen leichte baumwollweiße Kleidung und die Frauen schmückten sich mit zarten kleinen Blumen im langen dunklen Haar. Diese sahen nicht nur schön aus, sondern verbreiteten in der gesamten Umgebung einen leichten, süßlichen, aber auch frischen Geruch. Sonnenwind entdeckte Anna und kam auf sie zu.

»Fühlst du dich besser?«

»Ja, vielen Dank, Sonnenwind, dass du dich so gut um mich gekümmert hast. Ich fühle mich wieder wohl und hoffe, die Suche nach meinen vergessenen Träumen bald fortsetzen zu können.«

»Oh, deine Erinnerung ist noch immer nicht wiedergekehrt?«, fragte Sonnenwind und in ihrer Stimme schwang Sorge mit. »Bis zu uns hat sich dein und das Schicksal deiner Freundin herumgesprochen, wir wissen von eurer Suche.«

»Meine Freundin?«, fragte sie aufgeregt. »Ich habe sie verloren. Sofie, ich vermisse sie so sehr, doch sie konnte mich nicht aus dem Abgrund ziehen, ohne selbst hinabzustürzen. Es war schrecklich, aber ich habe sie schließlich angefleht, mich fallen zu lassen.«

»Du brauchst keine Angst um Sofie haben, Anna«, unterbrach sie Sonnenwind. »Es geht ihr gut, das spüre ich.«

»Wieso? Weißt du, wo sie ist?«, fragte Anna überrascht. Sie hoffte so sehr, Sofie bald wiederzusehen.

»Unser Volk ist dafür bekannt, hellseherische Fähigkeiten zu besitzen. Keran hat mir diese Tragödie erzählt und ich konzentrierte mich auf eure Geschichte. Ich habe lange am Feuer gesessen und sah ein Bild vor Augen. Sofie lebendig in der Obhut der Indianer der roten Wüste.«

Anna verspürte einen Stich in der Herzgegend und wünschte, die rote Wüste wäre ganz in der Nähe. Doch Sonnenwind klärte sie auf, dass diese ein ganzes Stück hinter ihnen lag, in entgegengesetzter Richtung zum Land des ewigen Eises.

»Ich bringe dich jetzt erst mal zu Keran und dann stell ich dich allen anderen hier vor. Sie freuen sich schon, dich kennenzulernen.«

Anna folgte Sonnenwind durch die Menge der spielenden Kinder, entlang der Meeresbrandung, über einen Hügel, auf eine mit Strandhafer bewachsene Düne. Keran stand dort friedlich dösend, doch witterte er die beiden schon von der Ferne und galoppierte voller Freude auf sie zu.

Anna lief ihm ein Stück entgegen und fiel ihm überglücklich um den Hals. »Schön, dich wiederzusehen!«, begrüßte sie ihn und streichelte seine lange, weiche Mähne.

»Ich bin so froh, dass du wieder gesund bist«, erwiderte Keran und blickte sie mit seinen großen Augen liebevoll an.

»Hast du die Strapazen auch gut überstanden?«, fragte Anna fürsorglich.

»Mach dir wegen mir keine Gedanken, ich habe mich bereits völlig erholt.«

»Dann können wir doch morgen wieder aufbrechen und nach meiner verlorenen Erinnerung suchen?«

»Halt! Nichts überstürzen, Anna«, unterbrach sie Sonnenwind. »Deine Wunden mögen vielleicht geheilt sein, aber du musst noch viel mehr Stärke und Kraft erlangen, wenn du diese weite Reise antrittst. Und vielleicht entdeckst du ja bei uns am Meer der tausend Blüten einen Teil deiner Erinnerung wieder. Du weißt, es liegt an dir, sie zu finden und zu erkennen. Noch ein paar Tage und du wirst vieles anders sehen. Glaub mir, Anna, dieser Ort ist nicht nur wunderschön, sondern auch außergewöhnlich. Du wirst es fühlen!«

Keran nickte zustimmend.

Anna wusste nicht, ob sie die Worte richtig verstanden hatte und gab schließlich nach. Was meinte sie mit fühlen? Anna blieb noch eine Weile bei Keran und folgte dann Sonnenwind. Diese stellte sie bei allen Bewohnern der Insel vor, die herzlich und neugierig auf sie reagierten. Innerhalb weniger Stunden war Anna in ihren Kreis aufgenommen und keine Fremde mehr. Sie kochten und aßen zusammen oder sammelten gemeinsam die Blüten, mit denen sie sich schmückten. Begeistert zeigten ihr die Mädchen des Stammes, wie sie die Kränze und Sträuße aus Blumen flochten, und zierten damit ihr langes dunkelblondes Haar. Schließlich schenkte Sonnenwind ihr noch ein baumwollweißes Kleid, sodass Anna schon beinahe aussah wie eine Bewohnerin dieser traumhaft schönen Insel.

Es war bereits Abend, als sich Anna von den anderen etwas entfernte und gedankenverloren in der untergehenden Sonne am Meer spazieren ging. Das gleichmäßige Rauschen hatte eine beruhigende Wirkung und das Sonnenlicht spiegelte sich im seidenen Wasser, in dem unendlich viele duftende Blüten trieben. Anna war verzaubert von diesem Anblick und setzte sich in den noch warmen Sand.

Da sah sie eine Gestalt ganz hinten am Ende des Strandes. Es war ein junger Mann, so wie er gekleidet war, musste er zum Stamm gehören. Zuerst beachtete sie ihn nicht weiter, doch als er näher kam, verspürte sie mit einem Mal eine innere Unruhe und den starken Wunsch, einfach aufzuspringen und ihm entgegenzugehen. Völlig absurd. Ihr Verstand siegte über ihr Gefühl, sie blieb gebannt sitzen und versuchte krampfhaft den Blick von ihm zu lösen. Er aber schien sie bemerkt zu haben und lief geradewegs auf sie zu. Anna fühlte ein leichtes angenehmes Kribbeln in der Magengegend und stellte fest, dass ihr kein vernünftiges Wort mehr einfiel. Für einen Moment hoffte sie, unsichtbar zu sein, sodass er einfach an ihr vorbeiging.

Doch als er nur noch wenige Meter von ihr entfernt war, begann Annas Herz plötzlich schneller zu schlagen. Sie konnte es nicht fassen. Er war es. Der junge Mann, dessen Gesicht sie die letzten Nächte immer wieder vor Augen gehabt hatte. Anna begriff nicht, wie konnte sie von jemandem träumen, den es wirklich gab, den sie aber gar nicht kannte?

»Darf ich mich zu dir setzen?«, fragte er mit einer warmen Stimme und einem bezaubernden Lächeln, das seinen tiefbraunen Augen und seinen kantigen Gesichtszügen ein Strahlen verlieh.

»Ja«, erwiderte sie mit aller Mühe und lächelte schüchtern zurück. Ihre Zunge schien wie festgewachsen, kein klarer Gedanke war für sie zu fassen. Ihre Unsicherheit wuchs, als sie seinen neugierig musternden Blick auf sich spürte.

»Natürlich«, brachte sie mit aller Mühe heraus und blickte den Jungen schüchtern an.

»Ich bin Wintanso, der Sohn von Sonnenwind«, begann er schließlich.

Sie nickte und begegnete erneut seinem tiefgründigen Blick. Im Gegensatz zu ihr wirkte er ruhig und gelassen. Schlagartig wurde ihr bewusst, wer er war. Er war ihr Lebensretter! Sonnenwind hatte ihr alle Bewohner vorgestellt, aber Wintanso war nicht dabei gewesen. Sie überlegte fieberhaft, wo sie anfangen sollte, doch sie war zu nervös. Es schien so, als sei ihr Verstand völlig außer Kraft gesetzt. Auch Wintanso schwieg. Diese Stille zwischen ihnen war voller Spannung. Sie war weder unheimlich noch bedrohlich wie im Land der toten Felsen. Nein, diese Stille war etwas Besonderes, und Anna fragte sich erstmals, ob man einander auch ohne Worte verstehen konnte.

Die Sonne versank glutrot im Meer und die unendlich vielen Blüten begannen sich zu schließen. Anna hatte für einen Augenblick das Gefühl, sie, Wintanso und das Rauschen des Meeres würden für sich allein existieren. Sogleich war sie von diesem Gedanken überrascht. Seine Gegenwart veränderte etwas in ihr, das sie noch nicht erfassen konnte. Schließlich legte sich die innere Unruhe und sie nahm ihren ganzen Mut zusammen, den Unbekannten anzusprechen.

»Danke, dass du mir das Leben gerettet hast. Ohne dich wäre ich im Meer der tausend Blüten ertrunken. Ich hatte völlig die Orientierung verloren.«

Wintanso nickte, eine dunkle Haarsträhne fiel ihm dabei in sein Gesicht, in dem Anna keine Makel erkennen konnte. »Ja, jemand, der das alles hier nicht kennt, kann leicht in Gefahr geraten. Wenn du länger hier lebst oder aufgewachsen bist wie ich, weißt du, wovor du dich in Acht nehmen musst. Aber du brauchst dich nicht bei mir zu bedanken, denn in unserem Volk ist so etwas selbstverständlich. Es ist ein Teil unserer Bestimmung.«

»Okay«, erwiderte sie. Das war auch alles, was ihr über die Lippen kam. Zu sehr war sie damit beschäftigt, ihre wirren Gedanken zu ordnen.

Nach einer für Anna schier unendlich langen Gesprächspause wandte er sich ihr erneut zu und erfasste ihren Blick. »Alles in Ordnung?«, fragte er sanft.

»Ja ... ja, es ist nur ... ich bin einfach sehr müde und sollte jetzt zu Sonnenwind ins Zelt gehen«, antwortete Anna und bemühte sich, ihm dabei in seine dunkelbraunen Augen zu sehen. Dieses Mal hielt sie seinem Blick stand. Jedoch war sie sicher, Wintanso sah nicht nur in ihr Gesicht, in ihre Augen, nein, er erfasste ihre ganze Seele.

»Ja, lass uns zurück zu den anderen gehen«, stimmte er zu und stand mit geschmeidigen Bewegungen auf. Anna folgte ihm und versank für einen kurzen Moment in den Bildern, die vor ihrem inneren Auge auftauchten. Seine Gesten, sein Lächeln und der tiefgründige Blick, wenn er mit ihr sprach, fesselten sie.

Als Anna am Abend im Zelt lag und wieder das warme rote Feuer neben ihr prasselte, schloss sie die Augen und murmelte: »Wintanso ... Wintanso.« Noch nie hatte sie so einen eigenartigen Namen gehört, und doch empfand sie ihn gar nicht als so fremd.

Sonnenwind, die noch nicht eingeschlafen war, hatte Anna gehört und drehte sich zu ihr um. Lächelnd fragte sie: »Du hast ihn heute wohl kennengelernt? Wintanso ist ein netter junger Mann.«

»Ja, das ist er wirklich, aber etwas an ihm ist so geheimnisvoll ...«

»Was meinst du?«, fragte Sonnenwind und begann das Feuer zu löschen. Es war wirklich warm genug.

»Ich weiß es nicht. Vielleicht sein Name. Was bedeutet er?«

»Dieses Geheimnis kann ich lüften, Anna. Wir, mein Mann und ich, tauften ihn so, da war er gerade zwei Jahre alt. Er beinhaltet drei Dinge, drei Symbole, die so sind wie er. Sie spiegeln seinen Charakter, sein Wesen, seinen Verstand und seine Seele wider.«

»Was sind das für Symbole?«, fragte Anna neugierig.

»Nun, überlege doch selbst einmal: Win – Tan – So. Win steht für den Wind. Sein Temperament ist so stark und so stürmisch wie der Wind. Er kann sehr schnell begeistert von neuen Ideen sein und sehr aufbrausend wirken, wenn er das Gefühl hat, dass er unfair behandelt wird. Ungerechtigkeit ist sein Feind. Jedoch kann er auch so behutsam und zart sein wie ein Windhauch, der dich liebevoll umhüllt. Tan kommt bei unserem Volk von Tau. Du weißt schon, die vielen kleinen Tautropfen, die morgens, wenn die Nächte kühler werden, das Gras bedecken. Sein Gesicht und seine Augen sind so klar wie Tau. Wenn er glücklich ist, strahlen seine Augen wie Tautropfen in der Sonne, glänzen und schimmern. So ist eine Ableitung von Sonne. Sein Gemüt und seine Seele sind wie die Sonne. Hell und wärmend. Er hat schon viele Eisberge zum Schmelzen gebracht, wenn du weißt, was ich meine.«

Anna hörte fasziniert zu. Dieser Name war wirklich eindrucksvoll und der Mensch, der ihn trug, auch.

»Wintanso«, flüsterte sie noch einmal, bevor sie einschlief, und verspürte eine leise Sehnsucht nach ihm.

Kapitel 14 – Das Feuer

Es war bereits weit nach Mitternacht, als Anna unsanft durch den Schrei von Frauen und Kindern aus dem Schlaf gerissen wurde. Sofort wuchs in ihr ein Gefühl des Unbehagens und der erdrückenden Schwere, die ihren ganzen Körper ergriff. Anna versuchte ihre Gedanken zu ordnen und zu verstehen, was da draußen geschah. Vorsichtig setzte sie sich auf und bemerkte, dass sie sich ganz allein im Zelt befand. Sie hatte gar nicht gemerkt, dass Sonnenwind aufgestanden war. Auf einmal nahm Anna einen stechenden Geruch von brennendem und loderndem Holz wahr, und als sie durch den Spalt des Zelteinganges lugte, blieb ihr für eine Sekunde das Herz stehen. Eine heiße, verschlingende Feuerwand breitete sich vernichtend über dem kleinen Indianerdorf aus. In panischer Angst packten Frauen und Männer ihr Hab und Gut in Beutel und Taschen, ihre Kinder hielten die bereits nervösen und unruhigen Pferde. Anna war kaum am Eingang des Zeltes erschienen, da lief Sonnenwind schon auf sie zu.

»Anna, wir müssen fliehen, die ganze Insel droht in Flammen aufzugehen, die große Trockenheit hat dazu geführt. Wintanso wird dich in Sicherheit bringen. Wir werden versuchen, das Festland zu erreichen.«

Anna blickte erstarrt in Sonnenwinds große Augen, in denen sich die hungrigen und verzehrenden Flammen widerspiegelten. Für den Bruchteil einer Sekunde wirkten sie hypnotisch auf Anna und machten ihr jede Bewegung unmöglich. Doch da zog sie jemand am linken Arm und rüttelte sie. Anna sah durch das rote Schimmern der Glut und erkannte im Halbdunkel Wintansos Gesicht. Er blickte sie ernst an.

»Anna, hörst du nicht, wir müssen die Insel verlassen, bevor unsere Boote verbrennen!«

Endlich erwachte sie aus ihrer Starre und dachte sofort an ihren treuen Freund. »Keran, ich muss zu ihm, er hat bestimmt fürchterliche Angst vor dem Feuer!«

»Du kannst nicht mehr zu ihm, du bringst dich selbst in Gefahr! Wir haben keine Zeit zu verlieren.«

»Was? Ich soll Keran den Flammen überlassen? Das kannst du nicht von mir verlangen!«, schrie Anna ihn entsetzt an, riss sich los, und ohne sich noch einmal umzudrehen, rannte sie in die Richtung, wo sie Keran vermutete. Wintanso folgte ihr sofort nach. Anna rief verzweifelt immer wieder Kerans Namen, die rauchige, stechend heiße Luft erschwerte ihr das Atmen. Erschöpft lief sie weiter, als sie ein grelles Wiehern hörte.

»Keran, ich komme! Ich hole dich, hab keine Angst!«, rief sie ihm entgegen.

Verwirrt versuchte sie sich zu orientieren, doch ihre Augen tränten und die Erschöpfung wurde immer stärker. Unablässig hörte sie Keran schreien, doch sie konnte ihn in dieser Flammenhölle nicht finden. Tränen liefen ihr über die Wangen, die innerhalb kürzester Zeit aufgrund der großen Hitze verdunsteten. Sie musste Keran finden, ohne ihn wollte sie diese Insel nicht verlassen. Schwarze Schatten tanzten vor ihren Augen und ihre Knie gaben nach, sodass sie sich auf den Boden sinken ließ. Sie wollte sich nur einen Moment ausruhen, nur einen klitzekleinen Augenblick.

»Anna!«, hörte sie seine dunkle, warme Stimme rufen. Wintanso hatte sie gefunden und stand dicht an ihrer Seite. Schnell und kraftvoll hob er sie von dem sandigen Boden hoch, dessen Gräser und Büsche bereits Feuer gefangen hatten.

»Wintanso«, antwortete Anna atemlos. »Ich habe Keran gehört, aber nicht gefunden.«

»Ja, ist schon gut, aber wir müssen gehen, sonst überleben wir es beide nicht!«

»Nein! Lieber sterbe ich mit ihm!«, schrie Anna ihn zornig und weinend zugleich an und versuchte sich von ihm loszureißen. Aber Wintanso hielt sie fest. Plötzlich knackte es laut und ein Knall von ohrenbetäubender Lautstärke ließ Anna und Wintanso aufschrecken. Ein riesiger brennender Ast krachte vor ihnen auf den Boden. Gleichzeitig hörten sie einen schrecklichen Schrei. Es war Keran, ein letzter Laut von ihm. Der herabgestürzte Ast musste ihn genau getroffen haben. Anna zuckte unter Kerans Aufschrei zusammen und Wintanso hielt sie noch fester in seinen schützenden Armen. Sie wusste, was geschehen war, und wäre Wintanso nicht gewesen, wäre sie einfach weinend zusammengebrochen und liegen geblieben. Die Luft hatte sich bereits so stark aufgeheizt, dass ihre Augen brannten und jeder Atemzug schmerzte.

Wintanso griff nach Annas rechter Hand und zog sie mit sich, nach einem Weg aus der Flammenhölle suchend. Anna konnte das Geschehene nicht glauben, sie fühlte sich wie betäubt und innerlich leer. Das sollte das Land sein, in dem Träume wahr wurden? Es war alles ein Alptraum! Konnte sie nicht einfach aufwachen?

Auf einmal erblickte sie das Meer der tausend Blüten vor sich, doch das sah in den Rauchmassen, die von der Insel aufstiegen, sehr grau und düster aus. Viele der zauberhaften Blüten hatten ihre Blätter verloren. Wintanso schob sein kleines Boot gegen die hereinbrechende Brandung vom Strand weg und half Anna beim Einsteigen. Noch eine Weile starrte sie zurück auf die einst so prachtvolle Insel, die ihr so viel Gutes und Liebevolles geschenkt hatte.

Eine ungeheure Müdigkeit ergriff von ihr Besitz. Völlig erschöpft legte sie sich auf den Boden des hölzernen Bootes. Wintanso atmete erleichtert auf. Wehmütig blickte er auf sein zerstörtes Zuhause zurück.

Kapitel 15 – Die Insel

Anna erwachte, und das Erste, was sie sah, war das türkisfarbene Leuchten des Meeres und Wintanso, der darin tauchte. Erst jetzt fiel ihr die neue Umgebung auf. Bruchstückhaft schossen ihr Bilder der Flucht vor dem Feuer durch den Kopf. Sie war am Ende so erschöpft gewesen, dass Wintanso sie getragen hatte. Anscheinend auch an diesen Ort, an dem sie sich jetzt befand. Aber wo war sie? Warum konnte sie nur Wintanso sehen. Sie hatte doch noch beobachtet, wie Sonnenwind und ihr ganzes Volk aufgebrochen waren. Vorsichtig und etwas wackelig auf den Beinen stand sie von den weichen Kissen und Decken auf, die den Boden bedeckten, und betrachtete das kleine, aus Bambus gefertigte Haus. Es war nicht direkt am Strand, sondern in zwei ausladende tropische Bäume hineingebaut. Von dort hatte man einen herrlichen Blick auf die Bucht, aber wie Anna vermutete, konnte man es vom Meer aus durch das dichte Grün der Blätter nicht sehen. Sie brauchte ein wenig Zeit, den Abstieg über eine hölzerne Leiter zu entdecken, die mit zwei Lianen an einem dicken Ast befestigt war, und kletterte vorsichtig hinab.

Leise lief sie durch den warmen Sand auf Wintanso zu, der gerade aus dem Wasser kam und sie in diesem Moment entdeckte. Sein nasser Körper glänzte im Sonnenlicht. Irritiert von seinem fesselnden Anblick blieb Anna stehen. Etwas in ihr wollte weitergehen, gleichzeitig spürte sie, wie die innere Leere wich. Stattdessen meldete sich eine unbeschreibliche Wut zu Wort. Sie konnte und wollte nicht begreifen, warum Keran sterben musste.

Wintanso hielt einen Augenblick inne und suchte ihren

Blick, bevor er langsam auf sie zukam und mit einem gewissen Abstand stehen blieb, als spürte er Annas Zorn.

»Fühlst du dich etwas besser?«, fragte er vorsichtig, aber selbstbewusst.

Stille.

Anna sagte kein Wort. Sprachlos stellte sie fest, dass sich in ihren Augen Tränen sammelten.

»Nein, ich fühle mich überhaupt nicht gut!«, erwiderte sie trotzig und ging auf ihn zu. Er wirkte überrascht, wich aber keinen Zentimeter. Annas Wut und Verzweiflung waren in diesem Moment so groß, dass sie ihre Schüchternheit vergaß.

»Wegen Keran?« Wintanso betrachtete sie ernst.

»Gut erkannt!«, antwortete diese schrill und erschrak über den Klang ihrer Stimme. »Ich konnte ihn nicht retten! Wenn du mir dabei geholfen hättest, anstatt mich auf dein Boot zu zerren und hierher zu entführen, dann wäre er sicher noch am Leben!«

Wintanso schüttelte den Kopf. »Du glaubst, ich hätte das verhindern können? Wenn das möglich gewesen wäre, meinst du nicht, ich hätte es getan? Hätte ich zusehen sollen, wie du in den Flammen verbrennst? Das Feuer kam von allen Seiten!«, erwiderte Wintanso. Der scharfe und feindselige Tonfall seiner Worte überraschte Anna und traf sie zu ihrer eigenen Verwunderung im Innersten.

Fassungslos starrte sie Wintanso an. Sie konnte keine Silbe mehr sagen, da sie viel zu sehr damit beschäftigt war, ihre Tränen zu unterdrücken. Bloß nicht weinen, er durfte sie so nicht sehen! Sein Charakter war wirklich genau, wie Sonnenwind ihn beschrieben hatte. Wenn er sich ungerecht behandelt fühlte, konnte er wütend und aufbrausend sein.

»Vielleicht brauchst du ein bisschen Zeit, um über alles nachzudenken ...«, fuhr Wintanso scharf fort, aus seinem

Blick las Anna Enttäuschung, die sie schmerzte. Wortlos wandte er sich von ihr ab und lief zum Baumhaus zurück.

Sobald er außer Sichtweite war, fiel Anna auf die Knie in den weichen Sand und ließ ihren Tränen freien Lauf.

Es vergingen zwei Tage, in denen Wintanso Anna aus dem Weg ging, sobald sie in seine Nähe kam. Zwar sorgte er für ausreichend Nahrung, da er ihr immer etwas von seinem Fischfang zubereitete, doch war er zu keinerlei Gespräch bereit.

Annas anfänglicher Ärger wich schnell, und zunehmende Zweifel an ihren Anschuldigungen wuchsen und quälten sie von Stunde zu Stunde mehr. Abends, wenn die Sonne glutrot im türkisfarbenen Meer unterging, war es besonders schlimm. Die ersten Sterne funkelten am samtblauen Himmel, als sich Anna erneut einen Ruck gab und auf das Feuer am Strand zulief, an dem sich Wintanso zurückgezogen hatte. Wortlos setzte sie sich ihm gegenüber. Wintanso sah kurz auf und senkte sofort den Blick. Zum Glück lief er nicht wieder davon! Sie atmete innerlich auf und überlegte, wie sie seine Aufmerksamkeit zurückerlangen konnte, denn eines war ihr in den vergangenen Stunden bewusst geworden: Sie wollte sein Interesse an ihr und seine liebevolle Fürsorglichkeit wiederhaben. Dieses schöne Gefühl, das sie bei ihrem ersten Aufeinandertreffen empfunden hatte, es fehlte ihr schon jetzt.

»Ich hatte nun genug Zeit zum Nachdenken«, begann sie leise und wartete angespannt Wintansos Reaktion ab. Dieser stocherte mit einem Ast im Feuer herum, ohne aufzusehen. Anna holte tief Luft. Hatte sie ihn verletzt oder warum reagierte er so? Als er weiterhin keine Regung zeigte, sah sie sich suchend um und entdeckte das, was sie brauchte. Schnell sprang sie auf und holte einen längeren Stock.

»Willst du es damit mal probieren?«, fragte sie ihn freundlich und reichte Wintanso den Ast gefährlich nah über das Feuer hinweg. Dieser reagierte blitzartig und konnte Anna gerade noch aus der Gefahrenzone schubsen. Sie landete unsanft auf dem Boden.

»Was machst du?«, fragte er erschrocken und seine großen braunen Augen musterten sie mit einer Mischung aus Wut und Sanftheit. »Du müsstest doch wissen, dass man sich an den Flammen verbrennen kann!«

Was für ein Glück, er sprach wieder mit ihr! Erleichtert schüttelte Anna den Sand aus ihrem Kleid.

»Kann man dich überhaupt allein lassen, ohne dass du Gefahr läufst, dich zu verletzen?«, fragte er schließlich in finsterem Tonfall, aber um seine Lippen zeichnete sich ein liebenswürdiges Lächeln ab.

»Hm, anscheinend nicht«, erwiderte Anna scherzhaft. »Es tut mir leid ...«, setzte sie fort. »Es war nicht fair von mir, dir Vorwürfe zu machen.«

Wintanso stand reglos vor ihr, sein durchdringender Blick fixierte sie und machte ihr das Denken fast unmöglich. Schließlich bemerkte Anna an seiner Mimik, dass er ebenfalls nach Worten suchte.

»Ich muss mich auch bei dir entschuldigen!«, begann er vorsichtig. Anna sah ihn verlegen an und bemühte sich, ihre Anspannung nicht nach außen sichtbar werden zu lassen. »Ich hätte deine Wut verstehen müssen. Dahinter versteckt sich nichts als Trauer um den verlorenen Freund. Du warst noch so geschockt über das Geschehene, dass du nicht anders konntest, als mir alle Schuld an deinem Unglück zu geben.«

Anna schluckte, seine Worte trafen sie mitten ins Herz. Er kannte sie besser als sie sich selbst, schoss es ihr durch den Kopf. Sie wagte nicht, es laut auszusprechen.

Wintanso ging einen Schritt auf Anna zu und legte ihr behutsam eine Hand auf die linke Schulter. »Bitte verzeih mir! Ich habe dich mit deinem Schmerz allein gelassen, das war nicht richtig.«

Anna nickte, erstaunt über so viel Sensibilität, und ergriff seine Hand, die sich warm und wohlig anfühlte. Irritiert und ein wenig erschrocken von dem angenehmen Gefühl, das seine Berührung auslöste, ließ sie wieder los. »Danke, dass du mich vor den Flammen in Sicherheit gebracht hast, das scheint wirklich deine Bestimmung zu sein. Jetzt hast du mir schon zweimal das Leben gerettet.«

Über Wintansos Gesicht huschte ein Lächeln, das seine Augen erneut zum Strahlen brachte. Er gab ihr ein Zeichen, sich wieder zu ihm ans Feuer zu setzen.

»Wo sind wir hier denn und wo sind all die anderen?« Diese Frage brannte Anna schon lange auf der Seele.

»Ich habe sie bei unserer Flucht aus den Augen verloren. Es ging alles so schnell. Wir waren sehr spät, wahrscheinlich die Letzten, und so brachte ich dich auf meine Insel«, erklärte Wintanso ruhig.

»Auf deine Insel?«

»Ja, meine Eltern schenkten sie mir oder besser gesagt benannten sie nach mir, denn hier fanden sie mich, als ich ungefähr zwei Jahre alt war.«

»Du bist gar nicht der Sohn von Sonnenwind?«, fragte Anna verdutzt. Hoffentlich riss sie damit keine alten Wunden auf.

»Niemand weiß eigentlich, woher ich komme. Sonnenwind hat mich aufgezogen und sie war für mich immer meine Mutter. Hätte sie mich nicht gefunden, wäre ich heute nicht mehr am Leben.«

»Und du weißt wirklich nicht, woher du stammst?«, fragte Anna erstaunt.

»Leider nicht, ich habe fast schon aufgegeben, es jemals zu erfahren.« Anna meinte, eine Spur von Traurigkeit in seiner Stimme zu hören.

»Das ist doch seltsam«, bemerkte sie. »Wir beide stehen in gewisser Weise vor einer Aufgabe, die unlösbar scheint.«

»Sie ist nicht unlösbar, Anna. Es liegt an uns, ob wir jemals diese Rätsel verstehen und lösen. Auch ich werde das Land des ewigen Eises aufsuchen, denn nur dort habe ich die Chance, mehr über all das zu erfahren.«

Es wäre schön, auf diesem Weg nicht allein zu sein, dachte Anna und wünschte sich im Moment so sehr, Wintansos Gedanken lesen zu können. War sie ihm genauso wichtig wie er ihr schon jetzt?

»Hast du Hunger?«, fragte Wintanso und holte sie damit in die Realität zurück. Anna nickte und folgte ihm zu dem kleinen Bambushäuschen am Rande des bezaubernden dunkelgrünen Urwaldes.

Wintanso hatte in den Tagen seit ihrer Ankunft verschiedene tropische Früchte gesammelt und kleine Krebse und Fische gefangen. Das Essen, das er mit größter Sorgfalt zubereitete, schmeckte köstlich, und Anna bemerkte, wie mit dem hervorragenden Mahl ihre Lebensgeister zurückkehrten. Sie fühlte sich unsagbar wohl auf dieser Insel – in seiner Nähe.

Wintanso erzählte ihr von seiner Kindheit, von dem Meer der tausend Blüten, seinen großen und kleinen Abenteuern und seiner Familie, die er über alles liebte. Anna hörte aufmerksam zu, ihre Phantasie verwandelte seine Worte in Bilder. Sie beobachtete seine Gesten, wenn er sprach, das Leuchten in seinen Augen, wenn er von seiner Familie schwärmte. Anna glaubte beinahe, Wintanso schon sehr viel länger zu kennen. Natürlich war auch er neugierig und fragte Anna nach dem Rest ihrer Erinnerung. Zaghaft schilderte sie ihre Ankunft im Regenbogenland, den schrecklichen Absturz im Land der toten Felsen und berichtete von ihrer Freundin Sofie, die ihr sehr fehlte.

Je länger sie ihm von ihrer einzigen Erinnerung, der bisherigen Reise durch das Traumland mit seinen Höhen und Tiefen, erzählte, umso bewusster wurde Anna ihr eigenes Empfinden und Verhalten. Sie entwickelte erstmals ein Bild von sich selbst. Wintansos Bereitschaft, ihr uneingeschränkt und völlig frei von jeglicher Bewertung zuzuhören, weckte in ihr ein tiefes Vertrauen und das Gefühl, mit all ihren Schwächen und Stärken von ihm angenommen zu werden. Zu gern hätte sie ihm erzählt, warum sie hier war und was ihr bis zu ihrer Reise ins Traumland wichtig gewesen war, aber daran konnte sie sich einfach nicht erinnern.

Die Nacht war schon weit fortgeschritten, als Anna zu frösteln begann. Wintanso holte eine der weißen Decken herbei und legte sie Anna schützend um die Schultern.

»Wenn du willst, zeige ich dir morgen die Insel. Sie ist nicht besonders groß, aber beeindruckend«, flüsterte Wintanso, der es sich auf der anderen Seite des Feuers auf einer Matte gemütlich gemacht hatte.

»Oh ja, gerne, ich freue mich auf morgen«, antwortete sie schläfrig und genoss das angenehme Kribbeln in ihrem Bauch, das sie in Wintansos Gegenwart häufig empfand. Seine liebevolle Fürsorglichkeit erweckte in ihr etwas Neues. Etwas, das sie noch nicht deuten konnte. Sie fühlte sich leicht und schwerelos, als würde sie fliegen. Alles andere verblasste, wenn sie nur an Wintanso dachte, der ganz in ihrer Nähe lag. Sein regelmäßiger Atem beruhigte sie auf eine seltsame Art. Anna zog die Decke noch weiter über den Kopf und stutzte. Mit einem Mal wusste sie, dass diese Decke sie an irgendetwas erinnerte. Sie hatte noch eine andere Bedeutung. Aber was für eine?

Anna konnte es sich nicht erklären. Das neue Gefühl, das in ihr wuchs, ein Gefühl der Liebe und der Sehnsucht nach Zärtlichkeit, hatte ihr auf unbekannte Weise die Augen für ein Stück verlorener Erinnerung geöffnet. Sie fühlte es. Sie war für einen kurzen Moment ganz in der Nähe ihrer Träume.

Anna wurde von den ersten Sonnenstrahlen geweckt, die ihr direkt ins Gesicht schienen. Noch etwas benommen blinzelte sie in den azurblauen Himmel, der ihr aus der runden Öffnung an der Ostseite des Baumhauses entgegenleuchtete. Wunderschön! Das war ihr erster Gedanke, als sie sich aufsetzte und den Blick durch die kleine Behausung schweifen ließ. Wintanso war bereits aufgestanden und füllte leise zwei Beutel mit Nahrungsmitteln für die geplante Entdeckungsreise.

»Na, hast du gut geschlafen?«, fragte er und schenkte ihr wieder sein hinreißendes Lächeln. Sie konnte keinen klaren Gedanken fassen, nahm aber deutlich wahr, wie ihr Herz schneller schlug.

»Ja, danke …«, stammelte Anna unsicher und war bemüht, sich von alledem nichts anmerken zu lassen. »Ich fühle mich sehr gut und bin schon ganz gespannt auf deine Insel.«

Wenn sie so war wie Wintanso, dann würde das heute ein wunderschöner Tag, schoss es ihr durch den Kopf und sie bemerkte sogleich, wie ihr die Röte ins Gesicht stieg. Hoffentlich sah er das nicht! Sie war selbst von ihrer Reaktion überrascht und wich seinem sanften Blick aus.

Schließlich brachen sie auf und liefen längere Zeit durch eine tropische Dschungellandschaft, die so dicht bewachsen war, dass nur wenige Sonnenstrahlen durch das Blätterdach zu ihnen auf den von Farnen und Moosen bewachsenen Boden drangen. Wintanso machte, wenn nötig, den

Weg mit einem Buschmesser frei und half Anna über größere Wurzeln oder Stämme umgestürzter Bäume zu steigen.

Als sich der Regenwald lichtete und sie am Rande eines Abgrundes ankamen, schreckte Anna instinktiv zurück. Der dunkle felsige Untergrund brach nur wenige Meter vor ihr in eine unbekannte Tiefe, deren Ende sie aus dieser Distanz nicht einzuschätzen vermochte. Weit entfernt konnte sie den gegenüberliegenden grünen Saum des Regenwaldes auf einer massiven schwarzen Felswand entdecken. Es schien so, als ginge ein Riss mitten durch die tropische Landschaft. Annas Knie zitterten und ihre Füße gehorchten ihr nicht. Sie war unfähig, Wintanso zu folgen. Für einen kurzen Augenblick meinte sie, sich und Sofie an der Schlucht im Land der toten Felsen zu sehen, und eine Flut von Panikgefühlen überrollte sie. Wie gelähmt verharrte Anna, nahm nur noch den beschleunigten Puls und die erschwerte Atmung wahr.

Doch da war noch eine andere Empfindung. Ein warmer und sanfter Druck von Wintansos Händen. Er fasste sie behutsam, aber bestimmt an den Schultern, drehte sie zu sich herum, sodass ihr Sichtfeld weg von dem vermeintlich bedrohenden Abgrund auf ihn gerichtet war.

»Du bist in Sicherheit. Das Land der toten Felsen liegt weit hinter dir!«, versuchte er sie zu beruhigen. Doch Anna starrte ins Leere, sie fühlte starken Schwindel, verbunden mit einer wachsenden Angst, nun völlig die Kontrolle über sich zu verlieren.

»Anna! Schau mich an!«, begann Wintanso nun lauter und bestimmter auf sie einzureden. »Du musst langsamer atmen, dann geht es dir gleich wieder besser.«

Anna versuchte seinem Rat zu folgen, doch sie bemerkte entsetzt, wie sie nur mit größter Mühe Luft bekam.

Wintanso reagierte besonnen und ergriff ihre linke Hand. Behutsam legte er sie auf seine Brust und suchte erneut Blickkontakt. »Da, fühlst du das? Ich atme ganz ruhig und gleichmäßig. Und genau das wirst du jetzt auch tun!«

Anna schaute verwirrt in sein Gesicht. Alles, was sie sah, war sein durchdringender und liebevoller Blick, der sie festhielt und sie vor ihrem Gedankenkarussell bewahrte. Über ihre Hand nahm sie seine Wärme und den Rhythmus seines ruhigen, regelmäßigen Atems wahr.

»Spürst du das?«

Anna nickte. Achtsam begann sie das Heben und Senken seines Brustkorbes wahrzunehmen und ihren Atemrhythmus daran anzupassen. Ganz langsam, Schritt für Schritt, gewann sie die Kontrolle über ihre Köperfunktionen zurück, ohne dabei die Hand von Wintansos Brust zu nehmen, der ihr gleichzeitig mit seinem linken Arm den Rücken stützte.

»So kann dir nichts passieren, ich halte dich, und gleich nach dieser Schlucht kommt etwas, für das sich diese Mühe lohnt«, sprach er ruhig weiter

»Ich habe nur so schreckliche Angst vor der Tiefe. Sie zieht mich magisch an«, erklärte Anna und versuchte erstmals mit beiden Füßen den Boden bewusst zu spüren.

»Ich verstehe dich, aber ich würde nie zulassen, dass dir das gleiche Schicksal wie im Land der toten Felsen widerfährt.« Liebevoll strich er Anna eine der blonden Haarsträhnen aus dem Gesicht. »Wenn du willst, dann schließe die Augen. Du kannst mir vertrauen, ich führe dich, ohne dass du davon etwas merkst, an diesem Abgrund vorbei. Der Weg schlängelt sich entlang dieser Felswand, auf der wir gerade stehen, hinab. Sie trennt den Regenwald von dem Tal unter uns. Es ist ringsherum von schwarzem felsigen Gestein umschlossen, denn es handelt sich um den tiefen Krater eines längst erloschenen Vulkans. Dort, wo er einst Asche speie, wachsen heute die farbenprächtigsten Pflanzen. Deine schrecklichen Erinnerungen an das Land der toten Felsen werden keine Macht mehr über dich haben, sobald du es geschafft hast, diesen Weg mit mir gemeinsam zu gehen.«

Anna atmete noch einmal tief durch, schloss die Augen und drückte Wintansos Hand als Zeichen der Zustimmung.

»Dann gehen wir jetzt weiter.« Behutsam führte er sie vor sich her und ließ sie keine Sekunde los. Leise und beruhigend sprach er zu ihr, beschrieb genau, ob sie ihre Beine über einen Felsvorsprung heben musste oder sie besser in kleinen Schritten eine glatte abschüssige Gesteinsplatte überqueren sollte. Mit jedem Schritt, den sie meisterte, wuchs Annas Vertrauen in Wintanso, aber auch in sich selbst.

»So, nun haben wir es fast geschafft, Anna. Gleich kannst du die Augen öffnen, aber davor musst du mir verraten, was du hörst. Nimmt man denn nicht alles viel intensiver und besser wahr, wenn man nichts sieht?«

Anna hielt einen Moment inne und folgte Wintansos Aufforderung. »Ja, du hast recht, es ist viel lauter um mich herum, als wenn ich meine Umgebung sehe. Ich höre seit Kurzem ein Rauschen, das immer deutlicher wurde. Es könnte das Rauschen eines Flusses sein, der in einen Abgrund stürzt. Und dann sind da noch die vielen Vogelstimmen. Mir war bisher gar nicht klar, dass es so viele verschiedene Melodien gibt ... und die Luft, sie riecht so angenehm frisch und rein, anders als vorhin, als wir durch die Schwüle des Tropenwaldes liefen.« Anna konnte gar nicht mehr mit ihren Schilderungen aufhören, sie war glücklich in Wintansos Nähe und wollte, dass dieses Gefühl niemals endete. Wintanso unterbrach sie kein einziges Mal. Als Anna schwieg, legte er behutsam eine Hand auf ihre Augen, um sie dann, einem Ritual gleich, fortzuziehen.

»Du kannst sie jetzt aufmachen und du brauchst auch keine Angst zu haben.«

Neugierig öffnete Anna die Augen und ließ die beeindruckenden Bilder auf sich wirken. Genau vor ihr stürzte ein tosender kristallklarer Wasserfall in die Tiefe eines dort liegenden kleinen Sees. Die Blautöne variierten im Licht der goldenen Sonnenstrahlen. Endlos viele Blumen, in den verschiedensten Formen und Größen, in den zartesten Farben und Düften, säumten den kleinen verwunschenen See, der von hohem Schilfgras umgeben war.

»Das ist wunderschön, einfach traumhaft!«, sagte Anna begeistert.

»Für mich ist und war dieser Ort schon immer etwas Besonderes, der Ursprung von Glück und Frieden«, erwiderte Wintanso sanft und zog Anna, die mit dem Rücken an ihm lehnte, noch etwas dichter an sich. Sofort bemerkte sie, wie ihr Herz erneut schneller schlug. Aber dieses Mal war es von einem unbegreiflichen Glücksgefühl begleitet.

»Und wie kommen wir nach unten an den See?«, fragte sie schließlich, als sie bemerkte, dass sie auf einer spitz zulaufenden Klippe standen, die weit über das Tal unter ihnen hinausragte.

»Es gibt keinen Abstieg von hier, wenn du unbedingt hinunterwillst, musst du springen«, erklärte Wintanso, und Anna meinte aus den Augenwinkeln ein Grinsen über sein Gesicht huschen zu sehen.

»Springen?«, fragte Anna entsetzt. »Niemals! Das kann ich nicht ... der See ist doch bestimmt nicht tief genug. Es muss doch einen anderen Weg geben?« Sie drehte sich zu Wintanso um.

»Wenn du unbedingt diesen wunderschönen Ort mit mir entdecken möchtest, wird dir nichts anderes übrig bleiben. Der See wird tief genug sein und dich sanft auffangen, vertrau mir. Es ist ein einzigartiges Tal, das nur diejenigen einlässt, die an das Unmögliche glauben und ehrlich zu sich selbst sind.«

Anna hörte angespannt zu. »Was ist mit einzigartig gemeint?«, fragte sie verwirrt.

Wintansos Gesicht begann zu strahlen. »Hm, finde es selbst heraus, Anna. Nur so viel: Es erfüllt dir deinen Herzenswunsch.«

»Was ist mit dir, Wintanso, bist du denn überhaupt nicht in Gefahr?«

»Nein, denn ich weiß, warum ich mit dir in dieses Tal möchte.« Der Tonfall seiner Stimme klang geheimnisvoll.

Sie blickte in seine warmen braunen Augen und wusste augenblicklich, dass sie unbedingt mit ihm an diesen magischen Ort wollte. Entschlossen ergriff sie auch seine zweite Hand, und zusammen gingen sie einen Schritt auf den Abgrund zu. Jetzt oder nie, sie musste ihre Angst überwinden. Das war ihr letzter Gedanke, bevor sie beide losliefen und sprangen. Wintanso hielt Anna fest, bis sie die Wasseroberfläche erreichten und in das glitzernde Nass des Sees eintauchten. Es fühlte sich herrlich an. Auf ihrem Weg nach oben schwamm sie durch unzählige aufsteigende Luftblasen, die sie beide durch ihren Sprung erzeugt hatten. Wintanso half Anna an das Ufer und setzte sich zu ihr, mitten in ein kleines Fleckchen Blumenwiese, das kreisförmig vom hohen Schilfgras umschlossen war und gerade noch einen Blick auf den glitzernden See freigab.

»Es ist noch viel schöner, als es von oben aussah!«, sagte Anna begeistert. Sie konnte es nicht fassen. Völlig berauscht von dem, was sie gerade getan hatte, betrachtete sie Wintanso. Alles an ihm, seine Augen, sein Lächeln, sein Körper, strahlte so viel Sanftmut, Stärke, Kraft und Liebe aus. Nie mehr wollte sie von ihm weichen.

»Komm, Anna!«, forderte Wintanso sie lachend auf und riss sie aus ihren Gedanken. »Lass uns noch ein bisschen schwimmen, das Wasser lädt geradezu ein!«

Anna zögerte nicht lange und folgte ihm in den See. Losgelöst und glücklich öffnete sie die Augen unter Wasser. Sie sah weit und breit nur das erfrischende tiefe Blau und die Sonnenstrahlen an der Wasseroberfläche. Aber wo war er?

Anna tauchte auf, um nach Wintanso zu sehen, aber nirgendwo entdeckte sie ihn.

»Wintanso! Wo bist du?«, rief sie und blickte verunsichert in alle Richtungen. »Wintanso?!« Doch da berührte etwas ihre Beine, ein Schatten tauchte um sie herum. Anna meinte, ihr Herz bliebe vor Schreck stehen, aber im selben Moment erkannte sie, wer sich hinter dem Schatten verbarg. Wintanso. Blitzschnell schoss er neben ihr nach oben und musste herzhaft lachen, als er Annas entsetztes Gesicht sah.

»Du hast mich total erschreckt!«, schrie sie ihn zornig an, wurde aber von Wintansos Fröhlichkeit schnell mitgerissen und lachte schließlich über sich selbst.

»Ich wollte nicht, dass du Angst bekommst, Anna«, sagte Wintanso grinsend und schwamm näher an sie heran. Sein Blick verriet, dass er etwas im Schilde führte.

»Was hast du vor?«, fragte sie misstrauisch. »Willst du mich etwa untertauchen?«

»Niemals!«, konnte dieser gerade noch erwidern, als er den Halt verlor, denn dieses Mal war es Anna, die Wintanso erschreckte und ihn blitzschnell nach unten zog. Als sie anschließend sein erstauntes Gesicht sah, konnte sie sich vor Lachen nicht mehr halten.

»Okay, Wintanso, jetzt sind wir quitt ... und abgesehen davon glaube ich nicht, dass ich dir jemals lange böse sein könnte.«

Er hörte ihr aufmerksam zu und ließ sich langsam durch das Wasser in ihre Nähe gleiten. Nur noch wenige Zentimeter trennten sie voneinander. Anna verharrte regungslos, sein liebevoller Blick verriet ihr, dass sie nichts zu befürchten hatte. Vorsichtig legte er seine Arme um ihren Rücken und ihre Taille, hob sie aus dem Wasser und trug sie an das Ufer zu ihrem Platz zwischen dem Schilfgras. Anna legte ihren Arm um Wintansos Hals und zog ihn näher an sich heran, bis ihre Gesichter kaum mehr voneinander getrennt waren. Sekundenlang blickten sie sich an, eng umschlungen.

»Wintanso ...«, fing Anna mit leiser Stimme an.

»Du brauchst jetzt nichts zu sagen. Dieser Augenblick spricht mehr als tausend Worte.« Sanft legte er seinen Zeigefinger auf ihre Lippen, bevor er sich zu ihr herabbeugte und sie lange und zärtlich küsste.

Kapitel 16 –
Die Indianer der roten Wüste

Sofie betrachtete traurig die untergehende Sonne, die sich langsam im Blau des großen Sees aufzulösen schien. Ihre Gedanken waren bei ihrer Freundin Anna. Wenn sie nur wüsste, ob sie überlebt hatte. Zum tausendsten Mal grübelte sie über das Vergangene nach und vergaß dabei immer wieder, warum sie hier war. Einige Tage waren verstrichen, seit sie mit den Indianern der roten Wüste Bekanntschaft gemacht hatte. Sofie fühlte sich bei ihnen sehr wohl und wäre gerne länger bei ihnen geblieben, aber unentwegt ergriff sie eine innere Unruhe. Dieses Gefühl, das sie nicht deuten konnte, wuchs von Tag zu Tag, von Stunde zu Stunde. War das vielleicht Anna? Wollte sie Kontakt mit ihr aufnehmen und ihr etwas Wichtiges sagen?

Da wurde Sofie von hinten leicht angestupst. Es war Lea, ein Mädchen ihres Alters, mit dem sie Freundschaft geschlossen hatte. Lea war sehr hübsch und kümmerte sich liebevoll um Sofie, die sich oft einsam fühlte.

»Du denkst wieder an sie, nicht?«, fragte sie leise, um die abendliche Stille und die besondere Stimmung der untergehenden Sonne nicht zu stören.

»Ja, Lea, ich weiß nicht, was ich tun soll. Es bricht mir fast das Herz, dass ich ihre Hände losgelassen habe. Ich bin schuld, ich habe sie umgebracht!«

»Mach dir keine Vorwürfe, Sofie! Du hast alles getan, was dir möglich war. Glaub mir, es sollte so sein. Dass deine Freundin von diesem Abgrund im Land der toten Felsen verschlungen wurde, muss bei uns noch lange nicht bedeuten, dass sie gestorben ist. Jeder bekommt eine Chance, sich aus den schlimmsten Situationen zu befreien.«

»Ja, du magst ja recht haben, Lea, aber wie sollte sich Anna denn befreien? Sie ist in eine Schlucht gestürzt, und kein Mensch der Erde könnte das überleben«, erwiderte sie trübsinnig.

»Warum bist du dir so sicher, dass es eine Schlucht war? Niemand weiß genau, was sich unter dem Land der toten Felsen verbirgt. Es gibt viele Geschichten darüber.«

»Die einzige, die ich von euch erzählt bekam, ist, dass sich darunter ein Moor befindet, das von der Hoffnungslosigkeit seiner Opfer lebt«, antwortete Sofie traurig und versuchte ihre aufsteigenden Tränen zu unterdrücken.

»Es gibt aber auch Sagen, die Schöneres beinhalten, Sofie. An diese solltest du glauben, wenn du deine Freundin wiedersehen möchtest. Man erzählt sich hier in unserem Canyon, dass sich am Ende des Moores der Hoffnungslosigkeit eine geheimnisvolle Grotte befindet. Diese ist das Tor in ein anderes Reich des Traumlandes. Sie besteht aus den kostbarsten Steinen und Juwelen, aus Smaragden und Saphiren, aus Gold und Silber. Diese Steine beleuchten den Weg aus dem Moor zum Meer der tausend Blüten.«

»Das Meer der tausend Blüten?«, wiederholte Sofie nachdenklich. »Das klingt ja traumhaft!«

»So soll es dort auch sein. Die Grotte liegt genau unter dem Meer und ist zugleich der Eingang zu einer wundervollen Welt. Vielleicht hat es Anna bis dahin geschafft.«

»Ich wünsche es mir so sehr!«, sagte Sofie und lächelte zaghaft. »Nur was soll ich machen? Wie komme ich zu ihr? Wie gelange ich in das Land des ewigen Eises? Wer weiß, wie viel Zeit mir noch bleibt? Ich muss doch meine Erinnerung wiedererlangen, sonst bringe ich alles, was mit meinem Traum zusammenhing, in Gefahr.«

»Wir werden einen Weg finden. Am besten ist es, wenn ich dich zu unserer ältesten und weisesten Frau des Stammes bringe. Ich habe dir schon vor längerer Zeit erzählt, dass sie dich unbedingt kennenlernen möchte. Sie hat eine wichtige Botschaft für dich!«

Sofie hörte Lea aufmerksam zu. All ihre Hoffnungen hingen an der geheimnisvollen Stammesfrau. Sie spürte es ganz genau. Nur konnte sie ihr wirklich helfen?

»Es ist leider sehr beschwerlich, zu ihr zu gelangen. Sie wohnt ganz allein in einer kleinen Höhle am anderen Ende des Tales der roten Wüste.«

»Wie lange werden wir dorthin brauchen?«, fragte Sofie angespannt.

»Zu Fuß etwa sieben Tage. Der Weg ist zu mühsam und steil für unsere Pferde.« Lea griff Sofie an der Hand und zog sie vom warmen sandigen Boden hoch.

»Dann ist es wohl am besten, wir brechen gleich morgen früh auf?«, schlug Sofie vor und folgte Lea zurück zum Lager.

»Ja, wir werden den anderen noch von unseren Plänen erzählen. Wir alle wussten, dass du deine Reise fortsetzen wirst, sobald du dich genug für das Kommende gestärkt hast. Wir fühlen, was auf deinem Herzen lastet, und wünschen dir, dass du all die Antworten auf die vielen Fragen bekommst«, erwiderte Lea und lächelte ihrer Freundin aufmunternd zu.

Kapitel 17 – Verliebt

Anna blickte gedankenverloren auf ihr eigenes Spiegelbild in dem kleinen See. Sie sah irgendwie anders aus. Was es war, konnte sie nicht genau feststellen. Für einen kurzen Moment dachte sie, nicht ihr eigenes Gesicht zu erkennen, sondern Sofies. Doch ehe sich Anna dessen vollkommen bewusst wurde, verschwamm das Bild von Sofie vor ihren Augen.

»Wir werden sie finden«, ertönte Wintansos warme Stimme. Ihr Klang hatte etwas Tröstendes und Beruhigendes zugleich.

Augenblicklich ging er neben ihr in die Hocke, legte seinen Zeigefinger unter ihr gesenktes Kinn und hob es nach oben, sodass er ihren Blick einfing. Er las wieder in ihr, stellte Anna erstaunt fest. Schon jetzt konnte er ihre Gedanken lesen, als wäre er ein Teil von ihr.

»Ich hoffe es so sehr!«, antwortete sie und stand zusammen mit Wintanso auf.

»Ja, glaub mir, sie wird auch zum Land des ewigen Eises ziehen, denn sie weiß, dass du das an ihrer Stelle auch getan hättest. Sie hat Angst davor, aber sie wird ihren Weg finden.«

»Warum bist du dir da so sicher, Wintanso?«

»Du weißt doch, wir Wesen vom Meer der tausend Blüten haben besondere Fähigkeiten. Wir können uns in andere hineinversetzen, ihre Gefühle erahnen und daraus schließen, was sie wollen, was sie in nächster Zeit tun werden«, erklärte er und zog sie liebevoll in seine Arme.

»Ich wünschte, ich könnte das auch«, bemerkte Anna und genoss seine Nähe und die Liebe, die von ihm ausging.

»Du kannst das bestimmt, Anna, du musst es dir nur zutrauen! Höre in dein Inneres und du wirst spüren, dass da mehr ist als deine Gedanken, deine Gefühle. Du musst nur dafür bereit sein, dann kannst du Menschen, die dir etwas bedeuten, nahe sein, auch wenn sie weit, weit weg sind. Sie geben dir unbewusst oder vielleicht absichtlich Zeichen, die du erkennen kannst, wenn du nur willst.«

»Zeichen, immer diese Zeichen«, wiederholte Anna nachdenklich. »Seitdem ich in dieses Land gekommen bin, habe ich diesen Rat schon so oft bekommen. Ach ich wünschte, ich könnte endlich meine vergessenen Träume wiederfinden. Sie müssen mir wahnsinnig viel bedeutet haben, sonst wäre ich doch nicht hier, oder?«

»Kein Mensch ist je wegen einer Nichtigkeit oder etwas Belanglosem in das Traumland gereist. Hierbei geht es nie um materielle Dinge, sondern um Lebewesen, die einander begegnen sollten, damit sie Erfahrungen machen, die für ihr weiteres Leben wegweisend sind. Es handelt sich um Träume, die für denjenigen so wichtig sind, dass sie es verdient haben, lebendig zu werden. Hier in unserem Land ist so vieles möglich, wenn du dazu bereit bist. Nur leider haben alle bisher ihre Erinnerung verloren und ihre Suche danach zu rasch aufgegeben. Somit waren sie und jene Wesen, die mit ihren Träumen verhaftet sind, dem Untergang geweiht.«

»Und das wird wohl wieder geschehen, wenn ich keine Lösung finde?«, fragte Anna beunruhigt und schmiegte sich noch enger in Wintansos schützende Arme. »Ich will nicht sterben, Wintanso! Ich möchte hier bei dir bleiben. Die Vorstellung, für immer von dir getrennt zu sein, ist für mich schrecklich!«, brach es aus ihr heraus.

»Anna, ich werde alles tun, was in meiner Macht steht, dass dir das nicht passiert. Der Gedanke, dass dir etwas zustößt, ist auch für mich unerträglich. Denn du musst wissen, ich habe lange Zeit nach dir gesucht – ohne es zu wissen. Erst haben mich diese Empfindungen erschreckt, sie waren so neu für mich und ich habe dagegen angekämpft. Doch jetzt bin ich dir begegnet und ich wusste, du bist meine Seelenverwandte.«

Anna folgte jedem seiner Worte hingebungsvoll. Sie berührten sie tief in ihrem Inneren. »Deine Liebe zu mir scheint alles möglich zu machen, aber auf der Erde ist, soweit ich mich erinnern kann, das Leben ein völlig anderes.«

»Vielleicht ist nur die Sichtweise eine andere, aber die Liebe dieser Art existiert auch dort, da bin ich mir sicher«, setzte Wintanso fort. »Vielleicht ist deine Welt viel schöner, als du glaubst?«

»Oh ich wünschte, du hättest recht und alles wäre, wie du es sagst«, antwortete Anna und gab Wintanso einen flüchtigen Kuss auf die Nasenspitze. Dieser hielt sie noch fester an sich gedrückt und streichelte ihr zärtlich über die Wange.

»Seit dem Augenblick, als ich dich aus dem Meer der tausend Blüten zog, habe ich das Gefühl, wir kennen uns schon immer. Es ist so, als wäre ich nur geboren, weil es dich gibt«, flüsterte er ihr ins Ohr und küsste sie zaghaft, als hätte er die Befürchtung, er könnte sie mit seiner aufkommenden Leidenschaft zerbrechen. Ein warmer Strom eines unvorstellbaren Glücksgefühls durchfloss ihren ganzen Körper, als der Kuss leidenschaftlicher wurde. Es konnte für sie nichts Schöneres geben, als von Wintansos Liebe erfüllt zu sein. Noch nie hatte sie sich so lebendig gefühlt. Dieser Strudel der Empfindungen war berauschend und zog sie in einen Bann. War es das, was sie ihr Leben lang gesucht hatte?

Wie konnte sie sich noch länger fragen, was ihre verlorenen Träume waren? Es musste Wintanso sein. Sie liebte ihn wie nichts anderes. Er war ein Teil ihrer selbst geworden. Vielleicht war er ein Zeichen? Er war das Wundervollste, was ihr je begegnen konnte. Ganz leise in ihrem Herzen wurde sich Anna bewusst, dass sie Wintanso schon viel länger kennen musste als bisher angenommen. Er begleitete sie schon, seitdem sie existierte. Sie lebten in zwei getrennten Welten und mussten erst noch einen Weg zueinander finden. Als sie sich das erste Mal begegneten, hatte keiner gewusst, was für eine Bedeutung ihr Aufeinandertreffen wirklich hatte. Nach langer Zeit der Suche waren sie endlich vereint.

Kapitel 18 – Das Tor

Sofie und Lea waren bereits fünf Tage unterwegs. Sofie wunderte sich über Leas ausgeprägten Orientierungssinn, denn bereits eine Stunde nach ihrem Aufbruch hätte Sofie nicht mehr gewusst, wie sie zu ihrem Lager zurückfinden sollte. Die Landschaft war so abwechslungsreich und veränderte ständig ihr Gesicht. Momentan befanden sie sich am Aufstieg eines großen goldschimmernden Hügels. Von unten hatte er gar nicht so hoch und steil ausgesehen, und Sofie verstand nicht, warum sie zusehends müder und ihre Beine immer schwerer wurden.

»Wie weit ist es noch?«, erkundigte sie sich, als sie den schmalen steinigen Weg, der sich in das Innere des Berges schlängelte, betrat.

»Wenn wir die Höhle erreicht haben, können wir für heute ruhen. Wir sollten aber noch vor der Dunkelheit dort eintreffen, denn nachts hausen hier die Schattenwesen und das bedeutet für uns große Gefahr.«

»Was für Schattenwesen? Du hast mir noch nie davon erzählt?«, fragte Sofie erstaunt. Bisher war sie sich keiner allzu großen Gefahr bewusst gewesen, auch wenn dieser seltsame Berg sie irgendwie beunruhigte.

»Mach dir darüber keine Gedanken, ich werde dir alles erzählen, wenn wir erst mal in der Höhle sind. In ein oder zwei Stunden werden wir sie erreicht haben, dann können wir uns ausruhen und ein Nachtlager aufschlagen«, antwortete Lea besonnen und lächelte Sofie aufmunternd zu.

Diese folgte ihr Schritt für Schritt weiter auf dem schmalen Pfad und sah aus dem Augenwinkel die Sonne glutrot untergehen. Für einen Moment glaubte Sofie, diese verschmölze am Horizont mit der roten Wüstenlandschaft.

Als würden ihre warmen goldgelben Strahlen sich verflüssigen und zu einem großen glänzenden See vereinigen. Der Himmel dagegen leuchtete in einem zarten, hellen Blau, das sich in der Unendlichkeit in ein dunkles Schwarz verwandelte, die hereinbrechende Nacht.

Plötzlich streifte ein kühler Wind ihren Körper. Sie fröstelte und hoffte, bald in die schützende Höhle zu gelangen. Dieser geheimnisvolle Berg verursachte ihr schon die ganze Zeit ein flaues Gefühl in der Magengegend. Er wirkte von allen Seiten ringsum symmetrisch, bis auf den schmalen Weg, der sich wie eine Schlange um sein Opfer wand, bestand sein Äußeres nur aus glattem hellen Gestein. Sein Gipfel ähnelte einer Pfeilspitze und glänzte in den letzten Strahlen der untergehenden Sonne. Sofies Unruhe wuchs, je länger sie auf diesem Berg liefen.

»Da ist es!«, rief Lea erleichtert und riss Sofie aus ihren Gedanken. Sie deutete auf eine senkrechte Felsplatte, an der der Weg abrupt endete.

Sofie blickte skeptisch auf die mächtige, helle Steinfläche, die an hohe, kantige Felsen links und rechts angrenzte.

»Hier ist der Eingang, Sofie, gleich werden wir in das Innere dieses Berges gelangen«, erklärte Lea und begann mit dem Zeigefinger eine Zeichnung in den feinen Sandstaub der aufrecht stehenden Steinplatte zu malen. Sofie beobachtete sie dabei neugierig. Was machte sie da? Ein paar Punkte und ein Strich, darüber ein Kreis? Das seltsame Gefühl in Sofie wurde unerträglich und sie wusste, dass ihr dieses Bild, das Lea mit so viel Sorgfalt in den Staub zeichnete, nicht fremd war. Irgendwo hatte sie das schon einmal gesehen.

Lea blickte sie erwartungsvoll an. »Du kennst dieses Bild, Sofie. Versuch dich daran zu erinnern, dann wird sich dieses Tor öffnen und du wirst deinen Träumen schon einen großen Schritt näher sein.«

Sofie erschrak und begriff augenblicklich den Ernst der Lage. Es hing von ihr ab, ob sie heute Nacht Schutz vor den unheilvollen Schattenwesen fanden. Sie wunderte sich, wie Lea so ruhig und gelassen sein konnte, so als wäre sie sich vollkommen sicher, dass alles gut gehen würde.

Angestrengt blickte sie auf Leas Zeichnung und gleichzeitig schwirrten tausend unbeantwortete Fragen durch ihren Kopf. Schließlich fuhr sie zögernd die Punkte mit ihrem Zeigefinger nach und verband sie zu einem Bogen. Über diesem stand ein Kreis, der irgendwie heller und leuchtender aussah als der Rest. Sofie versuchte sich mit aller Kraft zu erinnern, doch ihr kam kein passender Gedanke in den Sinn.

»Ich weiß es nicht mehr. Es ist hoffnungslos«, gab sie resigniert von sich.

»Das stimmt nicht, ich bin mir sicher, dass du dich daran erinnerst, denk an etwas Schönes und du wirst es wiedersehen! Vor deinem inneren Auge.«

Sofie schloss kurz die Lider und bemühte sich Bilder aus ihrem Unbewussten zu locken. Sie dachte an Anna und ihre Freundschaft. Was hatte sie verbunden? Poalbo erwähnte ihre grenzenlose Phantasie, ihre Sehnsucht nach dem Unmöglichen, ihre Träumereien. All das konnte Sofie erahnen.

Fieberhaft überlegte sie und ließ Leas Zeichnung auf sich wirken. Ein Kreis oder eine Kugel, darunter ein Bogen, der aus mehreren Punkten bestand. Was konnte das sein? Sie wusste es. Ein Teil ihrer Erinnerung war kurz davor zurückzukehren. Woher nur kannte sie diesen Bogen? Wo hatte sie so etwas schon gesehen?

Lea schwieg geduldig.

Die Dunkelheit näherte sich und ein letzter Strahl der untergehenden Sonne fiel auf die steinerne Tafel. In der

Ferne funkelten bereits die ersten Sterne. Ihr Licht war so klar und hell, als wäre der Himmel frisch geputzt worden und als wollte er mit seiner Schönheit werben.

Sie dachte an Poalbos Worte und seinen Rat, auf Zeichen zu achten, die ihr und Anna auf der Suche nach den verlorenen Erinnerungen begegnen würden. Bestimmt stand sie nun vor so einem Zeichen, sie musste es nur wahrnehmen, dann würde ihr klar werden, was es bedeutete. Wie gebannt starrte sie auf den kleinen goldenen Fleck am Horizont. Ihr Atem stockte und sie hatte Mühe, die Worte laut auszusprechen, die ihr durch den Kopf schossen. Ein kalt-heißer Schauer erfasste ihren Körper und ließ sie für einen Augenblick erstarren.

»Es sind Sterne«, flüsterte sie und suchte verzweifelt nach ihrer Stimme.

Lea strahlte vor Freude.

»Ich habe diese Sterne schon mal gesehen, sie lassen sich zu einem Bogen verbinden. Ja, ich weiß es wieder, es ist schon so lange her, ich glaube, ich war bei Anna. Es war eine wunderschöne Vollmondnacht, und der Sternenbogen hatte die Form eines Regenbogens.« Plötzlich wurde sich Sofie bewusst, dass ihre Worte genau auf die von Lea gezeichneten Symbole zutrafen.

»Du hast recht, Sofie, genau das habe ich in den Staub gemalt. Sag mir doch, was siehst du also im Ganzen vor dir?«

Sofie überlegte nicht lange. Sie war sicher: Ihre Erinnerung war ein kleines Stück zurückgekehrt. »Ich sehe einen Regenbogen und einen Vollmond, der direkt darüber steht. Es scheint so, als wäre dieser zugleich ein Tor, das Zutritt in eine fremde, geheimnisvolle Welt ermöglicht«, antwortete Sofie und mit diesen letzten Worten setzte ein dumpfes, lautes Grollen und Beben ein, das den gesamten Berg erfasste. Ängstlich und aufgeregt beobachtete Sofie, was sich direkt vor ihr und Lea abspielte. Die riesige Fels-platte schob sich mit einem lauten Donnern und Dröhnen langsam nach oben weg. Durch das Beben wirbelte viel Sandstaub auf, Sofie und Lea begannen zu husten. Für einen Moment konnten sie nichts außer sandfarbener Luft um sich herum erkennen. Das gewaltige Tor, das vorher einer natürlichen Felsklippe geglichen hatte, stand offen. Der Weg in das Innere und Unbekannte des verzauberten Berges war für die beiden Mädchen frei. Sofie stand für einen kurzen Augenblick sprach- und reglos da, ehe sie begriff, was geschehen war.

»Du bist gerade deinen Erinnerungen ein ganzes Stück näher gekommen und damit auch dir selbst. Weißt du eigentlich, was das für uns bedeutet?«, fragte Lea und gab Sofie ein Zeichen, ihr in das Innere des Berges zu folgen. Diese schüttelte überwältigt den Kopf.

»Es ist unser Symbol, das Wahrzeichen des Traumlandes. Fast jede Nacht stehen jene Sterne in genau der Anordnung am Himmel eurer Erde. Aber nur wenn der Vollmond in einer bestimmten Position über diesen Sternen steht, ist es möglich, in unsere Welt zu gelangen, wenn ihr von uns auswählt wurdet. Jedoch ist es nicht so einfach, wie es vielleicht erscheint, ihr müsst nicht nur die Sternenkonstellation erkennen, sondern das Symbol des Regenbogens und des darüber stehenden Vollmondes bemerken. Wenn das geschieht und derjenige voller Träume und Phantasie ist, wird er die Chance haben, zu uns zu reisen und dort seine Träume wahr werden zu lassen«, erklärte Lea ruhig.

Sofie hörte aufmerksam zu, während sie hinter Lea vorsichtig einen Schritt vor den anderen auf dem dunklen Pfad setzte. Bald hatten sich ihre Augen an die Dunkelheit gewöhnt und das goldglänzende Gestein, das ihren Weg säumte, leuchtete schwach und erleichterte die Orientierung in der schützenden Höhle. Sofies Gedanken schweiften immer wieder auf diese für sie unbekannten Wesen ab. Sie wollte endlich wissen, vor was sie sich eigentlich in Schutz bringen mussten.

»Lea, erzähl mir doch bitte von diesen Schattenwesen, die du vorhin kurz erwähnt hast. Was können sie uns antun?«

»Es sind die Seelen derer, die ihre Träume vergebens gesucht haben und sie nie fanden, weil sie entweder zu früh die Suche aufgaben oder sich gar nicht erst bemüht haben, sie wiederzufinden. Wie du weißt, ist ihr Schicksal der Tod. Sie haben sich und ihre Träume, und damit meine ich vor allem Lebewesen, die in ihren Träumen eine Rolle spielten, in das Unglück gestoßen. Sie können nicht ruhen, sie suchen noch immer. Unerbittlich verschlingen sie dabei alles, was lebendig ist und Zuversicht besitzt. Denn sie haben keinen Glauben mehr daran, dass sie ihre Träume je wiederfinden, sie sind verloren. So versuchen sie durch die Hoffnung anderer Menschen, die neu in das Traumland gelangen, wieder zum Leben erweckt zu werden«, erklärte Lea, und Sofie meinte erstmals, Angst in ihren Augen zu sehen.

»Das ist ja schrecklich!«, sagte Sofie und blickte Lea erschrocken an, als diese sich plötzlich zu ihr umdrehte und den dunklen Gang hinter ihnen nervös visierte. Sofie sah sich um und fühlte erneut einen eiskalten Windhauch, den sie schon beim Erklimmen des Berges wahrgenommen hatte. Dieses Mal umhüllte er wie ein unsichtbares Laken ihren ganzen Körper und erschwerte ihr gleichzeitig jede Bewegung. Wie gelähmt starrte Sofie in das dunkle Nichts hinter ihr und eine schreckliche Angst ergriff sie.

Kapitel 19 – Der Sturm

Wintanso hatte Anna in den vergangenen Tagen die ganze Schönheit seiner Insel gezeigt, auf der sie sich mit ihm unsagbar wohlfühlte. Es konnte keinen schöneren Ort geben als diesen, dachte sie und setzte sich zu Wintanso in den Schatten einer großen ausladenden Palme.

»Woran denkst du gerade?«, fragte Anna Wintanso, der gedankenverloren in die Weite des vielfarbigen Meeres blickte.

»Ich frage mich manchmal, wer ich bin und woher ich wirklich komme. Nicht zu wissen, wer man ist, zu wem man gehört, ist nicht immer leicht.«

»Ich verstehe, dein sehnlichster Wunsch ist es, eine Antwort auf die vielen Fragen zu bekommen, so wie ich meine Träume wiedererlangen möchte«, sprach Anna und setzte sich neben Wintanso auf einen kleinen runden Felsen, der von der Sonne angenehm aufgewärmt war.

»Wir sollten morgen aufbrechen und das Land des ewigen Eises suchen«, schlug Wintanso vor und legte liebevoll seinen Arm um Anna. »Mein Boot ist beinahe fertig repariert, wenn ich mich beeile und die Nacht durcharbeite, können wir in den frühen Morgenstunden aufbrechen.«

»Weißt du denn, wohin wir müssen?«, fragte Anna ein wenig besorgt.

»Nicht direkt, denn bisher ist noch niemand, der auf der Reise zum Land des ewigen Eises war, zurückgekehrt und konnte so berichten, wo genau es denn liegt. Allein den Sagen meines Volkes nach bildet es die Grenze des Traumlandes, ganz am Ende.«

Wintanso deutete in Richtung Norden. Anna versuchte

ihren Blick zu schärfen. Sie konnte in dieser Gegend nur blauen Himmel und das Glitzern des Meeres erkennen. Nichts deutete darauf hin, dass sich dort eine Gegend der Kälte und verschollener Erinnerungen befand. Müde folgte Anna Wintanso in das Baumhaus und fiel in einen unruhigen Schlaf.

Die Sonne war noch nicht aufgegangen und unendlich viele blinkende Sterne standen am tiefblauen Nachthimmel, als Anna und Wintanso die kleine verwunschene Insel verließen. Wehmütig blickte Anna auf das dortige Paradies zurück. Solch einen wunderschönen und friedlichen Ort würde sie nicht mehr so schnell wiederfinden. Laut Wintanso war diese Insel einmalig und auch nicht für jedes Wesen des Traumlandes zu finden und zu erreichen. Er hatte ihr vor Kurzem erklärt, dass es nicht jedem gestattet sei, diesen Ort, der einen Zauberbann trug, zu betreten. Nur er, sein Volk und Menschen, die auf der Suche nach ihrer verlorenen Erinnerung waren, hätten die Möglichkeit, dieses kleine Landstück inmitten des Meeres der tausend Blüten zu entdecken.

»Nicht jeder sieht die Insel gleich. Er nimmt das wahr, was er in seinem Inneren trägt«, hatte ihr Wintanso einst gesagt. Anna war von dieser neuen Erfahrung völlig überwältigt gewesen. Allmählich begriff sie, dass alles, was sie dort fand, das Glück, die Liebe, die Schönheit der Natur, etwas über ihr Innenleben aussagte.

»Werden wir jemals wieder auf deine Insel zurückkehren?«, fragte Anna nachdenklich.

»Ich weiß es nicht, vielleicht, wenn wir Glück haben und es schaffen ... wenn wir nicht im Land des ewigen Eises untergehen.«

Wintansos Worte klangen ungewohnt ernst und traurig.

Anna hatte ihn noch nie so negativ erlebt. Bisher war er derjenige gewesen, der ihr Kraft spendete, ihr Mut machte, die Suche fortzuführen. Er hatte ihr Hoffnung gegeben, dass sie ihren Weg finden würde.

Besorgt betrachtete sie Wintanso, der an dem kleinen weißen Segel herumhantierte. Er wirkte ein wenig blass und seine großen braunen Augen strahlten nicht wie gewohnt.

»Wintanso, was ist mit dir, geht es dir nicht gut?«, fragte Anna besorgt und trat auf dem kleinen Boot näher zu ihm heran.

Wintanso schüttelte den Kopf, vermied es, Anna in die Augen zu sehen, und wandte sich von ihr ab.

»Bist du böse auf mich, habe ich dich verletzt oder irgendetwas gesagt, was dich stört?« Anna ließ nicht locker, in ihr wuchs ein unangenehmes Gefühl der Verunsicherung und der Angst. Sie liebte Wintanso, sie wollte ihm auf keinen Fall wehtun.

Wintanso setzte sich nieder und hob langsam den Kopf. Anna erschrak, denn in seinem sonst so fröhlichen Gesicht konnte sie erstmals Tränen sehen. Er weinte, ganz still und leise, und sein Blick war voller Besorgnis und Verzweiflung.

»Was um alles in der Welt ist passiert? Sag mir doch, was mit dir los ist, warum weinst du?«, flehte Anna und kniete an seiner Seite.

Sein Schweigen quälte sie, bis er sich endlich räusperte und nach seiner Stimme zu suchen schien. »Es geht los, Anna, es ist um mich geschehen. Das, was ich am meisten befürchtet habe, trifft ein«, flüsterte er kraftlos.

Anna bemerkte, dass Wintanso von Minute zu Minute immer schlechter aussah, als wäre er schwer krank.

»Was geht los?«, fragte sie entsetzt. Alles in ihr sträubte

sich gegen die Realität, die ihr schonungslos ihre größten Ängste offenbarte.

»Du weißt doch, dass ich kein Mann des Volkes der tausend Blüten bin, ich bin gefunden worden und niemand weiß, wo ich wirklich herkomme. Sonnenwind hat mir eines Nachts anvertraut, dass ich irgendwann einmal zum Land des ewigen Eises reisen müsse, weil ich dort die Antwort auf alles bekommen würde.«

Anna hörte gebannt zu, all das waren für sie keine Neuigkeiten, das war es nicht, wovor sich Wintanso fürchtete. Er holte tief Luft und hustete auf einmal heftig. Anna klopfte ihm besorgt den Rücken, doch er hatte sich nicht verschluckt, er bekam sehr schlecht Luft und konnte nur sehr schnell und flach atmen.

»Du bist krank, Wintanso«, sagte sie ruhig und wollte ihre Sorge verbergen, um ihn nicht zu ängstigen.

»Das darf nicht sein, Anna, ich darf nicht krank werden, es ist mein Untergang!«, schrie er verzweifelt und begann nun seine Tränen nicht mehr vor ihr zu verstecken. Anna verstand gar nichts mehr, aber sie konnte aus seinen Worten und den bisherigen Erfahrungen ahnen, was das für sie beide bedeutete. Sie nahm den weinenden Wintanso zärtlich in die Arme und küsste jede seiner Tränen.

»Was macht dir so Angst? Ich werde dich ganz bestimmt gesund pflegen und du wirst dich bald besser fühlen«, versuchte sie ihn zu beruhigen.

»Ach Anna, wenn das so einfach wäre. Du musst wissen, Wesen des Traumlandes werden niemals krank. Sie können auch sterben durch Unglücke wie Feuer oder Flut, aber das ist höchst selten. Solange noch ein Funken Phantasie im Universum besteht oder ein einziger Träumer unter euch Menschen ist, werden sie weiterexistieren. Das heißt also, ich bin kein Wesen dieses Landes. Ich bin auf irgendeine Weise dort hingebracht worden und wuchs lange Zeit in einem friedliebenden Indianerdorf auf. Anna, das ist der Beweis, dass ich nicht hierhergehöre. Sonnenwind warnte mich davor. Sie wusste, ich würde eines Tages krank, wenn ich diese Rätsel nicht löse. Sie sagte mir, dass es eine unheilbare Krankheit ist.«

Anna war auf einmal ganz blass vor Schreck, sie konnte es noch nicht fassen, sie sollte Wintanso verlieren? Nein! Sie würde alles dafür tun, um ihn am Leben zu erhalten. Sie wollte nie mehr von seiner Seite weichen.

»Wintanso!«, schrie sie ihn energisch an und bemühte sich die Tränen zu verbergen. »Was kann ich tun? Wie kann ich dir helfen?«

»Ich werde bald das Bewusstsein verlieren und in einen tiefen Schlaf fallen. Du musst versuchen, das Land des ewigen Eises zu finden. Leider weiß ich nicht, wie weit es noch ist. Vielleicht dauert es noch Monate, Wochen. Vielleicht aber auch nur noch Tage oder es ist plötzlich vor dir ...« Wintanso sprach immer schwerfälliger und sehr leise, sodass Anna Mühe hatte, ihn zu verstehen. Sie drückte sein Gesicht ganz nah an ihres und fühlte seine heiße Stirn. »Du musst dort hinreisen, bitte finde die Antwort für mich, woher ich komme. Deine Träume und meine Existenz sind unweigerlich miteinander verwoben, das weiß ich jetzt«, hauchte Wintanso schwach. Anna kämpfte verzweifelt damit, nicht die Fassung zu verlieren, und küsste Wintanso, als er die Augen schloss und in einen tiefen Schlaf fiel.

»Wintanso!«, schrie sie entsetzt. Tränenbäche strömten über ihre Wangen. Ein tiefer, vernichtender Schmerz bohrte sich in ihre Brust. »Wintanso, lass mich nicht allein!«, schluchzte sie und versuchte ihn wachzurütteln. Vorsichtig richtete sie seinen Oberkörper auf und stützte ihn mit den Taschen und Decken.

Da huschte ein Zucken über Wintansos Gesicht und er blinzelte sie an. Sein Blick traf sie mitten ins Herz, seine Lippen bewegten sich. »Ich liebe dich!«, vernahm Anna ein letztes Mal seine Stimme.

Fassungslos sah sie auf seinen reglosen Körper, versuchte ihn aus seinem tiefen Schlaf zu wecken, doch alles schien vergebens.

»Wintanso!«, wimmerte Anna, als ihr klar wurde, dass sie nun völlig allein und hilflos auf dem Meer trieb. Seine Nähe suchend, schmiegte sie sich ganz eng an seinen leblosen Körper. Ihre Tränen ließen sich nicht mehr stoppen, sie rannen über ihre Wangen, direkt auf Wintansos Gesicht, auf seine Lippen, als wollten sie ihn noch ein letztes Mal küssen.

Das durfte einfach nicht sein, nein! Das, was sie am meisten liebte, konnte nicht einfach von ihr gehen ... Sie hatte ihn doch gerade erst gefunden. Anna legte ihre Arme um Wintanso, wollte ihn für immer festhalten, damit er nicht von ihr ging. Tief in ihrem Inneren wuchs eine unheimliche, vernichtende Leere. Ihr ganzer Körper schmerzte, als zerbräche er augenblicklich. Völlig apathisch lag sie neben Wintanso, getrennt von der restlichen Welt durch einen Schleier der Tränen und der Trauer. Alles um sie herum verlor seine Konturen, schien verschwommen, milchig trüb.

Der tiefe, bohrende Schmerz in ihr lähmte sie und all ihre Sinne. So bemerkte Anna nur am Rande, wie sich nach und nach dunkle Wolken am Himmel zu einem bedrohlichen Schwarz zusammenbrauten und der Wind an Stärke zunahm.

Die Wellen trugen weiße Schaumkronen, die mit der Zeit an Größe zunahmen. Es war, als wollten sie mit dem kleinen Boot Fangen spielen. Sie warfen es wie einen Spielball, um den gestritten wurde, hin und her.

Anna ignorierte diese Gefahr, sie dachte zurück an die traumhaft schöne Zeit mit Wintanso auf seiner Insel. Noch nie zuvor hatte sie so viel Glück und Geborgenheit empfunden wie an diesem wunderschönen Ort. Und nun fühlte sie sich wie auf der Flucht, allein und schrecklich einsam. Sie hatte das Paradies verlassen. Sie hatte es verloren. Alles, was ihr blieb, war die Erinnerung. Anna versuchte ihre Gedanken zu ordnen und nach einem Sinn zu suchen, doch sie stieß nur auf ein wirres Durcheinander der verschiedensten Gefühle. Warum war sie hier? Würde sie es nie erfahren und hier an dieser scheinbar ausweglosen Situation untergehen? Oder konnte sie es auch ohne Wintansos Hilfe zum Land des ewigen Eises schaffen?

Dicke Regentropfen weckten Anna aus ihrer Trance und brachten sie wieder der Realität nahe. Sie öffnete die Augen und nahm durch einen milchigen Schleier das tosende Meer um sich herum wahr. Sie hatte Mühe, sich festzuhalten, als sie aufstand und sich umsah. Die Wellen schwappten über und spritzten das kleine hölzerne Boot völlig nass. Der Wind hatte aufgefrischt und Anna fröstelte. Sie hielt sich am Mast fest und versuchte verzweifelt festzustellen, wohin sie der Sturm trieb, aber alles um sie herum bestand aus dunkelblauen, beinahe schwarzen Wogen, die sich immer wieder drohend auftürmten, als wären sie hungrig und wollten sie verschlingen.

Annas Angst wuchs ins Unermessliche, als ihr bewusst wurde, welcher Gefahr sie ausgeliefert war. Lange konnte sie es nicht mehr überstehen, sie würde den Wassermassen nicht standhalten und untergehen.

Vorsichtig tastete sie sich wieder zu Wintanso zurück und versuchte, ihn so zu lagern, dass er nicht aus dem Boot fiel. Doch selbst das machte der starke Wind beinahe unmöglich. In dem Augenblick, als sie sich zu Wintanso legen wollte, um ihn zu wärmen, erfasste der fürchterliche Stoß einer riesigen Welle das Boot. Blitzschnell, noch ehe Anna reagieren konnte, kippte es für einen kurzen Augenblick zur Seite. Panisch griff sie nach Wintanso, doch es war zu spät, sein bewusstloser Körper fiel hinaus in die weiße, schäumende Gischt der gefräßigen Wellen.

»Wintanso!«, schrie Anna verzweifelt, bevor auch sie das Gleichgewicht verlor und in die Tiefe des Meeres gerissen wurde.

Kapitel 21 – Taurin

Anna klammerte sich verzweifelt an einem Holzbrett fest, das der einzige Überrest des Bootes war. Die Wellen machten es ihr fast unmöglich zu atmen, da sie ständig von den Wogen erfasst und dabei völlig überspült wurde. Ihre Augen brannten vom Salzwasser und ihre Arme verloren immer mehr an Kraft. Das Brett war groß genug für Anna und bot ihr gerade genug Platz, um darauf zu liegen. Völlig erschöpft versuchte sie ihr Körpergewicht auszubalancieren, als sich der Sturm endlich beruhigte. Mit letzter Kraft klammerte sie sich fest und legte vorsichtig den Kopf auf den nassen Untergrund, um sich ein wenig auszuruhen. Sie schloss die Augen, holte tief Luft und dachte an Wintanso. Es war für sie unfassbar, dass er ihr entglitten und von den stürmischen, gefräßigen Wogen mit sich gerissen worden war. Warum hatte sie ihn nicht festhalten können? Er war verschwunden, verschollen, verloren. Es tat furchtbar weh. Der Schmerz, Wintanso nicht mehr an ihrer Seite zu haben, raubte ihr beinahe das Bewusstsein. Ob er überhaupt noch eine Möglichkeit hatte, lebend dieses Meer zu verlassen? Anna wusste, in diesem Land konnte alles anders sein als bei ihr auf der Erde. Der Tod war zu Hause etwas Endgültiges, aber vielleicht auch nur ein Übergang in eine neue Lebensform. Hier starben Menschen höchst selten, vor allem im Zusammenhang mit der verlorenen Erinnerung. Die Träume, Hoffnungen, Sehnsüchte aller waren das Lebenselixier dieses Landes, das nirgends lag und nirgends endete. Es war nicht zu fassen außer mit grenzenloser Phantasie.

An all das dachte Anna, denn genau das hatten ihr Sofie und Poalbo erzählt. Er war es auch, der ihr ans Herz gelegt hatte, nicht aufzugeben, denn nur so konnte sie es auch schaffen.

Sie durfte nicht verzweifeln, sie musste hoffen, denn damit gab sie sich, Wintanso und auch Sofie die Möglichkeit, zu leben und ihre Suche erfolgreich zu beenden.

Auf einmal wurde Anna aus ihren Gedanken gerissen. Irgendetwas hatte ihren rechten Fuß berührt, der in das Meerwasser hing. Die Sonne blinzelte leicht durch die immer dünner werdende Wolkendecke. Anna öffnete die Augen und setzte sich vorsichtig auf. Sie konnte außer dunklem Wasser und einem hellblauen, dunstigen Horizont nichts um sich herum erkennen.

Verdutzt starrte sie auf ihren Fuß. Hatte sie sich die Berührung nur eingebildet? Doch da nahm sie ein Plätschern ganz in der Nähe wahr, so als würde etwas um sie herumschwimmen. Anna bekam Angst. Sie konnte noch immer nichts sehen. War sie schon wieder in Gefahr? Gab es hier auch noch Meeresungeheuer? Nein, sie wollte nicht schon wieder dieser grenzenlosen Angst verfallen, sondern an das Schöne, Gute glauben. Es war zu viel geschehen, sie wollte nicht schon wieder zum Opfer werden, sie wollte siegen und glücklich sein. Anna sehnte sich so unendlich nach Wintanso. Dabei bemerkte sie, wie ihr der Gedanke an ihn Kraft gab. Ja, als würde eine unsagbare Energie von ihm ausgehen, obwohl er doch gar nicht bei ihr war. Als Anna spürte, wie gut diese Vorstellung für sie war, ihm nahe zu sein, konzentrierte sie sich ganz fest darauf und schloss erneut die Augen. Sie sah ihn ganz deutlich vor sich, wie er sie anblickte, anlächelte und ihr die Hand reichte. Es war so echt, dass Anna unbewusst ihre linke Hand in seine vermutete Richtung hob. Sie fühlte etwas, ja, sie berührte etwas Nasses, Weiches. Sofort wurde sie aus ihren Träumereien gerissen und sah sich einer ganzen Schar von Delfinen gegenüber. Einem dieser freundlich gesinnten Lebewesen legte sie im Moment die Hand auf.

Völlig überrascht und verwirrt blickte sie in seine Augen, sie waren groß und geheimnisvoll.

»Du brauchst keine Angst zu haben, wir sind deine Freunde und werden dir helfen«, sagte dieser freundlich und blickte sie aufmunternd an. Im ersten Moment verstand Anna nicht, was eigentlich geschah. Diese sprechenden Delfine, deren Augen alle auf sie gerichtet waren, tauchten aus dem Nichts auf, um sie zu retten?

»Ja, aber woher wisst ihr, dass ich in Not geraten bin, und warum wollt ihr das für mich tun?«, fragte sie schüchtern.

»Wintanso schickt uns«, antwortete ein kleinerer Delfin etwas weiter hinten und alle anderen stimmten zu.

»Wintanso?«, erwiderte Anna überrascht und in ihr wuchs sofort die Hoffnung, er könnte noch am Leben sein.

»Ja, Wintanso, er ist unser Freund, wie alle Bewohner im Reich der tausend Blüten. Wir können sehr weit von dieser Region und von diesen Wesen entfernt sein. Aber wenn sie in Gefahr sind und wirklich unsere Hilfe brauchen, dann fühlen wir das und eilen herbei, bevor sie untergehen«, erklärte ein Delfin, der um ihr kleines Floß herumschwamm und sich dabei immer wieder um seine eigene Achse drehte. Er wirkte so vergnügt und lebensfroh, dass Anna bei seinem Anblick lächeln musste. Sie spürte, wie sich Wärme um ihr Herz legte und die Einsamkeit und Furcht für einen Moment verdrängte.

»Ich bin sehr froh, dass ihr gekommen seid, aber wo ist Wintanso?«, erkundigte sich Anna aufgeregt.

»Du wirst auf deine vielen Fragen Antworten erhalten, Anna. Nun musst du dich aber von uns zum Muschelturm bringen lassen und dich von deinem Stück Holz trennen«, entgegnete der Delfin, auf dessen Kopf sie ihre Hand gelegt hatte, als sie Wintanso in ihrem Inneren sah.

Vorsichtig streichelte ihn Anna und blickte ganz verzaubert in seine großen und heiteren Augen. »Und wie soll ich euch folgen? Ich kann nicht einmal halb so gut schwimmen wie ihr.«

»Du hältst dich an meiner Flosse fest, für eine ganze Weile tauche ich mit dir immer nur kurze Zeit und bringe dich dann wieder an die Wasseroberfläche zurück, so erhältst du genug Atemluft. Wenn ich dir sage, dass du tief Luft holen musst, wird unser Tauchgang hinunter zum Muschelturm führen. Er liegt inmitten eines Riffs, tief auf dem Meeresgrund. Aber du brauchst dich nicht zu fürchten, wir werden so schnell dort sein, dass du dann wieder atmen kannst.«

»Ich kann atmen tief unten im Meer?«, stutzte Anna.

»Ja«, antwortete wieder der Delfin direkt vor ihr. »Der Muschelturm ist Sammelpunkt aller Meereslebewesen, egal ob sie Sauerstoff benötigen oder nicht.«

»Sag doch, lieber Delfin, wie ist dein Name, bevor ich mit dir in die Tiefe des Meeres reise?«, fragte Anna freundlich und blickte erneut in seine dunklen, geheimnisvollen Augen.

»Man nennt mich Taurin und ich werde mein Bestes geben, um dich heil und schonend zum Muschelturm zu bringen.«

Anna lächelte und ließ sich vorsichtig von ihrem zerschlissenen kleinen Floß in das Meer gleiten. Taurin tauchte kurz unter, um sie auf seinen blaugrau glänzenden Rücken zu nehmen. Anna tastete nach seiner Flosse und hielt sich fest.

»Bist du bereit?«, erkundigte sich Taurin und nahm eine schräge Seitenlage ein, um Anna besser ansehen zu können.

»Ja, bin ich!«, rief sie ihm und seinen Begleitern zu und holte noch ein letztes Mal tief Luft, bevor Taurin mit ihr untertauchte.

Zunächst klammerte sie sich noch etwas ängstlich an seine Rückenflosse, um bloß nicht verloren zu gehen. Die Furcht vor dem Ertrinken war groß. Doch das war unbegründet, wie sie nach und nach feststellte, denn Taurin schwamm immer wieder an die Oberfläche und erlaubte seiner kleinen Gefährtin genug Luft zum Atmen. Anna spürte, dass sie Taurin vertrauen konnte, jeder Zweifel war unbegründet.

»Jetzt musst du noch einmal tief Luft holen!«, rief ihr Taurin zu, als sie an der Oberfläche schwammen, und sie meinte fast, ein Lächeln bei ihm wahrzunehmen. Es machte ihr Mut.

Anna nickte zustimmend, atmete die frische, salzige Meeresluft ein und schloss die Augen, bevor Taurin in die Tiefe hinabtauchte. Dabei schmiegte sie sich ganz nah an seinen Körper, damit er schnell und ohne Probleme durch das Wasser gleiten konnte.

Bereits nach wenigen Sekunden bemerkte Anna trotz geschlossener Lider ein helles Licht in der Ferne. Neugierig öffnete sie die Augen und der Anblick, der sich ihr bot, überstieg all ihre Erwartungen.

Goldgelb schimmerndes Licht strahlte von einem ganz aus Muscheln bestehenden Turm direkt in das dunkle, klare Blau der unendlichen Tiefen des Meeres. Dieses zauberhafte, warme Licht stammte aus jeder einzelnen Muschel, die sich alle in Farbe und Form unterschieden. Das zarteste Rosa wechselte zu einem tiefen feurigen Rot. Das hellste Blau der kleinsten Muscheln schien sich beinahe im goldenen Licht aus dem Inneren des Turmes aufzulösen. Anna war von diesem wunderschönen Anblick gefesselt.

Taurin und seine Freunde erreichten nun den Eingang, eine riesige perlmuttschimmernde Schneckenmuschel. Einer nach dem anderen glitt fast schwerelos durch die Öffnung des Gehäuses und geriet in ein von weißen und rosafarbenen Muscheln gebildetes Wasserbassin.

»Wir sind da, Anna, du kannst jetzt absteigen«, sagte Taurin freundlich und legte den Kopf erneut schief, um sie ansehen zu können. Anna folgte Taurins Anweisung und ließ sich in das Wasser gleiten, das ihr bis zur Hüfte reichte.

»Es ist wunderschön hier«, erwiderte sie leise und blickte gebannt auf das große perlmuttfarbene Schneckengehäuse, das über eine Treppe in andere unbekannte Räume führte.

»Genau diesen Weg musst du gehen, dann wirst du Antworten auf deine ungelösten Fragen erhalten.«

Anna lächelte Taurin an, erstaunt, dass er ihre Gedanken so rasch erfasst hatte, doch eigentlich dürfte sie in diesem Land nichts mehr verwundern.

»Und jetzt trennen sich unsere Wege, oder?«, fragte sie verunsichert.

»Ja, du musst allein weitergehen, sonst wirst du nicht auf die Dinge stoßen, die du finden sollst. Es ist allein deine Aufgabe, dich um deine Träume zu kümmern, einen Weg zu ihnen zu finden. Deine innersten Sehnsüchte bestimmen dein Wesen, verstehst du?« Taurins große runde Augen strahlten sie voller Lebensfreude an. »Versuche, deine Gedanken auf Liebe und Mut auszurichten, so wie du es vorhin gemacht hast, als du uns gerufen hast.«

»Ich habe euch gerufen?«, fragte Anna überrascht. »Ich dachte, Wintanso hat euch geschickt?«

»Ja, das stimmt auch. Aber erst, als du dich voll und ganz auf all das, was dich mit ihm verbindet, konzentriert hast, als du dein Herz geöffnet hast, konnten wir spüren, wo du bist, und dich finden. Du musst wissen, uns Delfine vereinigt viel mehr mit den Menschen, als ihr ahnt. Einst waren wir auch auf eurer Erde untrennbar. Doch dann hat sich die Menschheit über uns erhoben und nur die wenigsten unter euch finden noch einen Weg zu uns, der von Liebe und Freundschaft geprägt ist.«

Anna nickte betroffen. In Taurins Gegenwart fühlte sie sich mutig und stark – ein altes, vertrautes Gefühl, das durch die Begegnung mit diesen wunderbaren Wesen wiedererweckt wurde. Der Gedanke, dass solchen Geschöpfen Leid zugefügt wurde, beschämte sie und machte sie traurig.

»Vielleicht kann ich ja irgendetwas für deine Verwandten bei uns tun, falls ich es wirklich schaffe und meine Erinnerung, Wintanso und meine Freundin Sofie wiederfinde.«

»Das wäre großartig!«, stimmte er ihr zu. »Du wirst sehen, Anna, es kommt der Augenblick, da weißt du ganz genau: Alles hat seinen Sinn gehabt, es war gut, dass es so gekommen ist und nicht anders«, versicherte Taurin einfühlsam und stupste Anna aufmunternd an.

Sie ließ sich seine Worte eine kurze Zeit durch den Kopf gehen. Er hatte ja recht, doch ihre Angst, sie könnte versagen, verließ sie einfach nicht. Wenn doch nur Wintanso oder Sofie bei ihr wären. Ob ihre Freundin überhaupt noch an sie dachte?

»Wenn eure Freundschaft echt und ehrlich ist, wirst du sie bestimmt wiederfinden. Denn dann wird dein Herz ihr Kompass sein, so wie du uns mit deiner Liebe zu Wintanso gerufen hast. Wichtig ist, dass du nicht in deiner Furcht verharrst. Lass dich nicht von ihr lähmen, entziehe ihr die Macht, indem du einfach weitergehst, einen Schritt nach dem anderen, auch wenn du das Ziel noch nicht sehen kannst!«, ermutigte sie Taurin erneut.

Anna wunderte sich, der Delfin hatte genau ihre Gedanken erfasst und wusste viel mehr, als sie erahnen konnte.

Leichtigkeit und das Gefühl einer wohltuenden Wärme ergriffen sie. Liebevoll streichelte sie zum Abschied Taurins Kopf.

Dann wandte sie sich rasch von ihm und seinen Freunden ab, winkte kurz und brachte ein leises tränenverzerrtes »Danke!« heraus, bevor sie auf die erste Treppenstufe stieg und im Gehäuse verschwand.

Vorsichtig betrat Anna die glänzende, schimmernde Perlmutttreppe.

»Er lebt, ich spüre es ganz deutlich, und er kann nur dort sein«, flüsterte Anna. Sie hatte geahnt, dass er an diesem geheimnisvollen Ort auf sie warten würde. Alles führte dorthin, egal was sie tat, alle Wege, die sie hinter sich gebracht hatte, führten zu ein und demselben Ziel: dem Land des ewigen Eises.

Kapitel 22 – Quantana

Wie sich Anna schon ausgemalt hatte, enthielt dieses Schneckengehäuse eine Wendeltreppe. Sie führte in den einzelnen Windungen kreisförmig nach oben. Die Achse dieser geheimnisvollen Treppe wurde von Stockwerk zu Stockwerk schmaler, sodass Anna gegen einen immer stärker werdenden Schwindel ankämpfte. Schließlich erreichte sie außer Atem das oberste Plateau. Alles um sie herum drehte sich in einer irrsinnigen Geschwindigkeit und sie griff hilfesuchend nach etwas, an dem sie sich festhalten konnte. Langsam glitt sie auf den Boden, in der Hoffnung, das wahnsinnige Drehen in ihrem Kopf würde sich beruhigen. Da vernahm sie eine klare, sanfte Frauenstimme aus der Ferne.

»Steh auf und folge mir! Ich bringe dich an die Spitze des Muschelturms.« Die Stimme wurde lauter und Anna spürte die Anwesenheit eines anderen Wesens. Sie hob den Kopf und musterte ihre Umgebung.

Vor ihr lag ein schmaler tunnelartiger Gang. Wie alles hier war auch er mit einer Vielzahl verschiedener Muscheln ausgekleidet. Jede von ihnen sah anders aus. Jede strahlte eine unterschiedliche Farbe, ein unvergleichliches Licht aus, sodass der unbekannte Weg von einer Fülle der bizarrsten Lichter und Farbstrahlen beleuchtet wurde. Annas Schwindelgefühl ließ endlich nach und sie richtete sich auf, um dieser schönen, unbekannten Stimme zu folgen. Sie wusste, es würde ihr nichts geschehen, denn sie war an einem friedvollen Ort, der sie absolut verzauberte. Wie in Trance glitt sie über den von Muscheln bedeckten Boden. Jede einzelne schloss sich, kurz bevor sie Anna betrat. Immer wieder hörte sie die hypnotisierende Stimme, die ihr zusehends vertrauter wurde, je mehr Weg sie hinter sich ließ. Auf einmal vernahm Anna das glucksende und plätschernde Geräusch von Wasser, und ehe sie sichs versah, endete der schmale Gang. Vor ihr lag ein kleiner Bach, dessen Wasser leuchtend blau durch einen aus großen, von Muscheln gebildeten Kanal floss. Nur dieser kleine Wasserlauf lag vor ihr, und hohe, steile Wände des Turms schmiegten sich links und rechts davon an. Sie betrachtete ein wenig ratlos diese neue Umgebung.

Doch da erklang die Stimme erneut: »Es wird ein Boot kommen und dich mitnehmen an das Ende dieses Weges. Setz dich hinein, es wird dich zu mir bringen.«

Und tatsächlich, ein kleines Boot aus Glas, so blau wie das sprudelnde Wasser, traf in diesem Moment direkt vor Annas Füßen ein. Sie hielt es kurz fest und bewunderte, wie filigran es war. Entschlossen stieg Anna ein und fühlte sofort, dass seine äußere Zerbrechlichkeit mit einer erstaunlichen Stabilität und Festigkeit gepaart war. Das kleine gläserne Boot trieb langsam auf dem schmalen Gewässer entlang, das seltsamerweise bergauf verlief. Fasziniert beobachtete Anna, wie es den Windungen in immer höhere Ebenen des Muschelturms folgte. Ringsherum schlossen sich die hellen, glatten Wände des Gehäuses zu einem pyramidenförmigen Dach. In diesem konnte Anna eine Öffnung erkennen, durch die der Kanal, in dem sie sich gerade befand, floss. Alles deutete darauf hin, dass sich dort das letzte, oberste Plateau des geheimnisvollen Turms befand. Unterhalb von Anna lagen die vielen einzelnen Windungen des kleinen Baches, sie schienen sich in der Unendlichkeit der Tiefe zu verlieren. Sie fühlte sich vollkommen sicher. Ein wohliges Gefühl durchströmte ihren Körper. Gebannt blickte sie auf das Ende des Weges über ihr, der in einen Hohlraum mündete.

Endlich war es so weit, sie war nur noch wenige Meter davon entfernt. Das Boot erklomm die letzte steile Hürde und fuhr durch die Öffnung.

Als sie von einer starken Helligkeit geblendet wurde, schloss Anna instinktiv die Augen. Der Raum, in dem sie und ihr gläsernes Boot sich befanden, war im ersten Augenblick nur von einem gleißenden Licht erfüllt. Nach kurzer Zeit hatte sich Anna daran gewöhnt und öffnete vorsichtig die Augen. Zuerst konnte sie nur leuchtend blaues Wasser erkennen, der Bach mündete in einen See. Auf diesem trieb Anna und versuchte die neue Umgebung zu erfassen.

»Du bist bei mir, das Boot hat dich hierhergebracht«, hörte Anna die bekannte sanfte Stimme sagen. Hilfesuchend blickte sie um sich. Wo war dieses Wesen mit der freundlichen Stimme? Allmählich wich der von hellem Licht angestrahlte Nebel, der sich über dem Wasser befand, und ermöglichte einen Blick auf das, was vor ihr lag.

Sie saß in einem kleinen gläsernen Boot in einem azurblauen See, in dessen Mitte sie eine kleine Insel aus perlmuttschimmernden Muscheln entdeckte. Dort stand eine Frau, die ihr ein Zeichen gab, zu ihr zu kommen. Sie streckte ihr die Hand entgegen, als Anna aus dem Boot ausstieg und vorsichtig die Stufen zu dem ungewöhnlichen Muschel-Plateau betrat. Dunkle Locken fielen ihr weich über die Schultern und ihre schlanke Gestalt wurde von glänzenden blauen Tüchern umhüllt. Sie wirkte zierlich und zerbrechlich, zart, aber auch auf eine besondere Weise stark und anmutig.

Anna musste sie eine Weile neugierig angestarrt haben, als diese sie anlächelte und sie aus ihren Gedanken riss.

»So, nun bist du endlich zu mir gelangt, Anna. Es war eine lange, beschwerliche Reise, die jedoch letztlich zum Muschelturm geführt hat.«

Anna blickte sie überrascht an und tausend Fragen schwirrten ihr gleichzeitig durch den Kopf.

»Woher wusstest du davon? Warum war es sicher, dass ich hierherkommen würde?«, fragte sie verwirrt.

Die unbekannte Frau mit der wunderschönen, verzaubernden Stimme lächelte erneut und ihr Gesicht drückte Sanftmut, Vertrauen und Weisheit aus. Sie griff Annas linke Hand und führte sie zu einem Platz aus weichem goldschimmernden Sand, dort setzten sie sich nieder.

Erst jetzt sah Anna, in welch einem seltsamen, geheimnisvollen Raum sie sich befand. Es war das oberste Plateau des riesigen Schneckengehäuses, dessen Wände, mit den schönsten Muscheln verziert, zugleich in Form einer Pyramide das Dach des zauberhaften Turms bildeten.

Anna saß in der Mitte dieser Pyramide, die durchsichtig wie Glas erschien. Man konnte ringsherum nur das tiefe Blau des Meeres sehen. Eine Vielzahl der sonderbarsten Fische, Delfine und anderer Meerestiere schwammen vorbei. Anna beobachtete gebannt, was um sie herum geschah. Es war faszinierend, so tief unten im Meer der tausend Blüten in einem Raum zu stehen, der die Trennung von Wasser und Luft fast aufhob.

»Es ist beeindruckend, nicht?«

»Ja, ich habe so etwas noch nie gesehen, es ist wundervoll«, antwortete Anna verzaubert.

»Es ist ein herrlicher Aussichtspunkt. Von hier kannst du sehr weit in alle Richtungen des Meeres sehen und noch vieles mehr. Aber bevor wir dazu übergehen, Anna, muss ich dir noch etwas erklären. Ich bin die Bewohnerin des Muschelturms – man nennt mich Quantana. Ich lebe hier seit einer unendlich langen Zeit und beobachte, was im Traumland geschieht.«

»Wie kannst du von hier aus das ganze Traumland sehen? Ringsherum ist doch nur Wasser?«, fragte Anna ungläubig.

»Es ist möglich, und zwar genau an diesem Ort, hier strömen alle Zeiten und Energien eines jeden Lebewesens des Traumlandes zusammen. Hier ist der Anfang und zugleich das Ende. Begegnen sich diese Dimensionen gleichzeitig, so entsteht das Phänomen der Unendlichkeit.«

Anna lauschte jedem von Quantanas Worten fasziniert. Noch begriff sie nicht ganz, welche Bedeutung diese für sie und ihre Suche hatten, doch schon bald empfand sie in ihrem Inneren ein unbeschreibliches Gefühl, ganz nah an dem zu sein, wonach sie suchte.

»Ich konnte durch diese Fenster, die für dich den Eindruck machen, nur das Meer zu zeigen, deine Reise durch unser Land beobachten. Du hast viel Schreckliches erleben müssen. Ich möchte dir helfen, jedoch kann ich dein Schicksal nicht lenken, es liegt an dir selbst. Aber eines kann ich für dich tun. Du hast drei Fragen frei, die du mir stellen kannst. Ich weiß nicht, ob es mir möglich ist, sie dir zu beantworten. Wenn ich es nicht in Worte fassen kann, dann werden es dir die Fenster des Turmes zeigen. Also, was willst du wissen, was ist für dich unbegreiflich?«

Anna blickte Quantana erstaunt an. Hatte sie wirklich auf einmal die Chance, auf ihrem unendlichen Weg weiterzukommen? Es lag an ihr, was für Fragen sie stellte. Drei hatte sie frei. Sie musste sie so stellen, dass sie möglichst viele Informationen erhielt. Sie hatte so endlos viele Fragen. Es fiel ihr schwer, sie zu ordnen und sie verständlich zu formulieren. Sie dachte an Wintanso, an Sofie, an das Land des ewigen Eises …

Nach einer Weile stand Anna auf und ging unruhig auf dem kleinen Plateau inmitten des blauen Sees hin und her. Über ihr und um sie herum befand sich das Meer der tausend Blüten, es war so unendlich blau, so mystisch und zauberhaft zugleich. Wie gebannt starrte sie aus einem der vier dreieckigen Fenster im Zentrum der gläsernen Pyramide.

»Wo ist ... Wo ist Wintanso?«, fragte Anna leise und in ihrer Stimme konnte man deutlich ein Zittern vernehmen, das noch in all ihren Gliedern steckte. Zu stark hatte sie noch die Szene vor Augen, in der Wintanso krank und weinend in ihren Armen lag.

»Wintanso«, wiederholte Quantana seinen Namen und stand ebenfalls auf. Für einen kurzen Moment schloss sie die Augen und deutete mit der rechten Hand auf das gläserne Fenster, vor dem Anna stand. Eine bedrückende Stille erfüllte den Ort. Auf einmal verloren alle vier Wände ihre Transparenz und der pyramidenförmige Raum wurde schlagartig dunkel. Annas Herz schlug schneller und sie fühlte sich in einen seltsamen Rausch versetzt. Alles um sie herum schien sich zu drehen, während sie sich auf den Boden kauerte. Es war unheimlich – aber auch auf irgendeine Art faszinierend.

»Schau dich um, Anna, und du wirst sehen, wo Wintanso ist!«, rief ihr Quantana zu, ihre Stimme war lauter und bestimmend geworden.

Ängstlich richtete sich Anna auf, ihr stockte der Atem. Alle vier Wände ringsherum zeigten ein und dieselbe Szene. Anna blickte gebannt auf das, was um sie geschah. Als sie das Bild deuten konnte, rannen Tränen über ihre Wangen. Die dreieckigen Fenster zeigten Wintansos reglosen Körper, völlig in durchscheinendes bläuliches Eis gehüllt. Anna fröstelte bei diesem Anblick. Wintanso wirkte so leblos, das Eis schien ihn einzuhüllen und ihm den letzten Lebenshauch zu rauben.

»Wintanso!«, schluchzte sie laut und drehte sich verzweifelt in alle vier Richtungen. Alle Wände zeigten tatsächlich das Gleiche.

Trauer machte sich in Annas Herzen breit, hatte sie ihn schon verloren?

»Ist das die Antwort auf meine erste Frage?«, flüsterte sie tränenverzerrt.

»Ja, Anna, alles, was ich dir sagen darf, ist, dass dort, wo Wintanso ist, auch du hinfinden musst. Wenn du dich beeilst, kannst du ihn aus den tödlichen Eismassen befreien.«

»Das Land des ewigen Eises!«, sagte Anna ernst und zornig zugleich.

Schon jetzt, obwohl sie sich noch gar kein richtiges Bild davon machen konnte, fühlte sie eine entsetzliche Abscheu und Angst, wenn sie diesen Namen aussprach. Sie würde einen Weg finden, es konnte nicht mehr weit weg sein.

»Nenne mir deine zweite Frage, aber denke gut darüber nach, wie du sie stellst. Du hast nicht mehr viele Möglichkeiten«, sagte Quantana sanft.

Anna überlegte, sie erinnerte sich an Wintansos Verzweiflung, da er nicht wusste, woher er denn eigentlich kam – das war auch der Grund, warum er so schwer erkrankt war und im Land des ewigen Eises gefangen.

»Sag mir bitte, Quantana, woher stammt Wintanso wirklich, er ist kein Wesen dieses Landes, wo ist sein Zuhause?«

Anna hatte ihre Frage noch gar nicht völlig ausgesprochen, da verdunkelte sich der Raum erneut. Wintansos Gesicht erlosch vor Annas Augen, und alles um sie herum begann sich wieder irrsinnig schnell zu drehen. Dieses Mal blieb Anna stehen und wartete gespannt, was ihr die geheimnisvollen Wände verrieten.

Zuerst konnte sie nur verschwommene Bilder erkennen. Es war ein dunkles und bedrückendes Abbild einer kleinen Höhle. Anna rieb sich die Augen und trat näher an eines der Fenster heran. Inmitten der kargen, kalt wirkenden Höhle brannte ein Feuer. Es strahlte in den schönsten Rot- und Gelbtönen und wärmte eine hagere ältere Frau, die kauernd davorsaß.

Anna verstand nicht, was das mit Wintansos Herkunft zu tun hatte, jedoch schwieg sie geduldig und wartete gespannt, was ihr dieser magische Raum damit zeigen wollte.

»Sieh genau hin, erkennst du nicht etwas?«, flüsterte Quantana und deutete auf die Frau am Feuer.

Anna drehte sich in alle vier Richtungen und fragte sich, was es war, das sich hinter alldem hier versteckte und endlich erkannt werden wollte. Sie wusste es, diese kleine arme Frau, die sich in dieser kalten Höhle an einem Feuer wärmte, musste der Schlüssel zu vielen ihrer Fragen sein. Anna blickte in ihr Gesicht, das traurig und kummervoll auf einen Punkt starrte. Etwas schien sie zu beschäftigen. Sie musste viel erlebt haben, vielleicht auch glückliche Zeiten, doch ihre Augen, sie wirkten so leer, so einsam ... Irgendwo glaubte sie, diesen Blick schon einmal gesehen zu haben. Diese dunklen Augen, so geheimnisvoll ... so wunderschön ... Auf einmal zuckte Anna zusammen, sie sah direkt in die Augen von Wintanso. Wie konnte das sein?

»Na? Du hast sie erkannt?«, fragte Quantana und trat näher an sie heran.

»Warum sehen die Augen dieser Frau so aus wie Wintansos?«, erwiderte Anna verwirrt und versuchte, ihre Aufregung unter Kontrolle zu bringen. Doch ihr Herz wollte der Vernunft nicht folgen und raste derart schnell, als zerspränge es gleich.

»Sie ist seine Mutter«, erklärte Quantana sanft und legte behutsam eine Hand auf Annas Schulter. Gemeinsam blickten sie andächtig auf das Bildnis vor ihnen.

»Das, was dir der Raum des Muschelturms sagen will,

steckt alles in diesem Bild. Es ist Wintansos Geschichte. Das Schicksal seiner Mutter und seines. Du kannst es aufhalten, wenn du die Suche nach deiner Erinnerung fortsetzt.«

»Sie wirkt sehr traurig und einsam, so allein in einer Höhle. Sie muss etwas sehr Wertvolles verloren haben«, bemerkte Anna und hoffte, noch eine Antwort aus Quantana locken zu können.

»Ich kann dir nicht mehr dazu sagen, außer, dass du sie aufsuchen musst, bevor du dich auf den Weg zum Land des ewigen Eises machst. Sonst wird es dir nicht möglich sein, Wintanso zu retten«, erklärte Quantana.

»Aber wie soll ich zu ihr gelangen, ich weiß doch nicht einmal, wo sie ist, außer in einer Höhle, die so klein ist, dass nur sie Platz zu haben scheint?«, schrie Anna verzweifelt, sie konnte ihre Gefühle der Angst und der immer größer werdenden Hoffnungslosigkeit nicht mehr verbergen.

Quantana schwieg, sie wirkte vollkommen gelassen und distanziert, wodurch sie für einen Moment in Anna Aggressionen und Zorn weckte. Sie fühlte sich schrecklich hilflos, so als könnte sie nicht selbst bestimmen, was mit ihr geschah, als würde dieses Land der Träume mit ihr spielen. Sie war machtlos und musste sich jeder neuen Situation bedingungslos anpassen. Waren ihre Gefühle überhaupt irgendeinem Wesen des Traumlandes oder ihrer Heimat, der Erde, wichtig?

»Du hast nur noch eine Frage übrig, überlege sie dir gut!«, riss Quantana sie aus ihren traurigen Gedanken.

Anna schloss für einen kurzen Moment die Augen und überlegte.

Schließlich fragte sie entschlossen: »Sag mir, Quantana, wo ist meine Freundin? Wo ist Sofie? Unsere Wege haben sich schon vor einiger Zeit getrennt. Es schmerzt noch immer, aber ich kann sie nicht finden, ich kann sie nicht vergessen. Trotz dieser Trennung lebt sie in meinem Herzen, in meinem Körper. Oft verspüre ich so ein seltsames Gefühl, als wollte sie Kontakt aufnehmen, dann aber fühle ich lange Zeit nichts als Einsamkeit. Ich will sie endlich wiedersehen, zusammen haben wir eine Chance, unsere Träume wiederzufinden. Allein sind wir wie einzelne Teile eines Puzzlespiels – unvollständig. Wir brauchen einander, um uns zu ergänzen und all die unglaublichen Dinge, die mit uns geschehen sind, zu verstehen. Also, wo ist sie?«

Für ein paar Sekunden schien Quantana von Annas Worten gerührt und zeigte in ihrem Gesicht einen sonderbaren Ausdruck, den Anna nicht deuten konnte.

»Wie ich sehe, hast du schon viel mehr verstanden, als ich dachte«, wisperte sie leise. »Du beginnst nun, dich und deine Freundin in das rechte Licht zu rücken. Du hast erkannt, dass ihr einander braucht, um Wunder zu wirken und glücklich zu sein. Auch wenn viele Augenblicke der Einsamkeit dir fast den Verstand raubten – es ist noch Zeit, dass ihr euch findet und euch hier in unserem Traumland begegnet. Blicke auf die Fenster der Wahrheit und du wirst deine Antwort bekommen.«

Anna folgte ihrer Anweisung. Das Spiel erfolgte von Neuem. Der pyramidenförmige Raum verdunkelte sich und alles schien sich in einer irrsinnigen Geschwindigkeit um Anna zu drehen. Sie kämpfte mit dem starken Schwindelgefühl, sie wollte nicht wieder am Boden kauern, sondern stehen bleiben.

Endlich wurde es wieder heller und sie konnte die Bilder der dreieckigen Fenster deutlich erkennen. Dieses Mal war es keine einzelne Szene, sondern es glich vielmehr einem Film. Anna konnte Sofie und noch ein Mädchen mit Fackeln und viel Gepäck durch schmale dunkle Gänge laufen sehen. Sie mussten sich wohl unter der Erde befinden. Anna betrachtete neugierig, das, was vor ihr ablief. Es war unfassbar, sie konnte in den unergründlichen Tiefen des Meeres der tausend Blüten vom obersten Plateau des mystischen Muschelturms ihre Freundin beobachten, wie sie sich auf den Weg machte. Auf den Weg wohin? Konnte Sofie fühlen, dass Anna genau in diesem Moment ganz in ihrer Nähe war? Anna wünschte sich so sehr, bei ihr zu sein, eine Träne lief ihr über die Wange.

»Sofie lebte bis vor Kurzem bei den Indianern der roten Wüste. Sie hatte es dort sehr gut. Lea, ein Mädchen dieses Stammes, hat mit ihr Freundschaft geschlossen und begleitet sie nun auf dem Weg zur ältesten und weisesten Frau dieses Stammes, die am anderen Ende des Tales der roten Wüste lebt. Einsam und abgeschieden. Sofie hofft, dort einen Rat oder Hilfe zu bekommen, um dich wiederzufinden und zum Land des ewigen Eises zu gelangen«, erzählte Quantana ruhig und setzte sich wieder in den golden schimmernden Sand in der Mitte des Plateaus.

»Wenn ich doch nur einen Weg finden würde, zu ihr zu gelangen. Wo sind diese geheimnisvollen Gänge, die sie und dieses Mädchen durchkreuzen? Quantana, kannst du mir das nicht noch sagen?«, bat Anna und wandte sich ihr zu.

»Nein Anna, es ist unmöglich, dir Weiteres darüber zu erzählen, es ist deine Aufgabe, allein zu ihr zu finden. Keiner kann dir helfen. Würde ich es tun, hättest du schon von vornherein alles verloren: Wintanso, Sofie und deine vergessenen Träume. Es muss alles seinen Lauf nehmen, den nur du beeinflussen kannst. Wenn du innerlich dazu bereit bist und die Hoffnungslosigkeit deinen Glauben noch nicht besiegt hat, wirst du alle wiedersehen. Es wird alles gut enden, vorausgesetzt, du hast dich selbst noch nicht aufgegeben«, erwiderte Quantana bedächtig.

Anna konnte ihren Worten nicht ganz folgen. Sie beobachtete, wie sich die Bilder von Sofie und Lea auf allen vier Wänden auflösten und zugleich die Transparenz der Fenster zurückkehrte. Nun konnte man wieder nichts als das tiefe Blau des Meeres und seine unzähligen Bewohner sehen.

»Ich habe nun viele Informationen bekommen, die ich noch nicht deuten kann, vielleicht gelingt es mir auf meiner weiteren Reise, dies alles zu verstehen!«, sagte sie mit neuem Mut in der Stimme.

Anna stand gedankenverloren in der Mitte des pyramidenförmigen Raumes. Die Farbe des Meeres spiegelte sich in ihren Augen wider.

Wie ging es jetzt weiter? In welche Richtung sollte sie gehen? Eine unheimliche Stille legte sich in diesen mystischen, gläsernen Wänden, den Fenstern der Wahrheit, nieder.

Schließlich versuchte Anna sich wieder auf die Gegenwart, auf die neu gefundene Realität zu konzentrieren und nicht ihren Gedanken hinterherzuhängen.

»Quantana, ich weiß jetzt, dass ich zu Wintansos Mutter, aber auch zu Sofie gelangen muss. Ich soll aber auch das Land des ewigen Eises aufsuchen. Wie um alles in der Welt kann ich an drei Orten gleichzeitig sein?« In Annas Gesicht zeichnete sich Verwirrung ab.

»Du bist im Traumland. Vergiss das nicht!«, antwortete Quantana und ihre Stimme klang wieder so hell und schön, dass sie Annas ungebrochene Aufmerksamkeit erhielt. »Du wirst dich nun am anderen Ende des Raumes zu einem Ausgang begeben und über eine Rutschbahn wieder nach unten, zur Basis des Muschelturms, gelangen. Nur wird dich dieser Weg nicht zurück auf den Meeresboden bringen, sondern weit weg an einen Ort, der dich vor neue

Aufgaben stellen wird. Dank der Magie dieses Muschelturmes und meiner Zauberkräfte wirst du in den Garten der geheimen Wünsche gelangen. Er ist wunderschön und wird dich dazu verleiten, dort zu verweilen. Bleib nicht zu lange und vergesse dein Ziel nicht. In der Mitte des geheimnisvollen Gartens wirst du einen Pavillon vorfinden, in dessen Gemäuern sich sechs kleine Brunnen befinden. Sie sind keine gewöhnlichen Brunnen wie die anderen, die den Rest des Gartens schmücken, sie sprechen mit dir. Vor allem werden sie dir Versprechungen machen, die reine Lügen sind. Sie geben vor, dir helfen zu wollen und dir den richtigen Weg zu weisen, vertraue ihnen nicht, bis auf dem einen. Ein Einziger spricht die Wahrheit. Finde heraus, welcher es ist, und trinke von seinem kühlen Nass. So wird dir ein wichtiger Wunsch erfüllt.«

Anna nickte und folgte Quantana zu der runden Öffnung im Boden des obersten Plateaus. Einen kurzen Moment lächelte ihr Quantana aufmunternd zu und hob ihre Hand zum Abschied. Anna erwiderte die Geste und setzte sich in den perlmuttschimmernden Tunnel – der Kanal, der sie weit weg in den Garten der geheimen Wünsche bringen sollte. Quantana schob Anna ein wenig an und sogleich begann die aufregende Fahrt durch die unzähligen Windungen des Muschelturms. Anna glitt über die unendliche Rutschbahn, die sich immer tiefer in Richtung Meeresboden schlängelte. Doch schon bald hatte Anna die Orientierung verloren. Wo war oben? Wo war unten? Ein fast berauschendes Gefühl ergriff sie und es schien mit jeder neuen Windung zu steigen. Jedoch hatte auch dieser Weg ein Ende.

Kapitel 23 – Der Garten der geheimen Wünsche

Anna stieg langsam aus der perlmuttschimmernden Bahn aus und stand vor einem aus hellem, sandfarbenem Stein gebauten Torbogen. Langsam trat sie durch diesen geheimnisvollen Eingang und blieb abrupt stehen, als sie von der Schönheit und Idylle, die vor ihr lag, ergriffen wurde. Ein bezaubernder, unendlich harmonisch angelegter Garten mit leuchtend grünen Büschen, Bäumen, Gräsern, dunkelroten und schneeweißen Rosen, blau-violetten Glockenblumen und zarten gelben Blumen lag vor ihr. Durch diesen romantischen und friedvollen Garten führten schmale, mit Kies bedeckte Wege, die alle auf Rondelle zuliefen, in deren Mitte jeweils ein aus Marmor gefertigter Brunnen stand. Jeden von ihnen säumten dunkelviolette Blumen, deren Blüten von zahllosen Schmetterlingen besetzt waren. Anna betrat wahllos einen dieser Wege und gelangte zu einem der marmornen Brunnen, aus dem fröhlich Wasser in einer hohen Fontäne spritzte, ehe es wie weicher Samt entlang seines oberen Beckenrandes in das untere Bassin floss. Gebannt von diesem herrlichen Anblick der Blumen, Blüten, Gräser und der in diese traumhafte Landschaft eingefügten Brunnen, blieb Anna immer wieder stehen und genoss die Wirkung dieser wundervollen Umgebung.

Die Sonne strahlte goldgelb vom azurblauen Himmel und wärmte ihren Körper. Der Gesang der vielen verschiedenfarbigen Vögel versetzte sie beinahe in Trance.

Behutsam setzte sie einen Fuß vor den anderen. Sie wollte diese Harmonie, die diesen Garten erfüllte, auf keinen Fall stören.

Anna befand sich gerade an einem der Marmorbrunnen, als unzählige Schmetterlinge von den dunkelvioletten Blüten aufsprangen und alle um Anna herumschwirrten. Voller Bewunderung betrachtete sie die zarten rot-blau und grün-gelb-schwarz gemusterten zierlichen Gestalten, die elegant durch die Luft schwebten. Noch nie hatte sie so viele auf einmal gesehen. Sie unterschieden sich nicht nur in ihrer Farbe, sondern auch in Form und Größe.

Vollkommen verzaubert von dieser phantastischen Welt, in der sie sich befand, ließ sich Anna auf den weichen grünen Rasen sinken und blickte entspannt in den leuchtend blauen Himmel. Für einen Moment glaubte Anna zu fühlen, wie die lachende Sonne mit ihrem goldenen Licht dieser herrlichen Umgebung ihren Glanz schenkte. Eine wohlige Wärme erfüllte sie.

Kapitel 24 – Joshua

Lea und Sofie liefen schon seit Stunden durch die unzähligen Labyrinthgänge des verzauberten Berges. Vor Kurzem hatten sie schmale Pfade erreicht, die oben an der Decke eine Felsspalte aufwiesen. Helles Sonnenlicht fiel hindurch und erleichterte den beiden Mädchen die Sicht. Die unheimlichen Schattenwesen hatten seitdem ihre Verfolgung aufgegeben. Das klare, warme Licht war ihr Feind. So hell und rein konnte es sich nicht mit den düsteren, verlorenen Seelen der Schattenwesen vereinen.

»Wie weit ist es noch bis zur Höhle der weisesten Frau eures Stammes?«, fragte Sofie und blickte sehnsüchtig den Lichtstrahlen nach. Sie wünschte sich nichts mehr, als aus den seltsamen steinigen Wegen des Berges an die klare, frische Luft zu gelangen, die sie draußen erwartete.

»Wir müssten bald da sein«, antwortete Lea, die den Weg, der vor ihr lag, konzentriert musterte. Es schien so, als achtete sie auf jeden Felsvorsprung, auf jeden Stein, auf jede Spalte in den goldschimmernden Wänden, die den Weg säumten.

»Es ist sehr wichtig, dass wir uns hier nicht verirren, denn wenn das geschieht, sind wir hoffnungslos verloren. Aber keine Sorge, ich kenne den Weg, da ich und schon viele aus meinem Stamm hier waren, wenn wir Rat und Hilfe brauchten«, setzte Lea fort.

»Und das Felsentor?«, fragte Sofie überrascht. »Hat es sich jedes Mal geöffnet?«

Sofie nickte. »Wir Indianer der roten Wüste kannten das Symbol des Traumlandes schon immer. Sollten wir es je vergessen, wäre es das beginnende Ende unserer Welt.«

Nach einer Weile wurde der schmale steinerne Weg breiter und das unbekannte Dunkel, das vor ihnen lag, wurde zusehends mehr von Sonnenlicht erfüllt. Sofies Herz schlug schneller, sie fühlte sich auf einmal so sonderbar. Was würde sie von der weisen Frau erfahren? Konnte sie ihr wirklich helfen? Plötzlich blieb Lea stehen und drehte sich lächelnd zu ihr um. Sofie wurde abrupt aus ihren Gedanken gerissen und blickte Lea fragend an. Doch sie brauchte dieses Mal keine Erklärung, als sie die neue wunderschön bizarre Umgebung wahrnahm, die sich ihnen bot.

Vor ihnen befand sich ein großer runder Raum aus weiß-goldenem Gestein, in dessen Mitte sich ein kleiner See aus kristallklarem Wasser befand. Der See war so still und die Oberfläche so glatt, dass sich der ganze Raum in ihm widerspiegelte. Am faszinierendsten war jedoch die große ovale Öffnung in der steinernen Decke, direkt über dem kleinen hellblau schimmernden See. Sofie und Lea blickten gebannt nach oben, denn seit Langem konnten sie wieder den hellblauen, klaren Himmel und den goldenen Ball der Sonne sehen.

Am Ende dieser mystischen Halle, die einem Lichthof ähnelte, war eine kleine Öffnung in der Wand, aus der das Geräusch eines prasselnden Feuers erklang.

»Ist das dort drüben die Höhle, in der die weise Frau wohnt?«, fragte Sofie leise. Sie war von dem Anblick des Sees und des darüber liegenden Himmels noch ganz verzaubert.

»Ja, Sofie, das ist der Ort, zu dem ich dich führen wollte. Du wirst hier etwas finden, was du schon lange suchst, ohne es zu wissen. Folge mir, ich werde dich zu ihr bringen«, antwortete Lea ruhig und ging in die Richtung der kleinen Höhle am Ende des mystischen Raumes.

Je näher sie ihr kamen, desto nervöser wurde Sofie. Sie

versuchte dagegen anzukämpfen, doch ihr Herz schlug immer schneller.

Endlich erreichten sie den Eingang und Sofie blickte vorsichtig in den kleinen dunklen Raum, der nur durch ein einziges Feuer erwärmt wurde. Lea ging auf eine zierliche Frauengestalt zu, die reglos am Boden saß, und begrüßte sie mit Handzeichen, die für Sofie fremd waren. Es schien so, als erklärte Lea dieser wundersamen Frau, warum sie gekommen waren. Sofie setzte sich neben Lea und lächelte die Frau schüchtern an. Diese erfasste ihren Blick und Sofie konnte beinahe fühlen, wie diese alt und gebrechlich wirkende Frauengestalt auf einmal lebendig wurde. Ihre Augen, die zuvor ins Leere gestarrt hatten, wurden erleuchtet von Sofies Gegenwart. Sofie konnte diesen Augen, die wohl schon so vieles gesehen hatten, nicht ausweichen. Sie wurde förmlich angezogen. Ein Schauer ergriff sie. Sofie wusste ganz genau: Diese weise Stammesfrau sah direkt in ihre Seele, in ihr Innerstes, man konnte nichts vor ihr verbergen.

»Gut, dass du gekommen bist, ich heiße Anouk«, sagte diese mit einer weichen, ruhigen Stimme, die kein Alter zu besitzen schien. Sofie nickte und beobachtete gebannt, wie sich diese kleine Gestalt vom Boden erhob und ihr ein Zeichen gab, ihr zu folgen. Sofie stand ebenfalls auf und verstand noch nicht ganz, was sie nun tun sollte. Hilfesuchend drehte sie sich zu Lea um, die sich am Feuer wärmte.

Diese lächelte ihr aufmunternd zu. »Geh mit ihr, du wirst staunen, was sie dir zeigen will.«

Die Höhle, die erst so klein und eng erschienen war, dass Sofie glaubte, gar keinen Platz zu finden, hatte hinter einem Felsvorsprung noch einen Raum, in den Anouk sie nun führte. Es war sehr dunkel. Sofie konnte zunächst kaum etwas wahrnehmen. Kleine Fackeln spendeten ein warmes, gedämpftes Licht. Anouk kniete nieder und Sofie tat es ihr nach. Allmählich gewöhnten sich ihre Augen an die Dunkelheit, sodass sie ein Bett, Lager oder etwas Ähnliches erkennen konnte. In dieser Schlafstatt lag jemand, umhüllt von zahlreichen Tierfellen. Sofie saß genau am Kopfende und musterte neugierig den reglosen Körper eines jungen Mannes, der von ihr weg, zur Wand gedreht lag.

Auf einmal bewegte er sich und bemühte sich unter großer Anstrengung, die Augen zu öffnen. Sein Blick traf in diesem Moment genau Sofies. Kurz glaubte sie, ihr Herz setzte aus. Ein überwältigender Strom von Gefühlen ergriff sie und ließ sie fassungslos in die hellblauen Augen dieses jungen Mannes blicken, der krank und geschwächt in diesem Lager versuchte, Ruhe zu finden. Sofie wusste nicht, was mit ihr geschah. Sie fühlte sich ihm so nah, als kannten sie sich schon immer. Obwohl sie sich nicht daran erinnerte, wo sie ihm schon einmal begegnet war, wuchs in ihr die Überzeugung, dass er in ihrem Leben eine wichtige Rolle spielte. Völlig gerührt von diesem unerwarteten Ereignis, ergriff Sofie vorsichtig seine Hand. Tränen, die ihren Ursprung in einem unbekannten Gefühl hatten, rannen ihr über die Wangen. Sie war völlig aufgewühlt, als Anouk leise erwähnte: »Das ist einer meiner beiden Söhne, sein Name ist Joshua. Er ist schwer krank. Nur mit deiner Hilfe kann er am Leben bleiben.«

Kapitel 25 – Entscheidung

Anna streckte sich auf dem weichen, warmen Rasen aus und gähnte noch etwas verschlafen. Die Sonne stand nicht mehr senkrecht am Himmel und das schräge Licht brach sich in den Wasserfontänen der umliegenden Brunnen. In ihnen schillerten zahlreiche farbenprächtige Regenbogen. Anna genoss diesen Anblick, stand dann aber von ihrer Erholungsstätte auf und nahm sich vor, den Pavillon zu suchen, von dem ihr Quantana im Muschelturm erzählt hatte.

Verträumt und noch immer von diesem romantischen Garten verzaubert, begab sie sich auf einen der zahllosen kiesbedeckten Pfade, der anscheinend in das Zentrum dieses verwunschenen Ortes führte. Die einzelnen Fontänen und die bunte Blumenpracht schienen endlos, und Anna stellte fest, dass jeder der marmornen Brunnen dem anderen ähnelte. Aber diese waren nicht jene, die sie suchte. Sechs kleine Wandbrunnen in dem geheimnisvollen Pavillon sollten ihr auf dem Weg zu ihren verlorenen Träumen, ihren verschollenen Freunden und der Antwort auf die vielen ungelösten Fragen helfen. Nach ein oder vielleicht zwei Stunden konnte Anna in weiter Entfernung ein kuppelartiges helles Gebäude erkennen. Sie ging einen Schritt schneller, doch je näher sie diesem Gemäuer kam, desto stärker wurde in ihr eine Stimme, sie solle stehen bleiben und sich ausruhen. Oder waren es Stimmen außerhalb ihres Körpers? Verwirrt drehte sich Anna um, aber sie konnte nichts und niemanden entdecken, außer den unzähligen Schmetterlingen und der ungeheuren Blütenpracht, die diesen Garten beherrschte.

»Halt! Bleib bei uns! Du kannst hier in diesem Garten

für immer glücklich leben, gehe nicht zu den Brunnen, sie lügen alle«, wisperten mehrere Stimmen in einer geheimnisvollen, aber auch schaurigen Tonlage. Anna blickte sich irritiert um. Hatte der leuchtend grüne Busch, der ihren Weg säumte, etwa gerade gesprochen? Oder waren es die vielen zwitschernden Vögel, die über ihren Kopf hinwegflogen?

Da spürte Anna eine Müdigkeit, die sie verwunderte. Ihre Beine wollten ihr immer weniger gehorchen, sie waren ihr auf einmal gänzlich fremd und fühlten sich taub an. Panik ergriff sie, als sie völlig hilflos in die Knie sackte. Ihre Beine – sie hatte die Kontrolle verloren. Was war geschehen? Mit letzter Kraft versuchte sie sich wieder aufzurichten. Der Pavillon – sie konnte ihn nun sehen – war nur noch fünfzig Meter von ihr entfernt. Sie musste ihn erreichen.

»Wir erfüllen dir jeden Wunsch, den du auf der Seele hast!«, wisperte es von Neuem, und Anna ergriff ein eiskalter Schauer, als ihr bewusst wurde, dass eine fremde Macht von ihrem Körper Besitz nahm. So schön dieser Garten der Wünsche auch sein mochte, es war gefährlich, sich dort länger als nötig aufzuhalten. Sie würde diesen verflixten Pavillon nie erreichen, wenn sie es jetzt zuließ, schwach zu werden und sich einfach fallen zu lassen. Sie musste gehen, wenn nicht mit der Kraft ihrer Beine, dann eben mit ihrer Willenskraft. Anna durfte die Hoffnung nicht aufgeben – sie war alles, was sie jetzt noch am Leben hielt. Anna begann die Warnungen von Quantana zu verstehen. Nur ein einziger Brunnen in diesem verwunschenen Garten sagte die Wahrheit. Anna gingen in Sekundenschnelle all diese Gedanken durch den Kopf. Sie begriff, dass dieser Garten ihr Untergang sein konnte, wenn sie ihm vertraute und sich von ihm wünschte, dass sich ihre geheimsten

Sehnsüchte erfüllten. Die Erinnerung an ihre Träume – sie war ihr schon so nah gewesen. Doch dann, als sie Wintanso im Meer der tausend Blüten verloren hatte, war in ihr ein helles, wärmendes Licht erloschen und hatte nichts außer kalter, trübsinniger Dunkelheit zurückgelassen.

Entsetzt stellte Anna fest, dass nicht nur ihre Beine, sondern nun auch ihre Arme von einem tauben Gefühl ergriffen wurden. Sie konnte sich kaum mehr bewegen, aber sie sollte doch diesen einen Brunnen finden und von seinem Wasser trinken. Irgendwie musste sie es schaffen, diesen Garten der Wünsche auszutricksen.

»Wer spricht mit mir?«, rief sie atemlos, denn jede Bewegung kostete sie unendlich viel Kraft. Als hätte jemand die Zeit angehalten, herrschte absolute Stille. Kein einziger Vogel sang mehr, sie waren vollkommen verstummt. Anna blickte sich hilfesuchend um. Dann versuchte sie es noch einmal. Dieses Mal lauter und energischer.

»Wenn du behauptest, du könntest mir alle Wünsche erfüllen, warum ist es dir dann nicht möglich, meine Frage zu beantworten?« Anna wusste, sie konnte so weit gehen wie möglich, sie durfte sich nur nicht direkt etwas wünschen, was mit Sofie, Wintanso oder der Suche nach ihren verlorenen Träumen zu tun hatte.

»Der Garten der tausend Wünsche spricht mit dir«, flüsterte es aus allen Hecken und Büschen. Jeder Grashalm schien hier eine Stimme zu besitzen. »Was wünscht du dir? Wir können dir alles erfüllen.«

»Ach ja? Wirklich alles?«, fragte Anna und aus ihrer Stimme klang deutlich Hohn und Spott hervor. »Dann sag mir doch, bevor ich meinen Wunsch äußere, warum lässt du mich nicht gehen? Warum fühlt sich mein ganzer Körper taub und leblos an? Was hast du davon?«

»Wir lähmen dich, damit du auf uns hörst.« Ein helles

Lachen folgte. Es machte diesem Garten wohl auch noch Spaß, sein Opfer leiden und kämpfen zu sehen. »Deine eigene Schwäche macht dich bewegungsunfähig, Anna«, setzten die geheimnisvollen Stimmen fort. »Du willst in deinem Innersten, dass alles aufhört. Dass du dich endlich ausruhen kannst und nicht tagein, tagaus auf deiner lächerlichen Suche nach deiner Erinnerung bist. Gib es auf, du hast keine Chance. Sei schwach und ruhe dich aus, dann werden all deine Wünsche in Erfüllung gehen.«

Anna stockte der Atem, als sie verstand, was ihr dieser erst so wunderschöne Garten antun wollte. Er, der so rein, so klar, so friedlich wirkte, war voller Tücken, Hindernisse und Gefahren. Dieser Garten wollte ihr den Verstand rauben und ihren Willen brechen. Sie überlegte kurz und nahm alle Kraft zusammen, um einen Wunsch zu formulieren, der hoffentlich nicht ihren Untergang bedeutete. Aber sie hatte nur noch diese Chance, um an ihr Ziel zu gelangen.

»Wenn du meinst, dass ich mich ausruhen soll, dann erfüll mir bitte einen Wunsch: Lass mich im Pavillon sein!«

Anna hatte ihren Satz kaum beendet, da begann sogleich ein furchtbares Gewitter. Wie aus dem Nichts prasselten Tausende Regentropfen auf die Erde nieder.

»Oh nein, das hättest du dir nicht wünschen dürfen!«, hörte sie die Stimmen des Gartens ängstlich schreien. Es klang so laut und schrill, dass sich Anna die Ohren zuhielt und erneut versuchte aufzustehen.

»Du hast uns überlistet!«, vernahm sie ein helles Wispern.

Anna begriff noch nicht ganz, was sie mit ihrem Wunsch in Bewegung gesetzt hatte. Der Regen war so stark, dass sie erst nach einer Weile erkennen konnte, wie alles um sie herum den Glanz verlor. Die unendlich vielen Blumen wurden farblos und grau. Die Brunnen bröckelten und stürzten mit lautem Krachen ein. Alles, was vorher so traumhaft schön gewirkt hatte, war bloß eine Maskerade.

»Wir sind nur eine Illusion – ein Wunschgedanke der Menschheit, einen Ort zu schaffen, der ihre innersten Sehnsüchte erfüllt«, setzte der Garten fort und Anna glaubte, Wehmut in den Stimmen zu vernehmen. »Doch da sich zu den Wünschen vieler Menschen auch Neid, Schadenfreude, Gier und ein kaltes Herz gesellten, verloren wir, die Geschöpfe des Gartens, an Echtheit und wurden für jeden, der ihn betrat, zur Falle, wenn er seinen Schwächen nachgab. Die Wünsche, die geäußert wurden, waren alle an materielle Dinge, an Reichtum und Macht gerichtet. Noch nie hat jemand einen so bescheidenen Wunsch wie du gestellt. Ein Wunsch, der an uns selbst gerichtet ist und der vor allem das wichtigste Element, den Pavillon, beinhaltet. Nun, da alles nur auf Schein und Täuschung basiert, werden wir zerbrechen – an uns selbst. Wir lösen uns auf und werden mit dem Regen weggespült. So als hätte es uns nie gegeben!«, schrien die Stimmen des Gartens aufgebracht.

Anna war bereits bis auf die Haut nass, als sie spürte, wie ihre Beine und ihre Arme wieder zum Leben erwachten. Jeder Regentropfen, der auf sie niederfiel, weckte in ihr erneut Kraft und Energie. Eigentlich hätte sie bei dem, was gerade um sie herum geschah, vor Angst gelähmt sein sollen, doch das Gegenteil trat ein.

Die Erde unter ihr bebte und würde sicherlich jeden Moment in tausend Stücke zerbersten. Sie hatte nicht mehr viel Zeit, sie musste zum Pavillon. So schnell sie konnte und so schnell sie ihre Füße trugen, rannte sie zu dem geheimnisvollen sandfarbenen Gebäude.

Außer Atem flüchtete sie sich in die Mitte und betrachtete das Innere.

Es war wunderschön. Ihre Augen blickten auf einen tiefblauen Sternenhimmel direkt über ihr, die Kuppel des Pavillons. Viele goldglitzernde Sterne schmückten ihn, und Anna glaubte für einen kurzen Augenblick, das alles schon einmal gesehen oder vielleicht bereits erlebt zu haben.

Doch dann wurde sie blitzschnell aus ihren Gedanken gerissen. Die Welt um sie herum schien sich immer mehr aufzulösen. Die lauten, krachenden und zerstörerischen Geräusche schmerzten in ihren Ohren.

Anna drehte sich um ihre eigene Achse und nahm entsetzt wahr, dass von dem Garten der tausend Wünsche nur noch sie und dieses mysteriöse Gebäude mit den sechs kleinen Wandbrunnen übrig waren.

War sie an allem schuld? Oder war es ihre einzige Möglichkeit gewesen, dem Bann der unheimlichen Stimmen dieses Gartens zu entkommen?

Viele Fragen schwirrten durch ihren Kopf. Anna wusste, es war nun an der Zeit für den nächsten Schritt. Sie durfte sich von dem, was um sie herum geschah, nicht verunsichern lassen. Schließlich trat sie aus der Mitte des Pavillons und bemerkte, dass sie auf einem goldfarbenen Kreis gestanden hatte. Von diesem, den Anna für eine Sonne hielt, ging jeweils ein Strahl zu einem der Wandbrunnen.

Sollte ihr diese Sonne den Weg weisen? Welcher Strahl führte zu dem Brunnen, von dem sie trinken musste? Hatte ihr Quantana nicht erzählt, diese Brunnen könnten sprechen und würden ihr nur Lügen erzählen, alle bis auf einen?

Entschlossen näherte sich Anna jedem einzelnen Brunnen und betrachtete sie sorgfältig. Sie sahen alle gleich aus. In hohen Fontänen floss das Wasser aus einem steinernen Fisch in ein darunterliegendes ovales Becken. Als sie einen Blick in das bläulich schimmernde Nass warf, meinte sie zuerst, sich darin zu spiegeln, doch kurze Zeit später sah sie andere Gesichter. Welche, die ihr vertraut waren. Ganz deutlich konnte sie einen Mann und eine Frau in diesem Brunnen wahrnehmen, die sie nicht sofort erkannte, ihr aber bekannt vorkamen. Waren das ihre Eltern? In den anderen fünf spiegelten sich jeweils die Gesichter von Sofie, Taurin, Keran, Poalbo und von ihrem geliebten Wintanso.

Sie vermisste ihn so sehr! Sein sanftes, liebevolles Wesen, sein strahlendes Lächeln, das jedes noch so kalte Herz erwärmen musste, und seine dunklen, geheimnisvollen Augen, die sie magisch in ihren Bann zogen.

Anna blieb vor dem Wandbrunnen stehen, in dessen Wasser sie Wintanso erblicken konnte, und für einen kurzen Augenblick fühlte sie seine Nähe so stark, als würde er unsichtbar hinter ihr stehen und behutsam und schützend seine Arme um sie legen.

Doch der tosende Sturm riss sie aus ihren Gedanken.

»Trink von mir!«, hörte sie auf einmal leise, dann immer lauter und beharrlicher aus Richtung des Wandbrunnens. Sie konnten also tatsächlich sprechen. Nur welcher war der wahre, der einzigartige Brunnen, der ihr helfen konnte und nicht ihren Untergang bedeutete? Die Stimmen wurden immer aufdringlicher und Anna wusste, dass ihr nicht mehr viel Zeit blieb. Hektisch lief sie von Brunnen zu Brunnen, in der Hoffnung, irgendeinen Unterschied zu entdecken, der ihr bei der Entscheidung helfen konnte.

»Du musst dich entscheiden! Sonst wird auch dieser Pavillon zerbrechen und nichts wird übrig bleiben. Deine Träume werden für immer in Vergessenheit geraten, so als hätte es sie nie gegeben. Trink endlich von unserem Wasser, dann wird deine Reise weitergehen und du hast die Chance, zum Land des ewigen Eises zu gelangen.«

Anna blickte sich hilfesuchend um. Es musste doch einen

Hinweis, ein verborgenes Zeichen geben, das ihr half, den richtigen Brunnen zu finden.

So fiel ihr Blick auf den goldenen Sonnenball der den Boden schmückte. Tatsächlich wies diese mächtige Sonne sechs Strahlen auf, die jeweils auf einen der rätselhaften Wandbrunnen zeigte. Anna stand mitten im Zentrum, als sie etwas Seltsames bemerkte.

Die goldglänzende Sonne war nicht fest im Boden fixiert, sondern lag etwas oberhalb. Sofort trat Anna aus der Mitte des Pavillons heraus und berührte sie mit den Fingern. Erst ganz vorsichtig und ängstlich, doch dann bemerkte sie, wie dieser geheimnisvolle goldene Sonnenball in Bewegung geriet. Anna konnte ihn, einem Rad gleich, zum Drehen bringen. Staunend entdeckte sie, was dieser bisher verdeckt hatte. In goldglänzender Schrift erkannte Anna ganz deutlich Verse. Aufgeregt lief sie von Sonnenstrahl zu Sonnenstrahl, um zu erkunden, was darunter bisher im Schatten geruht hatte. Erneut berührte sie die kreisrunde Scheibe, die daraufhin augenblicklich in einer Position verharrte. Diese gab nun alle sechs Verse dem Tageslicht frei.

Konzentriert versuchte Anna zu enträtseln, wo der Anfang dieser wichtigen Botschaft lag. Nach kurzer Zeit begann sie die goldenen Buchstaben zu lesen. Mit jeder neuen Silbe wuchs ihre Anspannung und ein Schauer ergriff sie, als sie erkannte, dass diese Worte direkt an sie gerichtet waren. Sie warteten hier an diesem geheimnisvollen Ort nur darauf, von Anna entdeckt zu werden:

Alles schwirrt durcheinander in mir,
tausend schwierige Fragen verlangen eine Antwort von mir.
Ich kann sie nicht geben, ich weiß sie nicht.
Es ist so, als könnte ich sie nicht lesen,
als fehlte mir dazu das nötige Licht.

Es ist so bedrückend, so verzehrend.
Ich kann das Gefühl der Hilflosigkeit nicht entbehren.
Was soll ich nur tun?
Welchen Weg soll ich gehen?
Rechts oder links?

Vielleicht direkt geradeaus – allen anderen hinterher?
Ein breiter ausgetretener Weg,
es scheint nicht schwer.
Weiter in der Ferne, da liegt von Sand bedeckt,
über mehrere lange Hügel erstreckt
ein kleiner Pfad.
Wohin der wohl führen mag?

Die Qual der Entscheidung ist so groß.
Was ist nur in meinem Innersten los?
Warum gibt mir keiner in die wahre Richtung einen Stoß?

Ich weiß, ich muss es allein entscheiden.
Wie lange habe ich auf Momente der Freiheit gewartet?
Doch jetzt bin ich nicht zu beneiden.

Jetzt weiß ichs:
Ich schließe die Augen,
dreh mich dreimal im Kreis,
bis ich von meinem eigenen Standpunkt
nichts mehr weiß.
Dann gehe ich einen Schritt auf den kleinen,
unbekannten Pfad,
Komme, was da kommen mag.
Es wird mein Weg sein,
Ganz allein ...

Anna stockte der Atem, ihr Herz schlug so schnell, dass sie fürchtete, es könnte zerspringen. Sollten diese Verse ein Hinweis sein? Ein Wegweiser für den nächsten Schritt? War das alles? Anna blickte verunsichert um sich. Es fiel ihr schwer, die Bedeutung der einzelnen Sätze in Taten umzusetzen. War es denn so einfach? Dreimal sich im Kreise drehen und dann auf den nächstgelegenen Brunnen zugehen, von seinem Wasser trinken und schon ging die Reise ins Unbekannte weiter?

Anna bemühte sich noch einmal ganz konzentriert, die einzelnen goldenen Buchstaben zu begreifen. Für einen Moment kämpfte der Verstand gegen ihre innere Stimme, doch dann fasste sie den nötigen Mut. Für sie gab es nun keine andere Möglichkeit. Der Pavillon drohte immer mehr einzustürzen. Anna musste sich entscheiden. Sie musste endlich handeln.

Entschlossen stellte sie sich mit zittrigen Knien in die Mitte, auf die goldene Sonne, schloss die Augen und drehte sich, so schnell sie konnte, dreimal um die eigene Achse. Abrupt bremste sie ab und tappte vorsichtig, noch mit geschlossenen Augen, auf ihr unbekanntes Ziel zu. Langsam öffnete sie die Lider und sah sich direkt einem der sechs Wandbrunnen gegenüber.

Anna trat näher an ihn heran und beugte sich unter den wasserspeienden Fisch, bis sie schließlich davon trank. Das Wasser schmeckte frisch und kühl. Es wirkte auf Anna sonderbar rein und klar.

Doch auf einmal fühlte sich ihr Körper schwer und unsagbar müde an. Hoffentlich war das der richtige Brunnen, war ihr letzter Gedanke, bevor sie in einen tiefen Schlaf fiel, der sie aus dem zerberstenden Pavillon an einen anderen Ort brachte. Hinaus aus der Welt der Fassade, Illusion und oberflächlichen Schönheit – dorthin, wo sie ihren vergessenen Träumen ein großes Stück näher kam, als sie sich jemals erhofft hatte.

Kapitel 26 – Anouks Geschichte – Wie alles begann

Der Mond blitzte als hauchdünne Sichel am pastellblauen Abendhimmel von oben durch den Lichthof, als Sofie gemeinsam mit Lea und der weisen Frau den schwer kranken Jungen aus der Höhle trugen. Sie betteten ihn auf die weichen Felle und zogen um sein Lager einen Kreis aus Steinen. Dieser, so erzählte die Stammesfrau, habe Magie und werde ihren Sohn beschützen.

Lea entzündete ein kleines Feuer. Der Schrei eines Raubvogels in der Ferne ließ Sofie frösteln. Sie wickelte sich in eine Decke und beobachtete gebannt, wie Anouk eine Suppe zubereitete und dabei leise ein Lied vor sich her sang.

Sofie verstand die Worte nicht, die Sprache war ihr fremd, doch seltsamerweise berührte sie die Melodie. Sie ließ sie in eine sonderbare Stimmung fallen, die ihr das Gefühl gab, trotz des unbekannten Textes dessen Bedeutung zu verstehen. Auf einmal reichte ihr Anouk eine kleine hölzerne Schale und bedeutete ihr, davon zu trinken. Die Suppe schmeckte salzig und die Wärme der Brühe war wohltuend. Nachdem sie mehrere Schlucke genommen hatte, stand sie auf und setzte sich zu Joshua. Nach einem kurzen Zögern begann sie, ihm behutsam etwas von der Suppe einzuflößen. Dieser öffnete für einen Moment die Lider und blickte Sofie fest an. Seine hellen Augen verzauberten sie, sein Blick nahm sie gefangen. Lea und Anouk beobachteten lächelnd, wie sich Sofie des Kranken annahm.

Dieser verfiel jedoch nach dem Essen erneut in einen

unruhigen Schlaf. Sofie ergriff beherzt seine Hände, in der Hoffnung, ihm mit ihrer Gegenwart ein wenig Ruhe zu schenken. Sie fühlte sich dabei so leicht – so sonderbar –, er berührte ihr Herz, obwohl sie noch kein Wort miteinander gesprochen hatten.

»Ich glaube, es ist an der Zeit, dass ich dir einiges erzähle, Sofie«, begann Anouk und rückte näher an das lodernde Feuer. Lea saß reglos daneben. In ihren Augen spiegelten sich die roten Flammen. Sie gaben ihr etwas Mystisches.

Anouk wollte gerade beginnen, da entstand auf einmal ein sehr starker Wind inmitten des Lichthofs. Er war warm und mild. Mit all seiner Energie wirbelte er Blätter und Sand auf, trug sie mit sich nach oben, wo sie sich in der Schwärze der hereinbrechenden Nacht des Abendhimmels verloren.

Die drei Frauen sahen verwundert in die Richtung, aus der sie den Wind vermuteten. Ein Schweigen lag auf ihren Lippen, verband sie auf geheimnisvolle Weise in diesem Augenblick miteinander. Eine Verbindung zwischen Frauen unterschiedlicher Herkunft und Lebensweise. Sie hätte in diesem Moment nicht stärker sein können.

Sofie starrte gebannt in Richtung Osten. Sie fühlte, es würde etwas geschehen, aber sie brauchte keine Angst zu haben.

»Da, seht!«, rief Lea und brach das Schweigen. »Ein Licht, da hinten strahlt etwas und es kommt immer näher!«

»Was ist das? Was kann das sein?«, fragte Sofie aufgeregt, und bei näherer Betrachtung glaubte sie, eine Person zu sehen, die von einem kleinen schwebenden Lichtball begleitet wurde. Sie rieb sich aufgeregt die Augen. Ein sonderbares Kribbeln erfasste ihren ganzen Körper.

»Sie ist es!«, antwortete Anouk und nickte Sofie zu.

»Wer?«, fragte diese. Ihre Lippen waren schneller als ihre

Gedanken, denn als sie es aussprach, wusste sie, wer damit gemeint war.

Sofie erhob sich blitzschnell von ihrem Platz, die Decke, in die sie gewickelt war, lag über ihren Schultern wie ein Kapuzenmantel. Der Wind spielte mit ihr und plusterte sie immer wieder auf.

»Kann das wirklich sein?«, fragte Sofie aufgeregt und drehte sich zu Lea um. Diese lächelte ihr aufmunternd zu, wie sie es immer getan hatte, um ihr Mut zu machen.

Der Wind nahm an Stärke zu, das Licht wurde gleißend hell und verdrängte für einen Augenblick die Dunkelheit der Nacht.

Sofie begann der Person entgegenzugehen und versuchte, geblendet vom strahlenden Licht, etwas zu erkennen.

»Anna?«, rief sie, erst leise, fast ängstlich, und dann immer mutiger und entschlossener. Tränen bahnten sich den Weg über ihre Wangen. Es war kein Tag vergangen, an dem sie nicht an ihre Freundin gedacht und diesen bohrenden Schmerz des Verlusts gefühlt hatte.

»Sofie?«, vernahm sie aus der Ferne.

Es war ihre Stimme! Tatsächlich! Sofie konnte es nicht fassen. Es war ihre vermisste Freundin!

Als sich die beiden gegenseitig erkannten, rannten sie aufeinander zu, das Licht, das Anna begleitet hatte, hob sich plötzlich von ihr ab, zerstreute sich wie ein Schwarm Tausender kleiner Glühwürmchen und flog in die Weiten des Himmels. Dort verschwand es in der unendlichen Welt der Sterne.

»Anna, ich bin so froh, dass du lebst!«, rief Sofie voller Freude. Glücklich und weinend fielen sich die Freundinnen in die Arme. Sie verharrten eng umschlungen, ließen einander nicht los und drehten sich lachend im Kreis. Der warme Wind wirbelte noch einen Moment lang um sie herum, bis auch er im Nichts verschwand.

»Ich bin so glücklich, dass ich dich wiedergefunden habe!«, sagte Anna schluchzend. »Ich dachte, ich hätte dich für immer verloren!«

»Du hast mich nicht verloren, Anna, ich war in Gedanken so oft bei dir! Wie konntest du dich nur retten? Ich dachte, du wärst tot. Oh Gott, bin ich froh, dich wiederzuhaben!«, erwiderte Sofie und ließ ihre Freundin nicht los.

Diese wischte sich die Freudentränen mit dem Handrücken ab und ließ ihren Arm auf Sofies Schultern ruhen.

»Willst du mir Anna nicht vorstellen?«, rief Lea von der Ferne ihres Lagerplatzes und machte eine einladende Geste.

Lachend und noch immer einander festhaltend gingen die zwei Mädchen zu Lea und der weisen Frau. Joshua lag noch immer tief schlafend auf den Fellen gebettet, umringt von den Steinen, die ihm Schutz geben sollten.

Anna wurde voller Freude von der kleinen Gruppe aufgenommen. Sie bekam von der köstlichen, wohltuenden Suppe und wärmte sich am Feuer. Sie erzählte von ihren abenteuerlichen Reisen, von Keran, der sie aus dem Moor der Hoffnungslosigkeit befreit und ihr das Leben gerettet hatte, vom Meer der tausend Blüten und seinen freundlichen Bewohnern, den Inseln und von Wintanso. Sofie ließ ihren Blick keine Sekunde mehr von ihrer Freundin weichen und bemerkte einen sonderbaren Ausdruck in deren Augen, als sie von Wintanso sprach.

Anouk, die wie versteinert dagesessen und bedächtig zugehört hatte, legte tröstend eine Hand auf Annas Schulter.

Diese hob den Kopf, blickte direkt in ihr freundliches Gesicht und erstarrte augenblicklich.

»Sie sind ...«, flüsterte Anna leise, »Sie sind Wintansos Mutter!«

Anouk begann über das ganze Gesicht zu strahlen. »Ich

glaube, jetzt ist es an der Zeit, dass ihr mehr über meine zwei Söhne Noah und Joshua, das heißt eigentlich über meine Vergangenheit, erfahrt«, begann Anouk.

»Noah und Joshua?«, fragte Sofie und verstand nicht so recht, wer Noah war.

»Nun, es ist eine lange und komplizierte Geschichte, hört mir gut zu, denn sie wird euch euren weiteren Weg weisen. Es sind sehr viele Jahre vergangen seit dem Tag, als meine Geschichte und damit auch eure begann. Ich war damals noch sehr jung. Ein Kind der roten Wüste. Es war eine schöne Zeit. Jeder lebte zufrieden und glücklich. Die Familien halfen einander und teilten ihre Nahrungsmittel, sodass nie jemand Hunger leiden musste. Zu diesem Zeitpunkt, ich war eine junge Frau, kannte ich nichts anderes. Ich half den Stammesfrauen bei der täglichen Arbeit: Essen zubereiten, Körbe flechten, Früchte sammeln. Und später, wenn die Sonne mit ihrem schrägen Licht die Wüste und den See in eine rot-goldene Zauberwelt verwandelte, stieg ich auf mein kleines Pferd und ritt, so weit mich seine Hufe tragen konnten. Ich wollte wissen, was nach dem Tal der roten Wüste kommt, wollte andere Wesen kennenlernen und hatte damals einfach vor nichts und niemandem Angst.

Eines Tages, es war schon spät und die Sonne berührte bereits die Bergspitzen, hatte ich eine so lange Wegstrecke zurückgelegt wie nie zuvor. Ich wollte meinem treuen Pferd ein wenig Ruhe gönnen, stieg ab und lief mit ihm zu einem der Wasserlöcher, die ich schon von Erzählungen kannte.

Da hörte ich Schreie. Sie waren so laut und voller Schmerz, das ich im ersten Moment zusammenzuckte. Mein Pferd wurde nervös und schnaubte unruhig. Es blieb stehen und trotzte allen Versuchen, es zum Weitergehen zu bewegen. Leise und bedächtig versuchte ich mich an die

Stelle, von der die Schreie kamen, anzupirschen. Ich hatte das schon öfter getan, wenn ich wilde Tiere beobachtete, doch das Ungewisse, das mich in der Nähe des Wasserloches erwartete, flößte mir Angst ein.

Mein Pferd blieb zurück, und so musste ich den Weg allein gehen, den ich, einmal eingeschlagen, nicht rückgängig machen konnte. Das war die Lebensphilosophie meines Volkes: Überlege deinen nächsten Schritt genau. Wenn du dich für einen Weg entschieden hast, dann zweifle nicht an dir selbst, sondern folge ihm weiter – er wird sein Ziel finden.

Es war bereits dunkel, als ich mich auf Zehenspitzen dem Ort der Schreie näherte. Jeder andere würde vielleicht denken: ›Lauf weg, was sollst du da?‹, aber ich konnte mich einfach nicht umdrehen und flüchten. Etwas, das mein Schicksal bestimmen sollte, zog mich magisch an. Zu diesem Zeitpunkt begann auch eure Geschichte, Anna und Sofie.

Ich versteckte mich hinter dem Schilf, das am Wasserloch wuchs, und konnte nun deutlich sehen, was sich dort abspielte. Panik, ein Gefühl, das ich bis dahin so gut wie gar nicht kannte, lähmte mich, als ich verstand, was ich da sah. Es waren die Schattenwesen. Jene, die über Menschen herfallen, die ihre Träume verloren haben, und in ihren Herzen Hoffnungslosigkeit, Kälte und Trauer säen. Und tatsächlich: Am Boden lag ein Mensch. Ein Mann, soweit ich im Dunkeln erkennen konnte. Er versuchte sich zu wehren, wegzulaufen, doch sie hielten ihn fest und stürzten sich immer wieder auf ihn. Seine Schreie wurden lauter und ich begann am ganzen Körper zu zittern. Ich konnte gar nicht fassen, was vor meinen Augen ablief. Die Schattenwesen waren dabei, diesen wehrlosen Menschen zu töten, und ich sollte Zeuge sein. Krampfhaft versuchte ich mich an die alten Geschichten unseres Häuptlings über diese dunklen und furchteinflößenden Gestalten zu erinnern. Da war doch irgendetwas, wovor sie zurückschreckten, etwas, das sie wehrlos machte.«

Anna, Sofie und Lea hörten gebannt zu. Es schien, als gäbe es im Moment nur diese tiefschwarze Nacht und sie am wärmenden Feuer. Sofie glaubte, die Zeit wäre für einen Moment stehen geblieben. Sie empfand große Ehrfurcht vor diesem Augenblick, in dem sie erfahren sollte, wie das Schicksal dieser Frau und das ihre miteinander verwoben waren.

»Licht!«, rief Lea und unterbrach die magische Stille. Anouk nickte.

»Ja, das ist es«, erzählte sie weiter. »Es ist die Helligkeit und alles, was man damit verbindet, wie Leben, Freude, Liebe. Ich kauerte also hinter dem Schilf und überlegte fieberhaft, wie ich in dieses Dunkel Licht bringen konnte. Mitten in der Wüste, weit weg von meinem Volk, ganz auf mich gestellt.

Ich hatte kein einziges Holzstückchen, um Feuer zu machen, keine Fackel oder Ähnliches. Ich wusste aber, dass es bei uns die Lichtfeen gab. Kleine vogelartige Wesen, die mit jedem Flügelschlag ein helles aufblitzendes Licht erzeugten. Wenn ich diese nur dazu bringen könnte, so über das Wasserloch zu fliegen, dass das Licht reflektierte, hatte ich vielleicht eine Chance, die Schattenwesen zu verjagen und dem wehrlosen Mann zu helfen.

Vorsichtig schlich ich mich auf allen vieren zurück zu meinem Pferd, das schon ganz ungeduldig mit dem Huf scharrte. Ich versuchte mich daran zu erinnern, wie die kleinen, zarten Lichtfeen zu finden waren. Hatte mir meine Mutter nicht abends, wenn sie mich in den Schlaf sang, davon erzählt? Seltsamerweise liebte ich die Geschichte von diesen strahlenden Vögeln schon immer besonders.

Ja, ich erinnerte mich, wie ich sie herbeirufen konnte. Ich

musste auf eine Erhebung, eine Anhöhe oder einen Berg. Dann sollte ich ganz laut den Vers aufsagen, besser noch, ich sollte ihn singen, denn dann würde meine Botschaft eher vernommen.

Entschlossen stieg ich auf mein Pferd und ritt wie ein Wirbelwind in die Richtung, in der ich einen Hügel vermutete. Ich fand, wonach ich suchte, obwohl die Nacht finster war und nur die Sterne mir den Weg leuchteten. Die Erhebung wurde zum Berg, goldglänzender Sand bedeckte ihn außerhalb der steinigen Wege und machte es mir leichter, mich zurechtzufinden.

Schließlich erreichten wir die Spitze des Berges. Seine Gestalt glich der einer Pyramide. Ich stieg ab und versuchte den höchsten Punkt zu erreichen. Dort begann ich erst leise, dann immer lauter den Vers aufzusagen, den ich unter größter Anstrengung aus meinem Gedächtnis hervorholte:

Sonne, so hell und so warm,
komm zu mir, verlass mich nicht.
Erscheine so zart wie ein Vogel am Himmel,
schenke mir dein goldenes Licht!

Sonne, so klar und so rein,
komme zu mir,
lass mich nicht in dieser Finsternis allein.
Erhebe deine Flügel,
steige auf,
erleuchte diese Hügel.

Sonne, so stark und so kräftig,
komme trotz dieser dunklen Nacht.
Erhebe dich in Form der kleinen Lichtfeen,
zeig all deine Macht.

Ich sang diese Zeilen mit ganzer Inbrunst. Um ihre Botschaft besser fühlen zu können, schloss ich die Augen und stellte mir jedes einzelne Wort in meiner Phantasie vor. Als ich den letzten Satz aussprach, fing die Erde auf einmal an zu beben, begleitet von einem hellen Rauschen. Ich öffnete erschrocken die Augen und sah voller Freude ein wunderbares, einmaliges Schauspiel. Überall, so weit ich sehen konnte, flirrte der goldene Sand des pyramidenförmigen Berges in der Luft und in ihm bewegten sich Tausende, ach was, unendlich viele kleine Wesen, deren zarte schmetterlingshafte Flügel mit Goldstaub behaftet waren. Ich war wie gebannt von dem, was ich heraufbeschworen hatte. Man hatte in meinem Volk vorhergesagt, ich würde einmal außergewöhnliche Zauberkräfte haben, doch dass ich sie schon so bald entdeckte, hatte ich nicht gedacht.

Die vielen kleinen, zarten Lichtfeen sammelten sich um mich, bereit, mir bei meinem Plan zu helfen. Ich stieg auf mein Pferd und gab ihnen ein Zeichen, mir zu folgen. Im Galopp und von einer strahlenden Lichtfahne begleitet, ritt ich zurück zu dem Ort, von dem noch immer Hilfeschreie erklangen. Er lebte noch – auch wenn seine Stimme schwächer und brüchiger war. Ich wusste, ich konnte es schaffen.

Ungebremst hielt ich auf das Wasserloch zu und gab den Lichtfeen ein Handzeichen, das Gleiche wie ich zu tun. Die Angst war völlig verschwunden, als ich in Gegenwart der grauenvollen Schattenwesen und ihres Opfers zum Sprung ansetzte. Genau in diesem Augenblick, als meine kleinen unendlich vielen Begleiter die Wasseroberfläche erreichten, verstärkte sich ihr Sonnenlicht und ein großer, heller Strahl erleuchtete den düsteren Ort.

Ich hörte seltsame Angstschreie und ein Wimmern. Es mussten die Schattenwesen sein, denn sie waren im gleichen Moment verschwunden. Ihre Beute hatten sie zurückgelassen. Der Mann kauerte am Boden und zitterte am ganzen Leib. Ich bedankte mich bei den Lichtfeen, die sich zu einer schwebenden goldenen Kugel über dem Verletzten sammelten und sich dann blitzschnell in den Sternen des samtblauen Nachthimmels verloren, so als hätte es sie nie gegeben.

Dann stieg ich von meinem Pferd ab und ging vorsichtig auf den Fremden zu. Ich kniete mich nieder und berührte sanft seine Schulter. Er war wie vor Angst erstarrt und sein Kopf war schützend unter seinen Armen im staubigen Boden vergraben.

›Sie sind weg‹, begann ich leise. ›Das Licht hat sie vertrieben, du brauchst keine Angst zu haben. Ich tue dir nichts.‹

Behutsam strich ich dem Unbekannten den Staub von der Kleidung, ohne seine Verletzungen zu berühren, und versuchte so, sein Vertrauen zu gewinnen. Es dauerte eine ganze Weile, bis er sich langsam, noch immer leicht zitternd, zu mir umdrehte und den Versuch machte, sich aufzusetzen. Ich stützte seinen Rücken, und so saßen wir schließlich einander gegenüber. Er versteckte noch immer sein Gesicht und ich machte mir langsam ernsthaft Sorgen. Es musste mir doch gelingen, ihn von seiner Angst zu befreien, die ihm offensichtlich noch schwer im Nacken saß.

›Du kannst mir vertrauen – wirklich. Du wirst sehen, es wird alles gut!‹, versuchte ich ihn zu beruhigen. Schließlich stand ich auf und holte einen Beutel Wasser, der am Rücken meines Pferdes befestigt war.

›Hier, trink etwas, das wird dir guttun‹, sagte ich geduldig und wartete auf seine Reaktion. Und endlich konnte ich erkennen, was er da vor mir verbarg. Er sah mich an und ich erwiderte wie gebannt seinen traurigen Blick. Sein Gesicht war tränenüberströmt, von Schlägen gepeinigt und gerötet. Doch der Kummer dieser blauen Augen inmitten der Tränenseen verlieh ihm eine unvergleichbare Schönheit. Sie berührte mich nicht nur für diesen Augenblick, nein, es sollte daraus eine Ewigkeit werden. Er traf mich in das Innerste meines Herzens. Ich gestattete ihm nicht, es je wieder zu verlassen.

›Wer bist du?‹, fragte er zögernd und seine dunkle, warme Stimme gewann meine ganze Aufmerksamkeit.

›Ich bin Anouk und stamme vom Volk der roten Wüste. Wir leben nicht sehr weit von hier entfernt‹, antwortete ich und spürte, wie mein Herz schneller schlug. Mein Mund war auf einmal völlig trocken und ich fand einfach nicht die richtigen Worte. Sein Wesen und seine Ausstrahlung verwirrten mich zu sehr.

Als hätte er meine Gedanken gelesen, sprach er und nahm mir dadurch meine plötzliche Beklommenheit. ›Ich heiße Nathan und bin auf irgendeine unerklärliche Weise von der Erde zu euch, dem Traumland, gelangt. Ich habe meine Erinnerung an das, was mich hierherbrachte, verloren.‹ Doch dann schwieg er mit einem Mal und ich konnte ihm ansehen, dass er von schweren Schmerzanfällen geplagt wurde.

›Komm, du kannst mir alles erzählen, wenn es dir wieder besser geht. Ich werde dich zu meinem Volk bringen und gesund pflegen.‹

Nathan nickte und versuchte mit meiner Hilfe aufzustehen und sich auf mein Pferd zu setzen. Mit vereinten Kräften gelang es uns, und so führte ich ihn zurück zu unserer Siedlung. Dort wurde ich bereits vermisst und es herrschte helle Aufregung. Ich berichtete, was vorgefallen war, und erzählte von den Schattenwesen und den Lichtfeen. Alle nahmen sich Nathans an. Es gab niemanden, der sich dagegen sträubte, einen Fremden in Not aufzunehmen und seine Wunden zu heilen.

Die folgenden Wochen gehörten zu den schönsten in meinem Leben. Nathan erholte sich dank unserer Heilkunst und seiner starken Willenskraft sehr rasch von seinen Verletzungen. Er litt noch unter Alpträumen, die ihm den Schlaf raubten und manchmal sehr schwermütig und traurig stimmten, doch ich setzte alles daran, ihn lächeln zu sehen. Denn er verzauberte mich und gab mir eine mir völlig ungeahnte Kraft. Die Fähigkeit zu lieben. Nicht die Liebe zu meinen Eltern, meinen Freunden oder meinem Volk ergriff in diesen Momenten von mir Besitz. Sie war völlig anders – so rein, so klar und so bedingungslos.

Jeden möglichen Augenblick verbrachte ich mit Nathan, der um einiges älter war als ich. Ich wusste nicht, ob er genauso empfand, und so versuchte ich, meine Gefühle für ihn geheim zu halten. War ich sonst auf diesem Gebiet eine wahre Meisterin, so fiel es mir von Tag zu Tag schwerer, eine natürliche Distanz zu wahren, ihm nicht Schritt für Schritt zu folgen, ihn nicht zu berühren oder in seinen ozeanblauen Augen zu versinken.

Ich zeigte ihm, wie die Indianer der roten Wüste lebten, von was sie sich ernährten und welche Kunstwerke sie aus den Steinen vom nahe gelegenen See anfertigten. Sie stellten Schmuck her in Form von Halsketten, Ringen und filigranen Goldbändern für die Haare der Frauen, die meist den ganzen Kopf verzierten, mit einem in der Mitte der Stirn aufliegenden funkelnden Stein. Damit hatte es eine besondere Bewandtnis. Nicht jede Frau trug ihn. Es war ein Zeichen der Zusammengehörigkeit zwischen Mann und Frau. Ein Bündnis – ein ewiges Versprechen der Liebe. Wenn sich eine Frau und ein Mann dieses geben wollten, so fertigte der Mann einen solchen Kopfschmuck an und überreichte ihn seiner Auserwählten. Diese konnte seine Frage damit bejahen, dass sie ihn trug, oder aber auch verneinen und ihm dankend sein Zeichen der Zuneigung zurückgeben.

Aber das war nur ein Ritual von vielen, wie sie bei uns angewandt wurden.

Die Zeit verging viel zu schnell. Ich wusste, der Tag würde kommen, an dem Nathan weiterzog, um seine verlorene Erinnerung an seine Träume wiederzufinden. Denn sonst würde sein Leben wie das Licht einer Kerze erlöschen. Ein Gedanke, der mir panische Angst bereitete. Und so kam der Zeitpunkt, der sich nicht aufhalten ließ. Der letzte Tag mit dem Mann, der schon so lange in meinem Herzen wohnte. Ich fühlte mich elend wie noch nie und ahnte, dass wenn er ginge, ich innerlich zerbrechen würde. Einen weiteren Tag ohne ihn in meiner Nähe konnte ich mir nicht vorstellen. So verkroch ich mich gerade in meinem Zelt und begann den Tränen freien Lauf zu lassen, da kam er und bat mich, mit ihm zu kommen, er wolle mir etwas zeigen. In seinem Gesicht lag ein Ausdruck der puren Freude, den ich in diesem Augenblick noch nicht deuten konnte.

Es war bereits früher Abend und die Sonne stand tief am Himmel. Ihr orangegelbes Licht verwandelte die Wüste in rote Glut. Ich verspürte diese Wärme so intensiv und fühlte einmal mehr, dass ich ein Teil dieses Landes war. Nathan kam mit zwei Pferden an und wir ritten in Richtung des großen blauen Sees, der nicht weit entfernt von den schäumenden Wasserfällen eine glänzende und ruhige Oberfläche bildete.

Wir trabten eine Weile entlang des Ufers, bis wir schließlich eine kleine geschützte Bucht erreichten, in der sich der rote Sand zu einer Düne aufwarf. Unterhalb dieser war es windstill und sehr einladend, sich zu setzen und den Verlauf des Sonnenuntergangs zu beobachten.

Nathan stieg ab und kam mir entgegen. Als ich vom Rücken meines Pferdes glitt, nahm er meine Hand und führte mich zu diesem romantischen Ort. Das Wasser glitzerte in tausend Facetten und die Luft schien von diesem Gold ausgefüllt und verzaubert. Wir saßen einen Moment lang schweigend im Sand. Jedem von uns fehlte der Mut, endlich das auszusprechen, was schon lange hätte gesagt werden müssen.

›Anouk‹, begann er schließlich. ›Ich weiß nicht, was aus mir geworden wäre, wenn du nicht im richtigen Augenblick bei mir gewesen wärst. Du hast mich gerettet, mich aus den Klauen der gierigen Schattenwesen befreit. Ohne dich wäre ich jetzt tot.‹

›Es war Zufall, dass ich dich fand‹, antwortete ich, denn ich wollte nicht, dass er glaubte, mir gegenüber irgendwelche Verpflichtungen zu haben.

›Ein schöner Zufall‹, fügte er lächelnd hinzu.

Ich konnte nur für einen kurzen Moment in seine strahlenden Augen sehen, dann spürte ich, wie ich den Kampf gegen die Vernunft verlor. Ich wollte doch stark bleiben, ihn gehen lassen ohne Mitleid. Aber da rannen schon die Tränen, als hätten sie nur darauf gewartet, befreit zu werden.

Ich wollte nicht, dass er es sah, daher sprang ich auf und lief, so schnell ich konnte, vor ihm weg. Und mit jedem Schritt weinte ich stärker. Ich konnte diese Tränen nicht aufhalten. Sie bestanden auf ihr Recht und verschleierten meinen Blick derart, dass ich nicht sah, wohin ich ging, und über einen alten Baumstamm stürzte.

Doch da war auch schon er. Nathan war mir gefolgt und hob mich behutsam vom Boden auf. Ich fühlte seine Nähe und seine Stärke. Es war so unglaublich, das Gefühl, als er mich auf seine Arme nahm und mich zurück zu unserem Platz trug. Dort angekommen ließ er mich nicht los, sondern beugte sich zu mir herunter und küsste mich. Tausend

Gefühle erfassten mein Herz, liefen durch meinen ganzen Körper. Ich war so lebendig wie noch nie in meinem Leben. Ab diesem Augenblick der totalen Verzweiflung und des vollendeten Glücks wusste ich, er liebt mich. Die Zeit schien in diesem Moment dimensionslos geworden zu sein. Wir fühlten einander so nahe, so vollkommen. Nur er und ich – uns gehörte die Ewigkeit.

Als meine Tränen von seinen Küssen getrocknet waren, zog er etwas aus seiner Jackentasche hervor und überreichte es mir mit einem liebevollen Ausdruck, den ich nie vergessen werde. Als ich es erkannte, schossen mir schon wieder Tränen in die Augen. Keine der Trauer, nein, des unendlichen Glücks. Es war eine Kette, der Art, wie sie Frauen unseres Volkes als Zeichen der Liebe geschenkt bekamen. Es war der schönste Kopfschmuck, den ich je gesehen hatte, zarte gold- und perlmuttschimmernde Ketten, die alle aufeinander zuliefen, zu einem ovalen Stein, der genau auf meiner Stirn saß. Er war durchsichtig und erinnerte in seiner Beschaffenheit an Glas. Aber er schimmerte in Braun-, Rot- und Goldtönen – den Farben der roten Wüste.

›Sie ist wunderschön!‹, sagte ich schluchzend, als er sie mir über die dunklen Haare legte.

Ich ging ein paar Schritte vor an den See und versuchte in der hereinbrechenden Dunkelheit mein Spiegelbild zu erkennen. Er trat neben mich und wir betrachteten uns in dem klaren Blau des Gewässers.

›Diese Kette und dieser Stein sollen dich immer beschützen und ein Zeichen meiner Liebe sein‹, sagte er leise.

›Ein Zeichen unserer Liebe‹, fügte ich hinzu, denn ich hatte bemerkt, dass der große ovale Stein aus zwei Elementen bestand – einem goldgelben und einem braunroten. Vorsichtig zog ich sie auseinander und gab ihm den roten Stein. ›Trage ihn immer bei dir, so wird dich meine Liebe nie verlassen. Unser Ziel sollte es sein, egal was geschieht, diese beiden Steine wieder zusammenzuführen.‹

Nathan nickte, und nach langer Zeit stiegen wir wieder auf unsere Pferde, um in mein Dorf zurückzureiten und den letzten gemeinsamen Abend zu verbringen. Wir waren noch weit davon entfernt, da konnten wir es bereits sehen. Unsere Pferde weigerten sich weiterzugehen und wir blickten entsetzt auf die Siedlung. Das Dorf, das es nicht mehr gab.

Von dem Gefühl des berauschenden Glücks fiel ich in ein Tal der Traurigkeit und des Schreckens. Sie waren alle fort. Mein Volk war verschwunden. Als hätten sie sich in nichts aufgelöst. Nathan blickte mich lange an, aber ich wusste, was das zu bedeuten hatte. Die Schattenwesen, sie waren hier gewesen. Sie hatten sich gerächt und bei Einbruch der Dunkelheit das Dorf überfallen. Es lag in ihrer Macht, Wesen dieses Landes mit sich zu nehmen, an schreckliche furchteinflößende Plätze. Orte der Verzweiflung und der Hoffnungslosigkeit. Und ich war der Grund dafür. Ich hätte ahnen müssen, dass so etwas geschieht, und mein Volk rechtzeitig warnen sollen. Völlig fassungslos sackte ich neben meinem Pferd zusammen und begann in einem Sumpf der Gefühle zu ertrinken. Lachend und zugleich weinend lehnte ich mich an Nathan, der mich schützend in die Arme nahm.

Nach einer Weile blickte ich durch meinen Tränenschleier in den Himmel, und die vielen tausend Sterne funkelten mich an, als wollten sie mir eine Botschaft übermitteln. Und dann wurde mir klar, ich würde alles dafür tun, sie zurückzuholen. Irgendwie musste es möglich sein, die Schattenwesen zu besiegen und mein Volk aus der ewigen Dunkelheit, die ihnen drohte, zu befreien. Dazu war es nötig, dass ich einen magischen Ort aufsuchte und mich der Gefahr stellte, nur so hatte ich eine Chance, sie wiederzusehen.

›Es ist so schrecklich, so ungerecht!‹, riss mich Nathan aus den Gedanken. ›Sie hätten mich mitnehmen sollen, mich hassen sie, nicht diese freundlichen, hilfsbereiten Bewohner der roten Wüste!‹

›Sag so etwas nicht! Es wäre noch schmerzlicher für mich, zu wissen, dass du für immer verloren bist, denn Menschen sind sehr viel verletzlicher als die Bewohner dieses Landes. Sie können länger in der Finsternis verweilen als ihr. Sie werden es schaffen! Ich werde einen Weg finden.‹

Nathan blickte mich fragend an.

›Ich werde zurückkehren, auf den magischen Berg, an dem ich die Lichtfeen heraufbeschworen habe, dort werde ich eine Antwort finden.‹

›Und ich werde nicht weiter nach dem suchen, was ich vergessen habe, denn alles, was mir wichtig ist, bist du, ohne dich kann ich, will ich nicht mehr leben‹, sagte Nathan entschlossen und umarmte mich fest.«

Anna und Sofie hatten sich tief in die wärmenden Decken gehüllt und lehnten aneinander. Es war schrecklich, was Anouk und ihrem Volk zugestoßen war, doch was hatte das alles mit ihnen zu tun? Welche Rolle spielten sie in dieser unsichtbaren phantastischen Welt der Träume und der Phantasie? War es am Schluss Anouk, die sie hierhergebracht hatte, sie auf eine seltsame und gefährliche Reise schickte, sie trennte und nun endlich wieder vereinte?

Diese schien ihre Gedanken lesen zu können und lächelte den Mädchen geheimnisvoll zu. »Ihr habt die Macht, eure Erinnerung wiederzuerlangen und eure Träume lebendig werden zu lassen!« Anna und Sofie blickten einander fragend an.

Die weise Stammesfrau setzte ihre Erzählung fort: »Nathan und ich zogen mit unseren Habseligkeiten, der Trauer über unser verlorenes Dorf und in tief verbundener Liebe zu dem magischen Berg, in dem wir uns jetzt gerade befinden. Sofie, er hat dir das Tor geöffnet und dir damit gezeigt, dass du willkommen bist. Und er hat dich zu mir geführt. Anna ist im Garten der tausend Wünsche gewesen und hat es geschafft, seinen Verheißungen zu widersprechen, damit weiß ich, dass ihr beide die einzigen Menschen seid, die es schaffen können.«

»Was meinst du damit?«, fragte Anna.

»Ich meine, dass ihr jetzt bereit seid für das Land des ewigen Eises. Ihr habt nun so viel erlebt, seid geprüft worden in jeglicher Hinsicht und seid dabei immer euch selbst und euren Herzen treu geblieben. Ihr seid stark genug, in die Region an der Grenze des Traumlandes zu ziehen und dort das zu finden, was euch und meine Söhne retten kann.«

»Was werden wir dort finden?«, unterbrach sie Sofie.

»Das weiß auch ich nicht, aber sicher ist, dass es die Antwort auf all eure Fragen sein wird. Nur eine kleine Unterstützung kann ich euch geben: zwei kluge und zuverlässige Einhörner und den Kopfschmuck mit dem ganzen Stein, der jedoch seinen Glanz verloren hat, nachdem Nathan ...« Anouk unterbrach ihren Satz und hatte Schwierigkeiten, die richtigen Worte zu finden.

»Ist er gestorben?«, flüsterte Anna leise in die grenzenlose Stille der Nacht, doch es schien, als würden ihre Worte durch das ganze Traumland getragen.

»Ja«, antwortete Anouk traurig und blickte den dreien fest in die Augen. »Kurz nachdem ich diese schützende Höhle inmitten des magischen Berges fand, verstarb er an einer sehr schweren Krankheit. Sie befällt Menschen, die nicht weitersuchen, die aufgeben und hoffen, es würde gerade sie nicht treffen, doch sie machte leider auch nicht vor demjenigen Halt, den ich mehr als mein eigenes Leben liebte. Diese Krankheit, wir nennen sie Verlorenheit, hat ihn mir genommen, und alles, was mir blieb, waren die zwei verschiedenfarbigen Steine meiner Kette, die einander brauchten. Doch nun fehlt das eine Teil dem anderen, die Kette der Liebe hat ihre Kraft verloren. Kurz nach diesem großen Verlust kamen meine beiden Söhne Noah und Joshua, zweieiige Zwillinge, zur Welt. Sie waren wie die beiden farbigen Steine, so gegensätzlich, so lebendig und magisch. Die Möglichkeit, ihren Vater kennenzulernen, hatten sie nicht, doch sie sollten leben! Ich wusste, eines Tages würde sie auch die Verlorenheit heimsuchen, denn in ihren Adern floss teils menschliches Blut. Doch wie konnte ich das verhindern? Wer konnte sie vor dem Untergang retten? Ich hielt viele Zauberrituale ab und beriet mich mit all den Wesen, denen ihr begegnet seid, Poalbo, dem fröhlichen bunten Vogel, Quantana, der Bewohnerin des Muschelturms, und zuletzt mit Flinka, sie brachte euch hierher.«

»Unsere Reise war schon durchdacht und geplant?«, fragte Sofie überrascht.

»Wir waren oft in großer Gefahr!«, fiel ihr Anna ins Wort und Wut stieg in ihr auf.

»Beruhigt euch, nur eure Ankunft war von uns geplant, doch wie eure Reise wirklich verlaufen würde, das wusste niemand hier im gesamten Traumland, das lag allein bei euch! Lasst mich den Rest der Geschichte erzählen: Als meine beiden Söhne zwei Jahre alt waren, trennte ich sie, denn ich wusste, so konnte ich Zeit gewinnen. Getrennt voneinander hatte jeder für sich eine größere Chance, der gefürchteten Krankheit zu entrinnen. Einen ließ ich auf eine Insel im Meer der tausend Blüten bringen, ich kannte

Geschichten von dem Volk, das dort lebte, und wusste, sie würden ihn finden und aufnehmen.«

Anna fühlte einen messerscharfen Stich in der Brust und gleichzeitig eine tiefe Sehnsucht und Verzweiflung in sich aufkommen. »Du sprichst von dem jungen Mann, der mir das Leben gerettet hat? Wintanso?«, fragte sie und ihr Herz schlug immer schneller.

»Ja Anna, da schließt sich ein kleiner Kreis von vielen!«, erwiderte Anouk lächelnd. »Du hast den Weg zum Meer der tausend Blüten gefunden, genau das habe ich so erhofft, denn nur du kannst ihm helfen. Er ist früher als Joshua erkrankt. Da er mit deinen Träumen verwoben scheint, ist er im fortgeschrittenen Stadium der Verlorenheit dazu verdammt, im Land des ewigen Eises zu verharren. Gleiches droht auch Joshua.«

Wintanso wartet dort auf dich Anna, denn allein du kannst ihn retten. Nur Menschen, die in ihrem Herzen noch Werte tragen wie Ehrlichkeit, Sanftmut und Güte. Jene, die noch davon überzeugt sind, dass alles möglich ist, wenn sie den Glauben an sich selbst und das Universum nicht verlieren, die sich nicht aus der Ruhe bringen lassen, wenn es um sie herum zu stürmen beginnt und alles auseinanderbricht. Die in den vielen Kleinigkeiten des Lebens das Wahrhaftige, das Große sehen und finden. Die meisten Erwachsenen in eurer Welt verlieren nach und nach diese Fähigkeit. Wer sich diese Eigenschaften erhält, wird eher belächelt, als naiv oder dumm dargestellt und schließlich ›aussortiert‹. Häufig enden viele von ihnen auch in der Verlorenheit, da nichts und niemand mehr an sie glaubt. Es kostet sie viel Kraft, tagtäglich neu anzufangen und einen Sinn in ihrem Leben zu suchen. Ihr beide seid Freundinnen, ihr seid immer füreinander da gewesen und ihr glaubt noch daran, dass ihr eure Träume verwirklichen könnt.«

»Was ist mit deinem – mit unserem – Volk geschehen?«, meldete sich Lea zu Wort. »Mein Volk, die Indianer der roten Wüste, sie sind doch wieder da?! Ich lebe ja mit ihnen, hast du sie befreien können?«

Anouk schwieg einen Augenblick, ihr Gesicht bekam einen ernsten und traurigen Ausdruck. »Als Nathan Opfer der Verlorenheit wurde, schien sich der Fluch, der sich auf mein Volk gelegt hatte, aufzulösen. Sie waren von einer Sekunde auf die andere wieder in ihrem Dorf, so als wäre nie etwas geschehen. Sie leben dort friedlich tagein, tagaus, ohne zu wissen, was geschehen ist oder wo sie sich zuvor befunden hatten. Sie haben einen Teil ihres Gedächtnisses verloren, denn sie verweilten zu lange im Dunkeln, im Reich der erbarmungslosen Schattenwesen. Sie waren ihre Gefangenen und haben dabei ihre Erinnerung an das Geschehene verloren.«

»Du meinst, mein Volk weiß gar nicht, was mit dir und Nathan geschehen ist, was der Auslöser von alledem war?«, fragte Lea ungläubig.

»Doch, sie wissen, dass sie einmal in großer Gefahr waren und die Schattenwesen zu fürchten sind, so wie du es ja auch weißt. Jedoch bin ich euch nur als einsame Einsiedlerin mit magischen Kräften in Erinnerung geblieben, mehr nicht. Der Verlust von Nathan hat auch an meinen Kräften gezehrt, meine Seele ist gereift, meinem äußeren Erscheinungsbild nach entspreche ich nun einer älteren Frau. Es scheint so, als hätte dieser Verlust des Wissens auch eine schützende, vielleicht sogar heilende Wirkung gehabt, denn ihr seid wieder ein glückliches Volk am Ufer des blauen Sees geworden und lebt zufrieden und harmonisch miteinander.«

Lea nickte zustimmend.

»Leider seid ihr aber immer noch in Gefahr, denn du,

Lea, hast meine Aufgabe übernommen. Du hast Sofie auf ihrem weiteren Weg begleitet und sie hierhergebracht. Die Schattenwesen sehen erneut eine Chance, über euch herzufallen, wenn Anna und Sofie ihre verlorenen Träume nicht wiederfinden.«

»Dann sollten wir keine Zeit verlieren und so bald wie möglich aufbrechen!«, sagte Sofie.

»Ja, es ist vielleicht schon zu spät«, fügte Anna nachdenklich hinzu.

»Nein, solange meine beiden Söhne noch leben, und das spüre ich, besteht noch eine Möglichkeit, das Land des ewigen Eises zu erreichen, bevor alles erfroren ist, was ihr sucht«, antwortete Anouk ermutigend.

»Nur wie sollen wir schnell genug dort hingelangen?«, zweifelte Sofie. »Poalbo und Antiqua erzählten uns doch, die Entfernung sei so groß, wir hätten nur eine Chance mit Keran, dem schnellsten Wesen des Regenbogenlandes.«

»Oh Keran, wie ich ihn doch vermisse«, seufzte Anna und ein schwerer dunkler Schatten der Trauer legte sich unsichtbar um sie. Doch da bemerkte sie Anouks Lächeln, es war sehr geheimnisvoll und weise.

»Warte erst einmal den kommenden Sonnenaufgang ab, Anna! Wenn ich euch wecke und euch aus dieser Höhle, diesem goldenen Berg führe, werdet ihr bald mit Wesen Bekanntschaft machen, die euch helfen, den vor euch liegenden mühevollen Weg zu bestreiten.« Mit diesen letzten Worten löschte Anouk das Feuer und die drei Mädchen kuschelten sich noch tiefer in die wärmenden Decken.

Anna beobachtete den sternenübersäten Himmel und wünschte sich, diesen herrlichen Anblick nie zu vergessen. Dann schlief sie ein und entwich in das Land der Träume.

Kapitel 27 – Die Einhörner

Sofie und Anna wurden von den ersten Sonnenstrahlen geweckt und bereiteten alles für die anstehende Reise vor.

»Es fällt mir sehr schwer, von euch beiden Abschied zu nehmen«, sagte Lea und half dabei, die Vorräte in zwei lederne Beutel zu packen. »Aber es ist auch an der Zeit, meinem Volk endlich die Wahrheit und die vergangenen Geschehnisse zu erzählen. Sie sind in Gefahr und vielleicht kann meine Vorwarnung das Schlimmste verhindern, damit der Fluch uns nicht erneut ereilt.«

Daraufhin umarmte Sofie Lea fest und bedankte sich für all die Hilfe und Freundschaft. Anna konnte trotz Leas Lächeln Tränen in ihren Augen wahrnehmen. Ihr war klar, dass es vielleicht ein Abschied für immer war.

»Seid vorsichtig auf eurem Weg und gebt nie auf!«, waren ihre letzten Worte, als sie im Tunnelsystem des pyramidenförmigen Berges verschwand.

Anouk bettete Joshua liebevoll in die weichen Tierfelle ein, er war nun bereits so schwach, dass er unentwegt schlief und das Bewusstsein nicht mehr erlangte.

»Nun müsst ihr mir gut zuhören, denn das, was ich euch jetzt gebe, ist wie ein Schlüssel, der das Schloss öffnen kann, das ihr suchen müsst«, erklärte Anouk und wickelte einen kleinen rotbraunen Lederbeutel auf, den sie wie eine Kette um den Hals trug. Die beiden Mädchen beobachteten sie gebannt. Dann entfaltete Anouk vorsichtig den Inhalt des Beutels. Anna betrachtete diesen Schatz ehrfürchtig. Sie sah die Kostbarkeit und fühlte zugleich einen phantastischen Zauber von ihm ausgehen.

»Ist das ... ist das die Kette, ich meine, ist das der Kopfschmuck, den Nathan für dich angefertigt hat?«, fragte Sofie verblüfft.

»Ja, das ist er«, antwortete Anouk ruhig.

»Er ist wunderschön!«, fügte Anna gebannt hinzu und bemerkte die beiden verschiedenfarbigen Steine, die jedoch stumpf und abgeblasst wirkten.

»Dieser Kopfschmuck wird euch auf eurer Reise begleiten, und angekommen an eurem Ziel werdet ihr wissen, was damit zu tun ist. Die beiden Steine funkeln nicht mehr, sie haben ihre Magie verloren. Versucht diese im Land des ewigen Eises aufzuspüren und ihr werdet eure Träume wiederfinden!«, versicherte Anouk und ließ die filigrane Kette in dem Beutelchen verschwinden.

»Du gibst uns diese Kostbarkeit?«, fragte Sofie verwundert.

Anna überlegte unterdessen, wohin dieser Schmuck sie führen würde, und wachte erst aus ihren Gedanken auf, als sie bemerkte, wie ihr Anouk den Beutel mit den Bändern um den Hals legte.

»Ja, Sofie und Anna, es ist unabkömmlich, ihr werdet sehen! Verliert es nicht, denn sonst gibt es kein Entrinnen vor dem Untergang.«

Andächtig lauschten die beiden Mädchen den Worten der geheimnisvollen Indianerin, bis sie ihnen zu verstehen gab, dass es Zeit war, aufzubrechen.

Sie verließen die kleine Höhle und den Berg durch einen Tunnel. Nach kurzer Zeit standen sie wieder unter blauem Himmel, auf roter Erde, und in der Ferne konnte man einen Wald und eine grüne Lichtung erkennen. Als sie sich dieser näherten, konnte Anna dort zwei weiße Einhörner grasen sehen. Sie waren von der warmen Sonne in goldenes Licht gehüllt. Nur noch wenige Meter von ihnen entfernt, bemerkte Anna die volle Schönheit, Kraft und Anmut, die sie ausstrahlten. Sie wirkten so wundervoll und majestätisch, das elfenbeinfarbene Horn auf ihrem Kopf blitzte im Sonnenlicht auf und traf genau die Gesichter der beiden Mädchen.

»Sind das unsere Einhörner?«, fragte Anna ungläubig.

»Ja, das sind die Wesen, von denen ich euch gestern Nacht erzählt habe. Einhörner, erschaffen aus der Phantasie vieler Träumer«, antwortete Anouk, die die beiden Mädchen bis zu dieser Lichtung begleitete. »Sie warten schon lange darauf, euch von hier fortzutragen. Sie kennen die Richtung. Den Ort, wohin sie gehen, bestimmen sie, indem sie mit euren Herzen kommunizieren. Sie sprechen nicht, sie fühlen eure Sehnsüchte und Wünsche. Anhand eurer Gefühlswelt werden sie euch über weite Strecken auf ihrem Rücken tragen, bis ihr wieder einen wichtigen Schritt weiter seid auf eurer Reise durch das Traumland.«

Mit diesen Worten trat Anouk auf die beiden Mädchen zu, umarmte sie ein letztes Mal und half ihnen, auf die geheimnisvollen Einhörner zu steigen. Sie blieben so lange regungslos stehen, bis Anna und Sofie sicher saßen und ihre Taschen und Decken befestigt hatten. Gerührt von so viel Sanftmut, winkten die beiden Freundinnen Anouk zum Abschied, bevor ihre beiden neuen Weggefährten sich in Bewegung setzten und in einen schwungvollen, sanften Galopp über die Lichtung, hinein in den dunkelgrünen Wald aufbrachen. Die Einhörner bewegten sich so schnell und leicht, als würden sie über dem Boden schweben, und der Ritt auf ihnen war alles andere als beschwerlich. Anna genoss jeden Augenblick der Verzauberung. Die Schwere und Mühe der vergangenen Strapazen war mit einem Mal wie weggewischt, alles fühlte sich beschwingt und leicht an. Jede Bewegung der Einhörner war mit ihrem Körper im Einklang. Sie musste nichts tun, als sich tragen zu lassen und darauf zu vertrauen, dass diese zauberhaften Wesen die Sprache ihrer Gefühle, ihrer Herzen zu lesen vermochten und sie instinktiv zu ihrem Ziel brachten. Anna genoss die Farbenpracht des Waldes, der Blumen und Bäche, die an ihr vorbeischossen, ähnlich den Farben eines Aquarellbildes, die ineinanderflossen. Immer wieder sah sie ihn vor ihrem inneren Auge – Wintanso. Sein Gesicht, seine Augen. Wie er sie anblickte und auf seinen Armen trug. Diese aufkommende Sehnsucht war so stark, dass sie beinahe glaubte, er wäre bei ihr und würde mit ihr auf diesem Einhorn sitzen und gemeinsam durch die wunderschöne Landschaft traben. Sie hörte seine Stimme, spürte seine Berührung und fühlte sein liebevolles, beschützendes Wesen an ihrer Seite. Wie mochte es wohl ihrer Freundin mit Joshua ergehen? Es war ihr vorhin sehr schwer gefallen, ihn zurückzulassen, ohne zu wissen, ob es jemals ein Wiedersehen gab, dachte Anna und ihr Blick wanderte zu Sofie hinüber. Sie hatte sich nach vorn gebeugt und ihr Gesicht ruhte mit geschlossenen Augen in der weichen weißen Mähne des Einhorns.

Kapitel 28 – Die Hütte

Stunden mochten vergangen sein, in denen Anna geschlafen hatte. Sie fand so viel Halt in diesem anmu-
tigen Geschöpf, dass sie zu keiner Zeit befürchten
musste, hinabzustürzen. Sofie schien es ähnlich zu gehen, sie schmiegte sich noch immer fest an den samtwei-
chen Hals ihres Einhorns, jedoch mit geöffneten Augen,
und ließ die Landschaft an sich vorbeifliegen. Die unter-
schiedlichsten, sattesten Grünfarben verbunden mit dem
goldenen Licht einer Spätnachmittagssonne vermischten
sich zu einem tiefen, geheimnisvoll beruhigenden Sma-
ragdgrün. Bunte Vögel flogen an ihnen vorbei und sangen
in den wunderschönsten Tönen ihre Balladen. Plötzlich
nahm Anna in der Weite des lichten Waldes einen dunklen
Punkt wahr. Neugierig richtete sie sich auf und versuchte
das fremde Objekt vor ihr genauer zu identifizieren. Sofie
schien zu bemerken, dass Anna ihre ganze Aufmerksamkeit auf den immer größer werdenden braunschwarzen
Punkt am Horizont inmitten eines dunkelgrünen Waldes
gerichtet hatte. Sofort reagierten ihre beiden Weggefährten, verlangsamten den Schritt und trabten leichtfüßig auf
einem nun schmalen, erdigen Pfad, entlang der tiefgrünen
Tannen und Laubbäume. Anna konnte den Blick nicht von
dem dunklen Fleck in der Ferne wenden, der allmählich
Konturen und Farben annahm. Ihr war, als kannte sie
es, als wäre sie schon einmal dort gewesen: Es war eine
Hütte aus dunkelbraun angestrichenem Holz, mit einer
kleinen Veranda, mehreren weißen Sprossenfenstern mit
dunkelgrünen Fensterläden und einem Schornstein, aus
dem Rauch blies. Annas Herzschlag beschleunigte sich, sie
spürte eine ungeheure Anziehung und Neugier, sie glaubte

immer mehr, dort schon einmal gewesen zu sein. Vielleicht als kleines Kind auf der Erde. Oder doch im Traumland? Aber nein, sie war doch noch nie in diesem Land gewesen, oder lag doch beides so nah beieinander? War sie als Kind immer wieder zu Besuch in einer Phantasiewelt gewesen, ohne es zu merken? Warum auch? Was hätte es für sie damals bedeutet? Was bedeutete es jetzt?

Sie war innerlich in Aufruhr, so angespannt, dass sie nicht bemerkt hatte, dass alle Vögel verstummt waren und Sofie mittlerweile ganz dicht neben ihr ritt. Auch sie schien von dieser kleinen Hütte im Wald magisch angezogen. Als sie noch etwa zwanzig Meter entfernt waren, trat eine Gestalt aus der mächtigen grünen Tür auf die Veranda und stützte sich mit beiden Armen auf dem Geländer ab, den Blick auf die beiden Mädchen gerichtet, so als hätte er sie bereits erwartet. Anna stockte der Atem, jetzt war sie ganz sicher, hier schon einmal gewesen zu sein. Es war ein guter Ort, voller Geborgenheit und Geheimnisse, voller Liebe und Schutz. Der Ort, an dem viele ihrer Kindheitsträume geboren worden waren.

Langsam ritten sie auf die kleine Hütte zu und ließen sich von den Einhörnern gleiten. Diese schmiegten die Köpfe behutsam und ermutigend an die beiden Mädchen. Ein Zeichen, nicht stehen zu bleiben und zu zögern, sondern Mut zu fassen und auf die Gestalt, die noch immer regungslos auf der Veranda stand, zuzugehen. Anna fasste sich ein Herz und nickte Sofie aufmunternd zu. Auf einem kleinen Pfad, der links und rechts von hohen Pfefferminzbüschen gesäumt war, ging es über drei steinige Stufen zur Veranda.

»Hallo«, sagte Anna schüchtern und sah, wie sich der ältere Mann mit dem schütteren Haar und einem gütigen Lächeln zu ihr drehte. Seine Augen waren hellblau, strahlend voller Liebe und Freude; sie blickten mitten in ihr Inneres, in ihre Seele. Sie konnte nichts vor diesem Mann verstecken, der ihr plötzlich so vertraut vorkam. Zwecklos ...

»Wie schön, dass du endlich da bist, Anna! Ich habe so lange auf dich gewartet!«, sagte er und ging ein paar Schritte auf die Mädchen zu.

Anna und Sofie blickten sich erstaunt an. Was meinte er – gewartet? Woher wusste er ihren Namen?

Annas Gefühlswelt fuhr Karussell und sie hatte große Mühe, einen klaren Gedanken zu fassen, geschweige denn einen verständlichen Satz zu formulieren. »Wo... Woher wissen Sie meinen Namen?«, stammelte sie und spürte, dass ihre Knie fast vor Aufregung nachgaben. Bevor sie jedoch ins Wanken geraten konnte, kam der Mann einen weiteren großen Schritt auf sie zu und hielt sie mit seinen kräftigen Händen fest. Dabei schaute er ihr liebevoll in die Augen.

»Anna, ich bin ein Teil deiner Erinnerung, die du vergessen hast. Ich bin ein Teil deines früheren Lebens. Leider bin ich nicht mehr bei dir auf der Erde. Vor Kurzem war meine Zeit zu Ende und ein neues erfülltes Leben erwartete mich. Ich bin jemand, den du sehr liebgewonnen und leider schon verloren hast. Schau mich an, sieh in meine Augen und überlege, was ist es, das uns verbindet und uns unübersehbar ins Gesicht geschrieben ist?«

Anna versuchte ein paar tiefe Atemzüge zu nehmen, um sich zu beruhigen und das, was gerade geschah, ganz bewusst wahrzunehmen. Tief in ihrem Herzen spürte sie, dass hier etwas geschah, was sie sich sehnlichst gewünscht hatte und im Traumland real wurde. Der Aufforderung des alten Mannes folgend nahm sie Blickkontakt zu ihm auf, gestützt von seinen warmen Händen auf ihrem Rücken. Da sah sie es. Das Blau, Hellblau – fast durchscheinend mit einer Spur Türkis, klar und rein wie das Meer. Sie erkannte es. Es war dasselbe Blau ihrer Augen. Jene, die sie nun so liebevoll und gütig betrachteten, waren ein Teil von ihr. Dieser Mann konnte nur eine Person in ihrem Leben auf der Erde sein. Da er älter war, musste er ihr Großvater sein, der wohl bereits gestorben war?

Sie hatte keine konkrete Erinnerung, jedoch genug Emotionen, die ihr als Beweis genügten und sie genau in diesem Moment überschwemmten, ähnlich einer Sturmflut. Hier, auf der kleinen hölzernen Veranda der Hütte ihres Großvaters, inmitten eines friedlichen Buchenwaldes. Tränenbäche rannen ihr über die Wangen, schluchzend ging sie einen weiteren Schritt auf ihren Großvater zu, den sie wiedererkannte, wiederfand, und schmiegte sich in seine Arme, die sich schützend und tröstend um sie legten.

Sofie, die sich bisher sehr zurückgehalten hatte, lächelte. Es schien so, als begriffe sie, wie wichtig dieser Augenblick für Anna war.

»Sofie! Es ist so schön, dass du meine Enkelin auf dieser so gefährlichen Reise begleitest! Ich kann mich noch gut daran erinnern, wie ihr beide als Kinder im Sommer mit uns Großeltern ein paar Tage auf unserer Hütte verbracht habt und jetzt seid ihr auf dem Weg, junge erwachsene Frauen zu werden!«

Sofies Augen weiteten sich. »Ja stimmt, jetzt erinnere ich mich wieder. Es war immer etwas ganz Besonderes, hier sein zu dürfen. Vor allem, wenn morgens die Sonne durch die aufsteigenden Nebelschwaden fiel und wir beide lachend und barfuß über die weichen, nassen Moospolster liefen ...«, geriet sie ins Schwärmen.

»Ja!«, setzte Anna fort. »Dann haben wir uns darauf niedergelassen, den Kopf gen Himmel gerichtet und sind in Träumen und Phantasien versunken. Da waren die Feen, die Elfen, die über die Lichtung tanzten ... alles so echt, so leicht. Eine Kindheit voller Träume!«

Eine Weile standen alle drei auf der Veranda und lagen sich in den Armen. Als die Sonne bereits hinter die Baumwipfel sank, die Schatten immer länger wurden und die frische Waldluft langsam abzukühlen schien, lösten sie sich wieder voneinander und begaben sich in das Innere der Hütte. In der Wohnstube verbreitete ein grün gekachelter Ofen eine wohlige Wärme, mehrere Petroleumlampen strahlten ein gemütliches Licht aus und eine leise tickende Wanduhr wirkte beruhigend auf Anna.

»Nehmt Platz, ihr müsst hungrig sein.« Mit diesen Worten servierte Annas Großvater eine dampfende Brühe. »Es ist Kartoffelsuppe, die hast du immer so gerne bei uns gegessen«, fügte er hinzu, bevor er sich zu ihnen auf die Eckbank setzte und sich selbst den Teller füllte.

Anna aß voller Freude dieses köstliche Mahl. Mit jedem Löffel warmer Suppe verstärkte sich das wohlige Gefühl. Noch immer konnte sie nicht fassen, was ihr soeben zuteilgeworden war. Sie hatte die einzigartige Möglichkeit, ihren geliebten und unendlich vermissten Großvater noch einmal zu sehen, ihn zu drücken und ihm zu sagen, wie sehr er ihr Tag für Tag in ihrem Leben fehlte. Seine ruhige und besonnene Art. Sein bescheidenes und tiefsinniges Wesen. Nie mehr hatte sie einen solchen Menschen kennengelernt. Sein plötzlicher Tod war damals für sie unfassbar gewesen. Ein Teil ihrer Erinnerung kehrte an diesem besonderen Ort wieder zurück.

Als sie gegessen hatten, erzählten sie ihm von ihrer bisherigen abenteuerlichen Reise auf dem Weg zum Land des ewigen Eises. Annas Großvater hörte konzentriert und bedächtig zu und nickte immer wieder ankerkennend und liebevoll.

»Ihr seid sicher sehr müde von dem langen Weg, der hinter euch liegt, ihr solltet schlafen gehen. Oben habe ich euch das Zimmer vorbereitet, in dem ihr auch als kleine Kinder geschlafen habt. Von dort könnt ihr morgens besonders schön die Sonnenstrahlen sehen, wie sie durch das grüne Laub auf die Teppiche von Moos und duftenden Pfefferminzsträuchern scheinen.«

Anna strahlte und begab sich nach einer innigen Umarmung ihres Großvaters über die schmale gewundene Holztreppe nach oben, in der Hand eine Petroleumlampe, die ihnen den Weg erhellte. Der leicht feuchte Geruch des Schlafzimmers empfing sie, als sie die Tür öffnete und ein weiteres kleines Stück ihrer Erinnerung erwachte. Sie sah sich, wie sie als kleines Mädchen in einem der Betten mit schweren Daunendecken umhüllt lag, das Fenster ganz offen, und den Sternenhimmel oberhalb der Baumwipfel nach einem Zeichen absuchte. Einem Zeichen, dass es auf dieser Welt mehr gab, als man sehen, wissen und beweisen konnte.

Müde und glücklich schlief Anna in dem Bett ihrer Kindheit ein. Alles schien ein wunderbarer Traum zu sein, oder doch Wirklichkeit? Anna hoffte zutiefst: Wenn ich morgen aufwache, bitte, bitte lass ihn weiterhin da sein! Ich muss ihn doch noch eine Menge fragen, noch so viel sagen ...

Anna wurde durch Sofies Lachen geweckt. Ein neuer Tag war angebrochen und ihre Freundin blickte gebannt aus dem Fenster.

»Anna, schau, es ist wie früher – und da, die Einhörner!«

Anna setzte sich auf, warf die schwere Daunendecke zurück und beugte sich zu Sofie aus dem Fenster. »Oh wie wunderschön!«, staunte sie, als sie bei ihrem Blick in den gerade erwachenden Wald die goldenen Sonnenstrahlen sah, gebrochen in Nebelschwaden wie früher, als sie mit ihrer Freundin das Zauberlicht einfangen wollte. Nur diesmal standen die beiden Einhörner genau an der Stelle, wo sie einst gelegen hatten, auf den tiefgrünen weichen Moospolstern. Die Sonne verlieh ihrem strahlenden Weiß inmitten des dunklen Grüns einen besonderen Schimmer, von dessen Anblick sie sich nur schwer lösen konnte.

Da schreckte Anna hoch, der Gedanke, alles, was sie gestern erlebt hatte, sei nur ein weiterer Traum gewesen, legte sich wie ein Schatten auf ihre Seele.

»Sofie, schnell, lass uns nach unten gehen und nachsehen, ob mein Großvater noch da ist. Ich befürchte, dass ich mir das alles nur eingebildet habe.«

»Ja! Doch es war keine Einbildung, es war alles da, ich habe es ja auch erlebt.«

Mit diesen Worten sprangen die beiden Freundinnen auf und rannten die hölzerne Treppe nach unten. Sie liefen in die Küche, dann in den Flur und wieder in die kleine Wohnstube. Der Kachelofen verbreitete nach wie vor eine wohlige Wärme, die Petroleumlampen leuchteten und der Tisch war reichlich mit einem Frühstück gedeckt. Aber von ihrem Großvater fehlte jede Spur.

Anna kämpfte gegen die aufkommenden Tränen an. Gerade war sie noch so glücklich gewesen und jetzt hatte sie das Gefühl, am Rande eines Abgrundes zu stehen und an ihrer eigenen Wahrnehmung zu zweifeln.

»Was soll das alles nur bedeuten?«, fragte sie Sofie, die ihr mitfühlend den Arm um die Schulter legte.

»Ich weiß es nicht, Anna, aber ich glaube, dass es wirklich geschehen ist. Gestern war es wahr. Du hast deinen geliebten Großvater wiedergesehen, es war wohl auch für ihn sehr wichtig!«

Anna überlegte fieberhaft. Selbst wenn er hatte gehen

müssen, er hätte sie nie verlassen, ohne ihr eine Nachricht zu hinterlegen.

»Das Hüttenbuch!«, rief sie und ging zielstrebig auf das Regal neben der Eckbank zu. Wo war es noch mal? Sie suchte unbeirrt und gab nicht auf, bis sie ein dickes, in rotes Leder eingebundenes Buch in den Händen hielt. Sofie blickte sie fragend an.

»Immer wenn er auf der Hütte war, hat er hier einen Tagebucheintrag hinterlassen! So müsste er auch den gestrigen Tag notiert haben. Dann weiß ich es ganz genau!«

Hastig blätterte sie in dem Buch. Doch wann immer sie anhielt, um darin zu lesen, begann die Schrift vor ihren Augen zu verschwimmen. Sie probierte es mehrmals, bis sie es schließlich entnervt zuklappte.

»Ich muss wohl akzeptieren, dass es keinen Beweis für das Geschehene gibt!« Niedergeschlagen setzte sie sich auf die Bank und ließ den Kopf auf ihre Hände gestützt sinken.

»Sei nicht traurig, Anna!«, versuchte Sofie sie zu trösten. »Vielleicht brauchst du gar keinen Beweis für den gestrigen Tag. Vielleicht genügt es ja auch, wenn du dir, deiner Wahrnehmung trauen würdest und nicht länger anzweifelst, was du gesehen und gefühlt hast.«

»Meinst du wirklich?«, fragte Anna und wischte sich eine Träne weg, die ihr gerade über die Wange lief. »Warum das alles? Warum treffe ich ihn auf unserer Reise zum Land des ewigen Eises? Ich verstehe das alles nicht!«

»Na ja, erinnerst du dich noch, was Anouk gesagt hat? Die Einhörner folgen ganz unseren Gefühlen! Vielleicht hat eines deiner Gefühle uns zu deinem Großvater geführt?«

»Du meinst, die Einhörner wussten von meiner Traurigkeit und meiner Sehnsucht? Sie kennen mich besser als ich selbst!«

»Ja genau, das glaube ich.«

»Aber wie soll es jetzt weitergehen?«

»Nun, vielleicht ist es ja wichtig, dass du diese Erfahrung hier gemacht hast. Was du erlebt hast, kann dir keiner mehr nehmen.«

»Ja, ich bestimme, wie ich damit umgehe und was ich daraus mache!«, sagte Anna mit zunehmender Überzeugung.

Sofie nickte ihr aufmunternd zu und richtete den Blick auf das vor ihnen liegende Buch. »Sieh nur, Anna, das Buch verändert sich!«

Anna staunte, es wechselte die Farbe von braun, nach rot und schließlich glänzte es in einem strahlenden Goldton. Ihr war, als wollte das Buch ihre ganze Aufmerksamkeit erlangen.

Plötzlich begriff Anna, was vorging. »Sofie, kann es sein, dass sich das Buch nicht nur äußerlich, sondern auch innerlich verändert? Ich meine, dass wir jetzt, wenn ich es öffne, einen Text vorfinden?«

Sofie nickte. »Vielleicht, weil du keine Zweifel mehr hast?«

»Keine Zweifel!«, rief Anna bestimmt und öffnete das Hüttenbuch.

Aufgeregt blätterte sie und sah, dass das Verschwommene sich zu klaren schwarzen Buchstaben ordnete:

Meine liebe Anna,
heute haben sich unsere beiden Welten berührt.
Für einen kurzen Augenblick durfte ich dich sehen,
dich in die Arme schließen.
Ich glaube, dass du diese Umarmung gebraucht hast
für deinen weiteren Weg ...
Sie soll dir sagen, dass ich immer bei dir bin, auch
wenn du mich nicht siehst oder nicht mehr mit mir
sprechen kannst.

Sie soll dir Mut machen und dir Kraft geben für alles, was vor dir liegt.
Sie soll dir sagen, dass ich an dich glaube ...
So glaube auch an dich selbst!
Gib niemals, niemals auf!

Wenn ich morgen für dich nicht mehr greifbar bin, dann sei nicht zu lange traurig. Zerbreche dir nicht den Kopf, sondern stärke dich mit Sofie für eure weitere Reise. Nehmt von dem Frühstück. Anschließend geht zu der Quelle in der Nähe der Hütte. Dort findet ihr Gefäße. Füllt sie mit dem Quellwasser, so viel ihr könnt. Ihr werdet es zur richtigen Zeit brauchen!
In inniger Liebe und Verbundenheit
dein Großvater

Tief bewegt von den Worten klappte Anna das alte lederne Hüttenbuch zu. Sie hatte die Botschaft verstanden. Trotz der ersten Enttäuschung, ihren Großvater nicht mehr anzutreffen, schlichen sich Zuversicht und Hoffnung in ihr Herz. So stärkten sich die beiden Freundinnen ausgiebig von dem reichlich gedeckten Frühstück, packten Proviant in ihre Lederbeutel und machten sich auf den Weg.

»Weißt du, wo die Quelle sein könnte, die dein Großvater erwähnt hat?«, fragte Sofie beim Schließen der alten, knarrenden Hüttentür.

»Ich glaube schon.« Sie gab Sofie ein Handzeichen, für einen Moment innezuhalten und zu lauschen.

Zuerst konnten sie nur den Gesang der Vögel und das leise Schnauben der beiden Einhörner vernehmen, die vor ihnen auf einer nahe gelegenen Lichtung inmitten des tiefgrünen Mischwaldes grasten. Sie erhoben die Köpfe, als sie die beiden Mädchen bemerkten. Dann war es ganz leise zu hören: Ein sachtes Glucksen, Rauschen ... Wasser, es konnte nicht weit weg sein.

Gelenkt von ihrer Wahrnehmung liefen die beiden Mädchen in die Richtung, in der sie die Quelle vermuteten. Sie mussten ein Stück in den Wald, über Wurzeln eines umgestürzten Baumes steigen, bis sie hinter einer Felsenkuppe den kleinen Bachlauf der Quelle entdeckten, die direkt aus dem Berginneren herauszusprudeln schien.

Begeistert von ihrer Entdeckung liefen Anna und Sofie darauf zu und begannen sogleich davon zu trinken.

»Es schmeckt köstlich!«, rief Sofie begeistert und hielt ihre Hände direkt unter den kleinen kräftigen Wasserstrahl, um ihr Gesicht einzutauchen.

»Ja, es ist wirklich herrlich!«, stimmte Anna zu. Sie hatte bereits die Schuhe ausgezogen und watete mit den Füßen durch das Bachbett. »Da sieh nur! Dort hinter dem Felsvorsprung stehen die Gefäße, von denen mein Großvater schrieb«, rief Anna und begann sofort, diese mit dem erfrischenden Nass zu füllen.

Nachdem sie alle acht Gefäße gefüllt hatten, tranken die beiden Mädchen noch einmal ausgiebig von der Quelle. Und tatsächlich: Mit jedem Schluck fühlte Anna, wie sie sich stärker, mutiger und zuversichtlicher fühlte. Auch Sofie wirkte agiler und lebendiger, als wäre die Müdigkeit der bisher sehr anstrengenden Reise aus ihrem Körper gewichen. Anna erinnerte sich schlagartig daran, dass Lea ihr vor Kurzem von einer derartigen Kraftquelle erzählt hatte. Tief in einem Wald, nicht für jedes Wesen zugänglich.

Doch eines veränderte sich für Anna nicht, eines war immer noch da und beinahe noch schmerzhafter spürbar als je zuvor. Etwas, das sie antrieb und ihr Kräfte verlieh, von denen sie bisher nicht wusste, dass sie sie hatte: Die Sehnsucht, die sie in jeder Faser ihres Körpers spürte ...

Die Sehnsucht, Wintanso wieder zu begegnen, in seinen Armen Schutz und Halt zu finden, wenn sie sich wie so oft unsicher und ängstlich fühlte.

Seine warmen tiefbraunen Augen, die ihr Innerstes widerspiegelten, sie bedingungslos annahmen, mit all ihrer Unzulänglichkeit und Schwäche.

Seine Berührung, die sanft und stark zugleich war, ihre Sinne und Gefühle völlig durcheinanderwirbelte.

Seine Liebe und Wärme, die ihr Herz seit dem ersten Augenblick berührt und gefangen genommen hatten. Es gab so vieles, was Wintanso für sie einzigartig und faszinierend machte.

Ohne ihn zu sein, bedeutete tiefen Schmerz, Leere, als ob sie nicht mehr ganz wäre. Ja, ein Teil ihrer selbst war mit seiner Krankheit und seinem Sturz ins Meer der tausend Blüten verloren gegangen.

Lebte er noch?

Er musste durchhalten, bis sie ihn fand und ihre Erinnerung an ihre Träume wiedererlangte. Sie würde alles dafür tun, sie würde kämpfen, um ihm wieder nahe sein zu dürfen, egal was geschah ...

»Anna?«, rief Sofie und riss sie aus ihren Tagträumen. »Komm, lass uns aufbrechen, die Einhörner warten auf uns.«

Anna nickte und zusammen liefen sie zur Lichtung. Ein goldener Sonnenstrahl tauchte ihre treuen Weggefährten in einen funkelnden Schimmer. Geblendet von ihrer Anmut und Schönheit stiegen die beiden Freundinnen auf die Einhörner. Mit einem leisen begrüßenden Wiehern trabten sie zunächst langsam, dann immer schneller über den weichen, knisternden Waldboden. Anna blickte noch ein letztes Mal über ihre Schulter zurück zur Hütte und nahm Abschied von diesem besonderen Ort.

»Danke«, flüsterte sie leise und hielt sich an der weichen Mähne ihres Einhorns fest, als es zu galoppieren begann.

Kapitel 29 – Die Festung

Die Sonne stand bereits tief, als sich der hellgrüne Mischwald nach und nach in eine von dunkelgrünen Nadelbäumen beherrschte Gegend wandelte. Viele kleine Wasserläufe und mit Moos bewachsene Felsbrocken durchsetzten das dunkle Grün. Hohe majestätische Tannen standen so dicht aneinander, dass beim Blick nach oben immer seltener ein Stück Himmel zu erhaschen war. Die Wipfel der turmhohen Bäume wiegten sich im Wind, der mit einem tiefen Rauschen durch den immer dichter werdenden Wald fegte und Anna frösteln ließ. Es war deutlich kälter geworden. Von der sommerlichen Wärme, die bei der Hütte herrschte, war kaum noch etwas zu spüren. Nichts wirkte wie vorher. Es schien, als würde der Winter bald Einzug halten. Anna und Sofie entschieden sich für eine kurze Pause, um sich zu stärken und die wärmenden Umhänge, die ihnen Anouk mitgegeben hatte, anzuziehen. Sofie verstaute gerade den Rest ihres Essens, als Anna ein paar Meter entfernt neben ihrem Einhorn stand und eine Spur im weichen Waldboden zu deuten versuchte. Sie musste von einem Tier stammen. Einem ziemlich großen Tier.

»Sofie, sieh dir das an, was glaubst du, ist das?«

In diesem Moment hörten sie einen durchdringenden, heulenden Ton, der beide Einhörner aufschrecken ließ. Sie stupsten die beiden Freundinnen nervös an, als wollten sie ihnen etwas Wichtiges mitteilen. Anna und Sofie jedoch waren völlig erstarrt vor Schreck. Der angsteinflößende Ruf, er wiederholte sich und er kam näher! Er war die Antwort auf Annas Frage: Wölfe.

Das schrille Wiehern der aufgeregten Einhörner löste die beiden Mädchen aus ihrer Schreckstarre. Schnell stiegen sie auf, und die Einhörner begannen sofort loszutraben, so schnell, dass Anna und Sofie Mühe hatten, sich festzuhalten und den tiefen Ästen der Tannen auszuweichen.

Anna versuchte trotz allem einen Blick zurückzuwerfen. Nun konnte sie sehen, was das Heulen verursacht hatte. Nicht mehr weit entfernt von ihnen hatte ein Rudel riesiger verschiedenfarbiger Wölfe die Verfolgung aufgenommen.

»Oh Anna!«, schrie Sofie keuchend. »Es ist ein ganzes Rudel, das uns verfolgt!«

Anna warf ihrer Freundin einen ängstlichen Blick zu und schmiegte sich noch näher an den dampfenden Körper ihres Einhorns, das im rasenden Tempo galoppierte. Plötzlich geschah etwas Überraschendes, die Einhörner erreichten eine derartige Geschwindigkeit und sprangen zwischen dem immer düsterer wirkenden Wald in die Höhe, sodass sie teilweise zu fliegen schienen. Anna musste die Augen schließen, da ihr schwindlig wurde und sie befürchtete hinabzustürzen.

Jedoch aller Bemühungen zum Trotz, die Einhörner konnten das Wolfsrudel nicht abschütteln, im Gegenteil, sie kamen den beiden Mädchen laut knurrend und jaulend näher. Anna spürte, wie ihr Herz vor Angst immer schneller zu schlagen begann und ihr der Atem stockte. Unendlich viele Gedanken und Fragen rasten ihr durch den Kopf. Was konnte sie nur tun, um nicht Opfer dieser Hetzjagd zu werden? Doch ehe sie eine Antwort fand, nahm sie verwundert die Veränderung des tiefgrünen Nadelwaldes wahr. In der Ferne konnte sie erkennen, wie der Wald lichter wurde. Vielleicht fanden sie dort Rettung? Und was war das, was da plötzlich vom Himmel fiel? War das etwa Schnee? Tatsächlich, dicke weiße Schneeflocken wirbelten auf sie herunter. Waren sie dem Land des ewigen Eises schon näher als gedacht?

Doch da riss sie ein Angstschrei aus den Gedanken. Sofie ritt hinter ihr, ein Wolf, der nur noch wenige Meter von ihr entfernt war, sprang knurrend in ihre Richtung und verfehlte sie nur um Haaresbreite.

»Halt durch, Sofie«, schrie Anna und trieb ihr Einhorn nochmals an, schneller zu laufen, doch es war zusehends erschöpft und konnte das hohe Tempo nicht mehr halten. Anna kamen die Tränen, es schien aussichtslos.

Nein! Das konnte noch nicht das Ende sein! Anna hatte schon so oft gekämpft und nicht aufgegeben, auch die Wölfe würden sie jetzt nicht besiegen! Energisch trieb sie ihr Einhorn weiter an, das mit einem schrillen Wiehern seine letzten Reserven mobilisierte.

In diesem Moment erreichten sie das Ende des Waldes und eine endlos in den Himmel reichende silbergraue Felswand versperrte ihnen den Weg. Sie stellte zugleich eine wehrhafte Mauer einer gigantischen steinernen Festung dar.

Anna und Sofie blickten einander verzweifelt und zugleich verwundert an. Sie ritten entlang der Felswand, dicht gefolgt von dem Wolfsrudel. Da erkannten sie ein massives schwarzes Tor. Voller Hoffnung hielten sie darauf zu, vielleicht konnten sie dort Schutz finden? Im gleichen Augenblick setzte sich das Tor mit einem lauten Knarren in Bewegung. Schwarze Eisenketten zogen es empor und öffneten es. Anna und Sofie überlegten nicht lange. Sie ritten hindurch, die Wölfe dicht an ihren Fersen.

Angelangt in einem Innenhof der Festung, konnten die beiden Mädchen aufgrund des immer stärker werdenden Schneefalls kaum die Hand vor Augen sehen. Nervös drehten sich die Einhörner im Kreis und wieherten ängstlich, als sich die Wölfe bis auf ein paar wenige Meter näherten und sie schließlich komplett umstellten. Anna und

Sofie waren umzingelt von den riesigen Wölfen. Seltsam jedoch war, dass keiner von ihnen begann, sie anzugreifen, stattdessen legten sie sich nieder, als warteten sie auf einen Befehl oder ein Zeichen.

Anna erschauderte vor Angst und Kälte, die dieser sonderbare Ort ausstrahlte. Auf einmal vernahm sie Schritte, die, zunächst kaum hörbar, immer näher kamen und vom steinernen Boden und den Burgmauern widerhallten.

Ein Wolf, es musste das Leittier sein, schien besonders aufgeregt und richtete den Blick in die entgegengesetzte Richtung der Mädchen. Ängstlich beobachteten diese, was sich vor ihnen abspielte.

»Gut gemacht!«, ertönte eine laute, tiefe Männerstimme. »Ihr habt die Eindringlinge direkt zu mir gebracht!«

Irritiert blickten sich Anna und Sofie an. War die Verfolgungsjagd gar kein Beutezug der Wölfe, sondern ein geplanter Schachzug dieses Mannes, der nun in stolzer, aufrechter Körperhaltung auf sie zulief? Gefolgt von einer ganzen Schar junger bewaffneter Männer und dem Wolf, mit dem er eben gesprochen hatte, stand er wenige Meter von ihnen entfernt. Er war groß, von stattlicher Figur und wirkte mit seiner schwarzen Tunica und dem silbernen Umhang furchteinflößend und zugleich faszinierend. Nun beugte er sich zu einem weißen Wolf hinab und streichelte ihn, die anderen heulten daraufhin erneut laut auf und sahen einander an. Es schien so, als verständigten sie sich auf diese Weise untereinander.

Dann hob er den Blick und sah die beiden Mädchen prüfend an, gleichzeitig lichtete sich der Schneesturm und Anna erschauerte unter dem kalten Blick kristallklarer graublauer Augen, die gerahmt von seinen kinnlangen schwarzen Haaren und dem dunklen, kurzen Bart einen starken Kontrast darstellten. Der Mann sah gut aus, aber zugleich fehlte ihm etwas, was ihn vollkommen machen würde. Sein Alter war schwer zu schätzen, aber er musste um einiges älter sein als die beiden Freundinnen, deren Äußeres jungen Frauen glich. Sein Gesichtsausdruck wirkte hart und feindselig. Es folgte ein Augenblick der Stille, die unheimlich und eisig war.

Anna versuchte seinem Blick standzuhalten, nahm ihren ganzen Mut zusammen und suchte nach ihrer Stimme. Leise, fast unhörbar, fragte sie: »Wer bist du und wo sind wir hier?«

Der fremde Mann ging ein paar Schritte auf die Mädchen zu und gab seinem Gefolge ein Zeichen, das sich sofort schützend um ihn stellte, bewaffnet mit Schwert, Pfeil und Bogen. Anna glaubte ihren Augen nicht zu trauen, war das hier ein Angriff? Wovor hatten diese Burgbewohner nur solche Angst?

»Ich bin Tristan, Besitzer dieser Festung und Wächter über die Grenze und den Zugang zum Land des ewigen Eises – ein Land, dem Ihr Euch in unerlaubter Weise genähert habt. Ich dulde keinen fremden Besucher! Steigt von Euren Einhörnern ab! Ihr seid jetzt meine Gefangenen!«, herrschte er sie an.

Anna und Sofie taten, was ihnen befohlen wurde. Mit zittrigen Knien ließen sie sich von ihren treuen Gefährten hinuntergleiten. Diese wieherten aufgebracht, als sie sogleich von zwei Männern in Beschlag genommen und von Anna und Sofie weggeführt wurden.

»Was soll das heißen?«, fragte Anna angespannt und blickte Tristan direkt in die geheimnisvollen graublauen Augen. Sie hatten etwas so Magisches, dass es ihr schwer fiel, sich davon loszureißen und sich auf den gegenwärtigen Augenblick zu konzentrieren. Kurz hatte sie das Gefühl, hinter der kalten Fassade Schmerz zu sehen.

Tristan jedoch wandte den Blick nach einem kurzen anfänglichen Zögern ab und gab seinem Gefolge erneut ein Handzeichen. Noch ehe Anna und Sofie reagieren konnten, standen düstere, kräftige Männer hinter ihnen, griffen nach ihren Handgelenken und fesselten sie. Anna schrie entsetzt auf und auch Sofie versuchte sich zu wehren, doch unter Androhung von Waffengewalt gaben sie auf und wurden abgeführt. Sie liefen über verschiedene Plätze, Gassen und Brücken, bis sie schließlich in einen Turm geführt wurden. Dort brachte man sie nach endlos vielen Treppen in das oberste Zimmer, löste ihre Fesseln und versperrte wortlos die Tür hinter ihnen mit mehreren massiven Eisenschlössern.

Als sie allein waren, fielen sich Anna und Sofie schluchzend in die Arme und versuchten sich gegenseitig zu trösten und Mut zuzusprechen. Sofie hatte ihr Gesicht noch in die Hände vergraben, als Anna bereits begann, sich in dem Raum umzusehen. Er war kreisrund, die hohe Decke war mit einer farbenprächtigen Malerei verziert, die eine Geschichte von einem Mann und einer Frau zu erzählen schien. In der Mitte stand ein großes Bett mit Baldachin und weißer Wäsche. Alles wirkte sehr alt und schon lange nicht mehr benutzt. Dann entdeckte sie das große Fenster, das ebenso wie der Raum kreisrund war, umrahmt von silbrig glänzenden, transparenten Vorhängen, die vom Wind aufgeplustert wurden. Neugierig entfernte sich Anna ein paar Schritte von Sofie und lief auf das Fenster zu. Wortlos staunend blickte sie auf das, was sich ihr dort draußen offenbarte. Soweit das Auge reichte, ragten am Horizont unterschiedlich hohe schneebedeckte Gipfel in den tiefblauen Himmel. Der Schneesturm hatte sich gelegt, sodass sie endlos weit sehen konnte. Der Schnee glitzerte in der Sonne und verwandelte die ganze Landschaft in ein einziges großes Funkeln, ähnlich dem Strahlen eines Diamanten. Anna war überwältigt von diesem majestätischen Anblick. Sollte dies das Land des ewigen Eises sein? Sie hatte es sich immer viel abstoßender und angsteinflößender vorgestellt. Jetzt war sie von dieser strahlenden Schönheit so geblendet, dass sie wie ein kleines Kind mit offenem Mund am Fenster stand und sich gar nicht sattsehen konnte. Die weiße Eislandschaft lag direkt an einem großen dunkelblauen See, an dessen Ufer Tristans Festung lag. Soweit Anna es überblicken konnte, lag das runde Zimmer, in dem sie sich befanden, im höchsten Turm. Da es nur über ein Fenster zur Seeseite verfügte, vermutete sie den Wald, durch den sie geritten waren, auf der anderen Seite der Burg. Alles, was sich aus dieser Perspektive offenbarte, war das, was vor ihnen lag, das, worauf alles unweigerlich hinauslief ...

»Da ist es also!«, unterbrach Sofie, die mittlerweile unbemerkt neben Anna an das Fenster getreten war, ihre Gedanken. »Das Land des ewigen Eises ist zum Greifen nahe, und wir sind hier eingesperrt!«

»Wir werden es schaffen, Sofie! Wir sind schon so weit gekommen.«

»Aber wie? Wie willst du es anstellen? Wir sind hier Gefangene, falls du dich erinnerst?«

Anna nickte und wunderte sich über den gereizten Unterton in Sofies Stimme. Trotz ihrer Ängstlichkeit zu Beginn ihrer Reise durch das Traumland, hatte doch auch sie an Mut und Zuversicht gewonnen. Davon war jetzt kaum mehr etwas übrig.

»Du hast recht, Sofie, es wird nicht leicht. Wir müssen erst mal mehr über diesen Tristan in Erfahrung bringen und unsere Fluchtmöglichkeiten ausloten.«

»Er macht mir Angst, Anna! Der Wächter über das Land des ewigen Eises ist unheimlich!«

»Was macht dir an ihm Angst?«, fragte Anna ihre Freundin und zugleich sich selbst.

»Es ist sein Blick, da ist etwas in seinen Augen ...«

»Hm, das ist mir auch aufgefallen, Sofie, sie sind sehr kalt, aber dahinter, wenn du ganz genau hinsiehst, da ist noch etwas ...«

»Es macht ihn unberechenbar. Von allen Wesen des Traumlandes flößt er mir am meisten Angst ein. Mehr noch als die Schattenwesen!«

Anna überlegte und versuchte sich aus den Handlungen dieses Mannes einen Reim zu machen. »Ich glaube, dass er nicht immer so war, Sofie. Irgendetwas in seinen Augen verrät ihn. Er möchte stark, unnahbar und vielleicht auch wehrhaft sein, aber im Grunde seines Herzens ist er anders ...«

»Ach Anna«, seufzte Sofie und lehnte den Kopf an Annas Schulter. »Ich hoffe, du hast recht und wir lernen diese Seite noch kennen ...«

In diesem Moment hörten sie Schritte auf der Treppe. Kurze Zeit später öffnete sich die Tür mit einem lauten Knarren. Vor ihnen stand ein junger, zierlicher Mann mit dunkelblonden Haaren und hellbraunen Augen. Zu Annas Verwunderung war er nicht bewaffnet und um seine Mundwinkel zeichnete sich ein freundliches Lächeln ab. Er war bepackt mit einem großen Tablett voller Speisen und einem Krug Wasser. Beides stellte er auf einen kleinen Tisch neben dem Bett.

»Bitte habt keine Angst!«, sprach er freundlich, holte unter dem Bett einige dicke Kissen hervor und bedeutete ihnen, sich zu setzen. Anna und Sofie folgten der Aufforderung und ließen sich auf den dunkelblauen Samtkissen mit den silbernen Stickereien nieder.

»Mein Name ist Eliah, ich bin der jüngere Bruder von

Tristan und habe die Aufgabe, euch mit dem Nötigsten zu versorgen, bis er entschieden hat, was mit euch geschehen soll.«

»Was mit uns geschehen soll?«, fragte Sofie entsetzt. Anna blickte Eliah durchdringend an. Er wirkte so völlig anders als sein Bruder. Wie konnte das sein?

»Ich darf euch nicht mehr sagen, sonst besteht die Gefahr, dass ich euch nicht einmal mehr versorgen kann, und das möchte ich unbedingt verhindern. Tristan weiß nicht, was er tut, aber er hat die Macht und kann über jeden hier bestimmen. Die Traurigkeit und der Schmerz haben ihm alle Sinne geraubt.« In seiner Stimme schwang Sorge und zugleich Groll mit.

»Bitte erzähl mehr und bleibe bei uns!«, bat Anna, stand von ihrem Kissen auf und hielt Eliah an der Schulter fest. Augenblicklich drehte sich dieser von ihr weg und wirkte bemüht, seine Fassung nicht zu verlieren. Sprachlos lief er aus dem Zimmer. Es dauerte nur ein paar Sekunden, bis die Tür ins Schloss fiel und verriegelt wurde.

Kapitel 30 – Die Verlorenheit

Viele Tage vergingen, einer wie der andere. Eliah versorgte die beiden Mädchen mit dem Nötigsten. Sie durften das Turmzimmer nicht verlassen, wussten nicht, warum sie wie feindliche Eindringlinge festgehalten wurden. Nach anfänglicher Wut mischte sich zusehends Verzweiflung und Resignation in ihre Herzen. Warum nur durften sie sich nicht frei bewegen? Warum hatten sie nicht einmal die Chance, Tristan zu erklären, was sie hierhergeführt hatte? Anna verspürte eine unerträgliche innere Unruhe. Voller Sehnsucht blickte sie stundenlang aus dem Turmfenster. Irgendwo dort in der Ferne waren ihre Träume, ihre Erinnerung, an das, was sie ihre ganze Reise durch das Traumland angetrieben hatte. Irgendwo dort war Wintanso gefangen. Er fehlte ihr so sehr, er hätte sicher gewusst, was sie tun musste, um sich aus dieser misslichen Situation zu befreien. Allein seine Anwesenheit hätte ihr Mut gemacht, nicht aufzugeben. Er musste am Leben bleiben, durchhalten, bis sie ihn wiederfand. Unvorstellbar, sollte sie es nicht schaffen und ihm nie wieder begegnen. Jedoch war es fast so, als könnte sie seine Nähe, seine Wärme spüren. Für einen kurzen Augenblick schloss sie die Augen und glaubte, ihn zu sehen, wie er hinter ihr stehend behutsam einen Arm um sie legte und sie zärtlich an sich drückte.

Da wurde Anna durch das plötzliche Klirren von einem fallenden Glas und einem darauffolgenden dumpfen Laut aus ihren Träumereien gerissen. Ruckartig drehte sie sich um und sah, dass Sofie, die soeben nur ein paar Meter neben ihr gestanden hatte und etwas trinken wollte, zusammengebrochen war.

Sofort stürzte sie zu ihrer Freundin, hob den Kopf an und streichelte ihr die Wange. »Sofie! Sofie, was ist los?«

Sofie blinzelte, es schien so, als hätte sie große Mühe, die Augen zu öffnen, und als kostete es sie eine unbeschreibliche Kraft zu sprechen. Ihre Worte waren nur als ein leises Flüstern zu vernehmen: »Anna, ich kann nicht mehr, ich glaube, ich bin krank ... du weißt schon, ich habe die ...«

»Die Verlorenheit?«, rief Anna entsetzt. »Du hast aufgegeben? Du glaubst nicht mehr daran, dass wir es schaffen können?«

Anna beobachtete, wie Sofie versuchte zu antworten. Kein Wort wollte ihr mehr über die Lippen kommen. Mit geschlossenen Augen schüttelte sie den Kopf, bevor sie ihr Bewusstsein verlor. Panisch begann Anna ihre Freundin zu schütteln, um sie wieder zu sich zurückzuholen, doch alles, was sie versuchte, war wirkungslos. Tränen rannen über Annas Gesicht, sie nahm ihre kranke Freundin in die Arme und drückte sie ganz fest an sich. Schluchzend und voller Angst redete sie auf sie ein.

»Nein Sofie, du verlässt mich nicht, du lässt mich nicht allein! Wir sind so nah an unserem Ziel, wir können es schaffen, du darfst nicht daran zweifeln!«

Nachdem alles nichts half, bettete sie Sofie auf den Bodenkissen und rannte an die verschlossene Zimmertür. Mit beiden Fäusten und all ihrer Kraft schlug sie dagegen. »Hilfe! Ich brauche dringend Hilfe! Hört mich jemand? Ist da irgendwer? Verdammt, ist da niemand, der uns aus diesem verdammten Zimmer rausholt?«

Keine Reaktion.

Nichts – unerträgliche Stille.

Anna hielt kurz inne, dann begann sie erneut gegen die Tür zu trommeln. Diese bewegte sich nicht, alles schien wirkungslos. Egal was sie tat, sie saß in der Falle. Schluchzend und schreiend sank Anna zu Boden, mit dem Rücken zur Tür. Ihre Freundin war krank geworden. Wenn sie nicht schnell in das Land des ewigen Eises gelang, würde sie zusehen, wie Sofie starb, und auch sie konnte dann Opfer der Verlorenheit werden. Und niemanden hier interessierte das!

Erneut stand Anna vom Boden auf und rief nun die beiden Namen, die sie kannte. »Tristan! Tristan, lass uns hier raus! Wir haben nichts getan! Eliah, bitte komm und hilf uns! Sofie ist krank, sehr krank! Eliah! Bitte!«

Anna rutschte erschöpft nach unten. Es kam ihr wie eine Ewigkeit vor, als sie plötzlich Schritte auf der Treppe hörte. Erst leise, weit weg, dann lauter, immer näher kommend. Sofort setzte sie sich auf und rutschte von der Tür weg, als sie vernahm, wie die Schlösser geöffnet wurden.

Es war Eliah. Vorsichtig beugte er sich zu Anna herunter und ging in die Hocke, um die bewusstlose Sofie zu betrachten. In seinem Blick lag Sorge und Sanftmut. Behutsam legte er Anna eine Decke über die Schultern, die erst jetzt bemerkte, dass sie am ganzen Körper zitterte.

»Sofie«, schluchzte Anna, »sie ist sehr krank!«

Eliah nickte und gab ihr ein Zeichen, Sofie mit ihm zusammen in das große weiße Bett zu tragen. »Dort ist es besser für sie, der Boden ist zu kalt.«

Gemeinsam fassten sie unter Sofies Beine und Rücken und legten sie vorsichtig in die weichen weiß-silbrigen Kissen.

»Es ist die Verlorenheit!«, erklärte Anna. »Sie überfällt jeden Menschen, der seine Träume vergessen hat und die Suche nach ihnen aufgibt! Anna und ich wollen unsere Erinnerung an unsere Träume wiederfinden, die wir hatten, bevor wir ins Traumland kamen – und wir waren ihnen so nah ...«

Anna musste innehalten. Die Tränen wollten nicht enden und nahmen ihr die Stimme.

Eliah reichte ihr die Hand und führte sie zu den Sitzkissen. Dann nahm er ihr gegenüber Platz. »Ich denke, es ist Zeit, dass Tristan dich anhört, ob er will oder nicht! Du musst ihm eure, deine Geschichte erzählen. Er wird sich dadurch an manches erinnern müssen, was er schon längst unter dem Eis vor seiner Festung begraben hat. Es ist ein Risiko für dich, aber vielleicht die einzige Chance. Er ist sehr mächtig, er kann dein Untergang sein, aber auch dein Überleben. Zunächst aber bringe ich dich aus diesem Zimmer in den Gewölbekeller, dort gibt es eine warme Quelle. Du kannst darin ein Bad nehmen und ein passenderes, frisches Kleid anziehen. Anschließend bringe ich dich in den Festsaal. Heute hat Tristan viele Gäste geladen, wenn du ihm da begegnest, wird er sich besser unter Kontrolle haben und dir die Möglichkeit geben, ihn von deinem Vorhaben zu überzeugen.«

Anna gab ihrer Freundin noch einen sanften Kuss auf die Stirn, bevor sie zusammen mit Eliah das Turmzimmer verließ und ihm die vielen steinernen Stufen einer endlos scheinenden Wendeltreppe nach unten folgte. An den Wänden hingen silberne Wandleuchter, die mit ihrem Kerzenlicht gerade hell genug strahlten, dass Anna den ihr unbekannten Weg erkennen konnte.

Im Gewölbekeller angekommen, hörte sie bereits das Rauschen von Wasser und nahm sofort die angenehme warme, feuchte Luft wahr. Eliah führte sie bis zu einem großen Becken aus weißem Stein. Wasserdampf stieg auf und hüllte alles in einen zarten Nebelschleier.

»Ich lasse dich jetzt allein, sodass du in Ruhe ein warmes Bad nehmen kannst. Gleich hinter dieser Säule ist ein weiterer kleiner Raum, in dem du alles zum Ankleiden finden wirst«, erklärte Eliah und reichte Anna noch ein großes Handtuch, bevor er schnellen Schrittes den Gewölbekeller verließ.

Anna nickte, überrascht von dessen Gastfreundlichkeit, und betrachtete das große dampfende Wasserbecken. Es wirkte sehr einladend auf sie, die Luft roch angenehm und wohltuend. Rasch zog sie sich aus. Unsicher, ob sie wirklich allein war, ging sie die Treppen in das Wasserbassin hinab, bis sie nach und nach eintauchte und die angenehme Wärme genoss.

Vorsichtig tauchte sie unter und bemerkte den starken Auftrieb des Wassers. Es war, wie im Meer zu treiben. Kurze Erinnerungen an das Meer der tausend Blüten, an Wintanso, aber auch an Taurin, den Delfin, lebten plötzlich wieder auf. Dieses Wasser hatte eine beruhigende, aber auch stärkende Wirkung. Eigenartig, sie fühlte sich auf einmal sehr glücklich, obwohl sie sich doch in einer sehr schwierigen Lage befand. Wie konnte das nur sein? Etwas verwirrt von diesen Empfindungen ließ sich Anna noch für einen kurzen Moment vom Wasser tragen, bis sie leise in der Ferne eine wunderschöne Musik wahrnahm. Es war ein großes Orchester aus Streichern und Bläsern, es spielte eine sehr festliche, getragene und zugleich melancholische Melodie. Neugierig stieg Anna aus dem Becken, umhüllte sich mit dem Handtuch, das sich weich und warm anfühlte, und begab sich in den Raum, von dem Eliah erzählt hatte.

Dort fand sie einen großen, silbern umrahmten Spiegel an der Wand, auf einem Stuhl davor lag ein Kleid, das im Kerzenlicht erstrahlte.

Anna hob das aus weißer, schimmernder Seide gefertigte Gewand hoch und bewunderte es. Es war bodenlang, mit transparenten, trompetenförmigen Ärmeln und weiter Schleppe, der Ausschnitt und die Ärmelenden waren mit einer Borte aus silberner Spitze verziert. Um die Taille war diese größer und mit silbernen Sternen versehen. Dazu ein dunkelblauer bodenlanger Umhang aus Samt mit Kapuze, silberne geschnürte Stiefel und Halsschmuck, in dem sich ebenfalls die silbernen Sterne wiederfanden. Anna war völlig verblüfft. Unsicher blickte sie sich im Raum um, sollte das das Kleid sein, von dem Eliah gesprochen hatte? Es war so wunderschön, durfte sie es wirklich tragen?

Nach anfänglichem Zögern schlüpfte Anna zunächst in ein schlichtes weißes Unterkleid aus Leinen und dann in das zauberhafte Gewand, stieg in die silbrig glänzenden Schuhe, die genau ihre Größe hatten, legte den Schmuck an und versuchte, ihre langen dunkelblonden Haare zu bändigen. Da entdeckte sie auf dem Stuhl noch einige silberne Haarnadeln, mit denen sie ihr langes dunkelblondes Haar bändigte, indem sie es nach oben steckte. Erschrocken und bewundernd zugleich über das, was sie im Spiegel zu sehen bekam, drehte sich Anna langsam im Kreis. Sie hatte sich verändert. Sie wirkte auf einmal erwachsener, das Kindliche war mit Anlegen dieses zauberhaften Kleides in den Hintergrund getreten. Oder war sie tatsächlich nochmals gealtert? Zu sehen war eine junge Frau, die staunend ihr Spiegelbild betrachtete und sich fragte: »Bin das wirklich ich?«

Im gleichen Augenblick hörte sie ein leises Räuspern. Abrupt drehte sich Anna um und sah direkt in Eliahs staunende Augen. Es schien, als suchte er einen Moment nach den richtigen Worten.

»Bist du so weit?«, sagte er schließlich sichtlich erleichtert, seine Stimme wiedergefunden zu haben.

Anna nickte und blickte Eliah fragend an. »Warum so ein wunderschönes Kleid?«, fragte sie schließlich und bestaunte sich erneut selbst im Wandspiegel. Sie konnte es noch immer nicht ganz fassen, dass diese junge Frau, die sie sah, wirklich sie selbst sein sollte.

»Weil deine Chancen dann deutlich besser sind, es wird Tristan zwangsläufig aus seiner Lethargie holen.«

»Wie meinst du das?«

»Na ja, dieses Kleid, das du trägst, hat einmal einer anderen Person gehört. Sie hat es nie getragen, dazu ist es leider nicht gekommen.«

Anna überkam ein Schauer. Angst und Unsicherheit wuchsen in ihr.

»Vertrau mir, Anna! Es ist der einzige Weg hier heraus, die einzige Möglichkeit, dass du deiner Gefangenschaft entfliehen kannst. Ja, es ist nicht ohne Risiko, aber sag mir, ist es das nicht wert?!«

Anna schluckte, sie begriff allmählich die ganze Tragweite und die Rolle dieses Kleides, auch wenn ihr noch ein paar Puzzlestücke fehlten, um ganz zu verstehen, was es damit auf sich hatte.

»Komm jetzt, Anna, wir müssen los, wenn wir zu spät kommen und der Ball sich dem Ende neigt, können wir unseren Plan, Tristan im Schutze der Öffentlichkeit zu begegnen, vergessen!«

Anna gab sich einen Ruck, legte den dunkelblauen Samtumhang an und folgte Eliah hinaus aus dem Gewölbekeller durch endlos scheinende Gänge, mehrere Treppen hinauf, bis sie wieder im Freien im Innenhof der Burg waren. Dort nahm Anna einen tiefen Atemzug der frischen Luft und betrachtete für einen kurzen Augenblick den Vollmond, der in dieser Nacht besonders hell strahlte und die Festung in silbernes Licht tauchte. Alles wirkte viel freundlicher, als sie es in Erinnerung hatte. Ihr Herz begann spürbar zu schlagen, als sie sich dem großen Festsaal näherten, aus dem die fröhliche Musik des Orchesters erklang. Vor dem großen Eingangstor blieb Eliah abrupt stehen und wandte sich ihr zu. Behutsam strich er ihren Umhang glatt und setzte ihre Kapuze, die sie bei der Kälte übergezogen hatte, vorsichtig ab. Anna blickte ihn fragend und ein wenig ängstlich an. Sie begriff, dass jetzt der Moment gekommen war, an dem sie allein weitergehen musste. Hinter dieser Tür erwartete sie das Ungewisse. Sie hatte keine Ahnung, wie Tristan reagieren würde, wenn er sie plötzlich hier in diesem Kleid antreffen würde, das einmal für eine andere Frau bestimmt gewesen war. Alles war möglich. Jedoch nicht, wenn sie jetzt aufgab und ihre Angst gewinnen ließ.

»Also, was habe ich dann noch zu verlieren?«, sagte sie leise und entschlossen zu sich selbst, als Eliah zwei Wachen ein Zeichen gab, das Tor zu öffnen, und sich sogleich mit einem aufmunternden Kopfnicken von ihr entfernte.

Kapitel 31 – Tristan

Anna atmete nochmals tief durch, bevor sie sich langsam in den Festsaal begab. Das helle, strahlende Licht der vielen Kerzenleuchter blendete sie für einen Augenblick, bis sie endlich sehen konnte, was vor ihr lag. Ein großer Raum mit hoher Decke, verschiedenfarbigen Fresken, Säulen und großen ovalen Fenstern. Es wimmelte nur so von Paaren, die zu der stimmungsvollen klassischen Musik tanzten. Gerade wurde ein temperamentvolles Lied von einer getragenen, zarten Melodie abgelöst und alle Tanzpaare rückten noch ein Stück näher zusammen. Sie wirkten nur mit sich allein beschäftigt, niemand schien die Fremde, die sich vorsichtig Schritt für Schritt in dem ihr unbekannten Raum bewegte, wahrzunehmen.

Unsicher blickte sich Anna um. Tische, die eine lange Tafel bildeten, waren üppig mit zahlreichen Speisen und Weinkaraffen gedeckt und mit Blumengebinden geschmückt. Alle hier schienen so glücklich und zufrieden – nur eine Person fiel ihr dabei auf. Einer wirkte so völlig anders.

Er saß noch einige Meter von ihr entfernt und hatte sie noch nicht entdeckt. Ein paar Stufen aufwärts, auf einem prächtigen thronähnlichen Stuhl aus dunklem Ebenholz und nachtblauem Samt, saß ein Mann, der jener Person sehr ähnelte, die sie vor geraumer Zeit in Gefangenschaft genommen hatte. Seine kinnlangen schwarzen Haare waren aus dem Gesicht nach hinten gekämmt. Es ließ das geheimnisvolle Graublau seiner Augen noch markanter leuchten. Er trug einen eleganten Gambeson, ebenfalls aus dunkelblauem Samt, der von unzähligen silbernen, glänzenden Sternen durchsetzt war. Ein Muster, das ihr mittlerweile vertraut war. Dazu eine dunkle Hose und schwarze Stiefel. Er hatte den Kopf leicht gesenkt, das Gesicht nachdenklich auf die Hände gestützt, abgewandt von seinen Gästen. Eine plötzliche starke Anziehungskraft und gleichzeitig der Wunsch, sich sofort fluchtartig wieder von ihm zu entfernen, ergriffen Anna. Gerade als die Furcht überhandnahm und sie sich umdrehte, griff eine Hand nach ihrem linken Arm und wirbelte sie herum, sodass sie Tristan direkt und sehr nah gegenüberstand. Anna stockte der Atem, sie wagte es nicht, den Kopf zu heben und nach oben zu blicken.

»Was um alles in der Welt macht Ihr hier? Wie kann so etwas sein?« Tristan stand so dicht vor Anna, dass sie förmlich spüren konnte, wie er vor Wut bebte. Noch immer hielt er sie mit einer Hand so fest, dass es schmerzte, noch immer schien der Rest der Gesellschaft nichts davon zu merken. War alles nur falsche Hoffnung von Eliah gewesen, dass die anderen Gäste Tristan daran hindern würden, ihr etwas anzutun? Sie waren ja alle so mit sich selbst beschäftigt, dass sie auch jetzt, wo Anna mitten im Ballsaal stand und Tristan sie anschrie, nichts bemerkten. Oder reagierten sie einfach nicht? Obwohl sie sehr wohl sahen, was geschah?

Annas Knie zitterten. Ihr Herz schlug so stark, dass sie glaubte, es könnte die Musik übertönen. Langsam hob sie den Kopf und blickte Tristan offen ins Gesicht.

Da war es wieder. Genau das gleiche Gefühl, das sie schon bei ihrem ersten Kontakt mit Tristan empfunden hatte. Das, was sie sah, rein äußerlich, diese Stärke und Kälte, das war nur Fassade. Sie konnte für einen kurzen Augenblick alles wahrnehmen. Sie blickte tiefer, direkt in sein Herz. Sie nahm die Liebe wahr, die dort einmal existiert hatte, die Hoffnung und den endlos großen Schmerz, den er erlebt haben musste. Beinahe hypnotisiert verharrten beide, nur kurz, dann ergriff die Verbitterung und Resignation Besitz von ihm und ließ seinen Schutzschild wieder auffahren.

Es war das Funkeln in seinen Augen, das sie derart fesselte, aus ihrer Angststarre löste und wieder denken ließ. Woher rührte es? War es die blanke Wut oder vielleicht doch Tränen, die sich sammelten und den Weg nach außen nicht fanden, weil er es ihnen nicht erlaubte? Dieser stattliche und wehrhafte Mann, würde er es zulassen zu weinen?

Tristan schien zu merken, dass sich Anna nicht gänzlich von ihm einschüchtern ließ. Mit offenem Mund starrte er sie an und Anna glaubte, in seinem Gesicht zu lesen, dass er nach Fassung rang. Vermutlich konnte er nicht nur Angst und Respekt bei Anna auslösen, auch sie schien ihn, schutz- und wehrlos wie sie vor ihm stand, kurzfristig zu sänftigen.

»Kommt mit!«, befahl er und löste den harten Griff um ihr Handgelenk. Er führte sie durch die Menge der Tanzenden, indem er sie zügig und zielsicher vor sich hertrieb. Zwei Wachen öffneten ihm eine weitere Tür am entgegengesetzten Ende des Saals. Tristan schob sie hindurch und schloss diese sofort hinter sich. Nun waren sie völlig allein. Anna erschauerte für einen kurzen Moment, als ihr das bewusst wurde. Ihr Plan hatte nicht funktioniert. Nun war sie ihm völlig ausgeliefert. Wie ein wilde verletzte Raubkatze lief Tristan im Kreis um sie herum. Den Blick immer auf Anna gerichtet musterte er das Gewand, das sie trug.

»Wie seid Ihr an dieses Kleid gekommen? Wie könnt Ihr nur wagen, es zu tragen, es gehört Euch nicht!«

Anna war erstaunt, dass er sie mit »Ihr« ansprach, anscheinend war das die Sprache, die man an seinem Hofe benutzte. Es wirkte, als ob er trotz allem bemüht war, den richtigen Ton zu finden und sich nicht nur als kaltes, abweisendes Scheusal zu zeigen. Sie entschied, sich dem anzupassen und in gleicher Form zu antworten.

»Es tut mir leid, aber es war der einzige Weg, um zu Euch zu gelangen und von Euch gesehen zu werden. Bitte hört mich an, wir sind in großer Not, wenn Ihr Sofie und mich noch länger gefangen haltet. Bitte gebt mir eine Chance, Euch alles zu erklären!«, flehte Anna und ging ein paar Schritte auf Tristan zu.

»Meint Ihr nicht, ich kann nicht ahnen, warum Ihr hierher an diesen Ort gekommen seid?«, herrschte er sie an und kam Anna bedrohlich nahe.

Diese wich keinen Meter zurück, auch wenn sie den Impuls verspürte zu fliehen, sie wollte Tristan gegenüber nicht ängstlich und zerbrechlich wirken. Er sollte sehen, dass sie es ernst meinte mit ihrem Anliegen.

Blanke Wut flackerte in seinen Augen auf. »Ihr seid auf der Reise in das Land des ewigen Eises, um Eure Erinnerung wiederzufinden, die unter den Eismassen begraben liegt! Wie konntet Ihr Eure Träume nur vergessen?«, schrie er sie an. »Ihr habt damit so viele Lebewesen des Traumlandes in Gefahr gebracht! Nicht nur Euch selbst, sondern alles, was jemals mit Euch in Kontakt gekommen ist, ist dem Tod geweiht, weil Ihr vergessen habt, wer Ihr seid, was Euch wirklich wichtig war, wofür Ihr lebt!«

Anna hatte Mühe, sich zu beruhigen und regelmäßig zu atmen, trotzdem wagte sie es, Tristan zu unterbrechen. »Und warum berührt Euch das so sehr?«

Er zuckte zusammen, es schien, als müsste er sich für den Bruchteil einer Sekunde sammeln, dann senkte er den Blick und sein ganzer Körper verlor an Spannung.

»Weil ich schon mehrmals Zeuge davon war, wie Menschen in unser Land kamen und die Suche zu früh aufgaben ...«, antwortete er nun etwas gefasster. Er wich ein Stück zurück, ging ein paar Schritte auf ein Fenster zu und sah nach draußen. Anna blieb in der Mitte des Raumes stehen, den Blick fest auf Tristan gerichtet.

Sie versuchte ihre Aufregung nicht zu zeigen, ehe sie vorsichtig die nächste Frage stellte. »Und einer dieser Personen, die hier auf ihrer Reise durch das Traumland vorbeikamen, auf der Suche nach ihrer Erinnerung, einer von ihnen sollte dieses Kleid gehören, das ich trage?«

Tristan drehte sich blitzschnell zu Anna um. Für einen Augenblick schien er nach der richtigen Antwort zu suchen.

Anna überwand ihre Angst und ging erneut auf ihn zu. Kurz glaubte sie, Furcht in seinen Augen zu sehen. Konnte ihn diese Frage so ängstigen? Was löste sie damit aus? Sie musste es wagen und diesen Weg weitergehen, sie musste herausfinden, was mit Tristan geschehen war, nur so hatte sie vielleicht eine Chance.

Tristan schwieg noch immer, den Blick nach draußen auf den Horizont gerichtet. »Ja, eine junge Frau fand vor langer Zeit den Weg zu diesem Ort. Sie wollte nur für kurze Zeit bleiben und weiterreisen, um die Wahrheit über sich herauszufinden.« Tristan machte eine Pause, seine erst so hart klingende, dunkle Stimme wirkte weicher und sanfter. Die Wut, die Anna bis eben noch wahrgenommen hatte, wich wieder einer tiefen Traurigkeit, die sie bereits beim ersten Aufeinandertreffen bei ihm bemerkt hatte.

»Und was ist dann geschehen?«, fragte sie behutsam

»Sie entschloss sich zu bleiben, sie wollte nicht mehr weiterziehen ...«, antwortete Tristan ernst.

»Wieso denn? Sie war doch ihrem Ziel schon so nahe? Habt Ihr sie auch so eingesperrt wie Sofie und mich?«

»Was sagt Ihr da?« Mit einem Mal bebte Tristan wieder

vor Wut. Er packte Anna an beiden Unterarmen und schüttelte sie. »Was nehmt Ihr Euch heraus, so über mich zu urteilen? Ihr habt ja keine Ahnung, wovon Ihr sprecht!«

»Dann erklärt es mir doch!«, schrie Anna zurück. Sie ließ sich nicht mehr einschüchtern. Seit sie die verletzliche Seite in Tristan erkannt hatte, wusste sie, dass sie einen Zugang zu ihm gefunden hatte. Im Gegenteil, sie konnte förmlich spüren, wie sie immer mehr Mut fasste und ihre ursprüngliche Angst wich.

Erneut stellte sie die Frage: »Warum ist diese Frau nicht gegangen, was ist passiert?«

Keine Reaktion.

Tristan starrte durch Anna hindurch, in seinem Blick lag eine unbeschreibliche Leere.

»Tristan?« Sie begann ihn zu rütteln, nachdem er in eine Art Starre gefallen war.

Nach einem weiteren Moment unerträglicher Stille flüsterte Tristan die Antwort. Sie war so leise, dass Anna sie kaum hören konnte. »Weil sie mich geliebt hat ... weil wir uns geliebt haben ... war sie schließlich der Verlorenheit ausgeliefert. Sie starb in meinen Armen.«

Plötzlich war nichts mehr von Tristans Härte und Kälte zu spüren. Niedergeschlagen sank er auf eine Bank unterhalb des Fensters, das Gesicht in beide Hände vergraben, als wollte er etwas vor Anna verstecken.

Sie nahm schweigend neben ihm Platz. Verwundert über sich selbst spürte sie einen inneren Impuls, Tristan zu trösten, wagte es aber nicht, diesem zu folgen.

»Und dabei hatte alles so wunderbar angefangen«, begann er abermals zu erzählen. »Wir dachten einfach, wir hätten noch mehr gemeinsame Zeit, ehe sie aufbrechen musste, um ihre Träume wiederzufinden. Je länger sie in meiner Festung verweilte, umso sicherer wurde sie, dass ich ein Teil ihrer Träume war. Ich versuchte sie zu ermuntern, trotzdem loszuziehen und sich unabhängig von mir zu vergewissern, ob das die Wahrheit war ...« Tristans Stimme wurde brüchig und Anna bemerkte, wie er mit den aufkommenden Tränen kämpfte. »Wir einigten uns auf eine große Abschiedszeremonie, vor dem Tag ihres Aufbruchs. Diese sollte uns für immer vereinen, egal was kommen mochte. Wir würden immer wieder zueinanderfinden, auch wenn der andere meilenweit entfernt wäre.«

»Und zu der Zeremonie sollte sie dieses Kleid tragen?«, fragte Anna.

Tristan nickte, ehe er sich die Tränen aus dem Gesicht wischte und ihr erstmals wieder direkt in die Augen sah. Anna konnte diesem Blick nicht ausweichen. Im Gegensatz zu vorher war von seiner Härte nichts mehr zu sehen, er wirkte so weich und warmherzig. Gerade in diesem Moment ließ er zu, dass Anna mitten in sein Herz, in seine Seele blickte. Gleichzeitig bemerkte sie, dass er diese Gabe auch besaß, er konnte ebenfalls in ihr lesen wie in einem offenen Buch. Anna verspürte nicht den Drang, etwas zu verstecken. Jedoch bemerkte sie, dass nicht nur mit Tristan etwas geschah, sondern sich auch etwas in ihr bewegte. Sie spürte tiefe Gefühle der Zuneigung und erschrak im gleichen Augenblick über sich selbst. Wie konnte das sein? Durfte das sein? Sie war sich doch so sicher, dass sie Wintanso über alles liebte. Er war ihre große Sehnsucht, einzigartig, liebevoll, sanft und stark zugleich. Wie konnte es sein, dass sich in ihr diese Gefühle regten?

»Anna?«, rief Tristan schließlich, als er bemerkte, dass nun sie es war, die um Fassung rang.

Sein zuerst grober Griff an ihren Armen hatte sich gelockert und er blickte sie nun etwas verlegen, beinahe entschuldigend an. Da huschte ein Lächeln über seine Lippen und das trübe Blaugrau seiner Augen begann ein wenig zu strahlen.

Anna war davon hypnotisiert. Wie konnte es sein, dass nur wenige Minuten ausreichten, um so viele verschiedene Facetten an Tristan kennenzulernen? Wer war er nun wirklich?

Erneut lächelte er sie freundlich an, er schien sogar besorgt darüber, dass sie immer noch die Sprache verloren hatte.

»Es tut mir sehr leid, was geschehen ist«, sagte sie leise. »Ich kann mir vorstellen, wie schlimm es für Euch gewesen sein muss, den Menschen, den Ihr am meisten geliebt habt, zu verlieren.«

»Das war noch nicht alles«, holte Tristan aus. »Es gibt noch eine weitere Person, die ich verloren habe, ich weiß nicht, was schlimmer wiegt. Es ist unfassbar, dass es geschehen ist.«

»Von wem sprecht Ihr?«, fragte Anna erstaunt, dass die tragische Geschichte, die ihr Tristan erzählt hatte, noch nicht zu Ende war.

»Wir hatten eine Tochter, sie war erst drei Jahre alt, als ihre Mutter starb. Damals war sie von einem Tag auf den anderen verschwunden. Es war vorhersehbar, aber wir wollten die Bedrohung nicht wahrhaben. Sie ist für immer und ewig in das Land des ewigen Eises verbannt. Ich werde sie nie wiedersehen ...«, brach es aus Tristan heraus. »Ich werde sie nie wieder in den Armen halten können, über ihr weiches Haar streichen, sie trösten, wenn sie gefallen ist ...«

Anna war überwältigt von so viel Gefühl. Ohne noch einmal zu überlegen und zutiefst berührt, ging sie auf den weinenden Tristan zu und legte tröstend die Hand auf seine Schulter. Dieser ergriff sie, dieses Mal sanft, und zog Anna nah an sich heran, sodass sich beide tief in die Augen sahen. Ergriffen von seiner Verletzlichkeit legte Anna ihm beruhigend eine Hand in den Nacken, sodass er sein weinendes Gesicht in ihrer Schulter vergraben konnte.

Die Zeit schien für einen Augenblick stillzustehen. Es dauerte eine Weile, bis Tristan seine Gefühle wieder unter Kontrolle hatte und sich aus der Umarmung löste. Seine unerwartete Offenbarung gegenüber Anna und dass er ihr auf diese Weise sehr nahe gekommen war, schien ihm nicht unangenehm zu sein. Auch Anna bemerkte erneut mit etwas Verwunderung über sich selbst, dass sie seine Nähe genoss und ein Verlangen nach mehr verspürte.

»Wie heißt deine Tochter?«, erkundigte sie sich und verzichtete bewusst auf die vornehme, distanzwahrende Ihr-Form.

»Elisa«, antwortete Tristan und erneut spielte für einen Augenblick ein sanftes Lächeln um seine Mundwinkel.

»Und wem gehört dein Herz, Anna?«, frage er neugierig.

Anna zuckte bei dieser so direkten und offenen Frage leicht zusammen. Er hatte also wirklich in ihr lesen können. Wenn das so war, dann konnte er auch jetzt wahrnehmen, wie stark er in ihr Gefühle auslöste, wie stark sie das verunsicherte.

»Wintanso. Ich bin ihm im Meer der tausend Blüten begegnet. Als ich beinahe ertrunken wäre, hat er mich gerettet und zu seinem Volk gebracht. Ich ... Ich liebe ihn ...«

»Und was ist passiert, warum ist er nicht an deiner Seite?«, fragte Tristan mitfühlend.

»Er ist auch an der Verlorenheit erkrankt, ins Meer gestürzt und laut Quantana, die ich im Muschelturm besuchte, ist er im Land des ewigen Eises gefangen. Er kann dort eine Weile überleben, bis ich komme und ihn befreie. Das heißt, wenn ich es rechtzeitig schaffe. Du musst wissen, dass auch Wintanso auf der Suche nach seinen Wurzeln ist. Sein Vater war ein Mensch, der sich in eine Indianerin aus dem Volk der roten Wüste verliebte. Deshalb ist auch er von dem gleichen Schicksal betroffen.«

Tristan nickte. »So haben wir doch Ähnliches erlitten.«

»Ja, das stimmt. Das heißt aber auch, dass deine Tochter vielleicht noch gerettet werden kann.«

Tristan schwieg einen kurzen Augenblick. Er kämpfte erneut mit aufkommenden Tränen. »Da magst du recht haben, aber ich kann sie nicht befreien, es muss ein Mensch von der Erde sein.«

»Und warum hältst du uns dann gefangen? Wir könnten schon längst dort sein?!«, fragte Anna verwundert.

»Ha!«, rief Tristan wieder etwas lauter und sein Tonfall wurde härter. Anna konnte beobachten, wie alle Weichheit aus seinem Gesicht wich und die kühle Fassade wieder die Oberhand gewann.

»Anna, das hat einen Sinn!«

»Und was für einen?«, fragte sie ungeduldig. Sie konnte einfach nicht verstehen, was Tristan damit bezweckte.

»Um dir das zu verraten, müsste ich mich dir noch mehr öffnen. Das will und kann ich nicht.«

»Was soll das heißen?«

»Na ja, wie lange kenne ich dich schon, kann ich dir wirklich vertrauen?«

»Wovor hast du denn Angst?«

Tristan schwieg, er schien mit sich einen inneren Kampf auszufechten. Konnte er es wirklich wagen, ihr die Hintergründe anzuvertrauen?

»Ich habe keine Angst, ich weiß nur nicht, ob du damit umgehen kannst.«

»Ich halte es aus, ich habe schon so einiges in diesem Land erlebt, glaube mir, so schnell haut mich nichts mehr um, und ich wüsste nicht, wie ich diese neue Information gegen dich verwenden sollte.«

»Nun, du willst es nicht anders und wahrscheinlich ist es unumgänglich. Ich habe dich und Sofie gleich wegsperren lassen, nachdem wir im Innenhof aufeinander getroffen sind und wir uns das erste Mal begegneten, weil ...« Tristan stockte.

»Bitte sprich zu Ende! Was meinst du?«, bat Anna.

»Na ja, du hattest etwas in deinem Blick ... Es war wie damals, als diese andere junge Frau zu uns kam, sie hatte große Ähnlichkeit mit dir. Verstehst du jetzt, warum ich so handeln musste?«

»Nein, verstehe ich nicht«, antwortete Anna leicht trotzig, auch wenn sie bereits erahnen konnte, was er ihr gleich offenbaren würde; sie wollte es direkt von ihm hören.

Tristan seufzte. »Anna, wenn du es unbedingt wissen willst: Ich hatte die große Befürchtung, mich erneut zu verlieben und damit wieder das gleiche Schicksal zu erleiden, aber auch deines und das deiner Freundin negativ zu beeinträchtigen. Ich dachte, fürs Erste wäre es gut, wir würden auf gar keinen Fall aufeinandertreffen. Später wollte ich euch dann wieder ziehen lassen, aber möglichst so, dass wir keine Möglichkeit haben, einander näher kennenzulernen.«

Anna stockte der Atem, ihr ganzer Körper zitterte und sie wusste nicht, ob sie weglaufen sollte oder geradewegs auf Tristan zu. Doch bevor sie überhaupt handeln konnte, stand er an ihrer Seite, drehte sie vorsichtig zu sich heran, nahm ihr Gesicht behutsam in seine Hände und küsste sie sanft. Für einen kurzen Augenblick schien Anna willenlos, ganz und gar Tristan zugewandt, doch plötzlich und mit einem energischen Schrei riss sie sich von ihm los.

»Was soll das?«, brüllte sie ihn an.

Tristan blickte ihr mit gewissem Stolz und einem leichten Lächeln in die Augen.

»Du weißt doch, dass ich das nicht kann, nicht will! Ich liebe Wintanso!«

Mit diesen Worten drehte sich Anna abrupt um und ging auf die große Flügeltür zu. Doch bevor sie sie erreichte, stand bereits Tristan vor ihr und versperrte ihr den Weg, seine Hände griffen nach ihren und begannen sie zärtlich zu streicheln. Anna sah ihn durchdringend an, ihre Augen funkelten vor Zorn.

»Das glaubst du vielleicht, Anna, aber es ist nicht die Wahrheit!«, sagte Tristan mit ruhigem, besänftigendem Ton. Anna bemerkte sogleich, wie ihre Aggression wich und sich dieses seltsame Kribbeln in ihrer Bauchgegend bemerkbar machte.

»Was soll das heißen? Was meinst du damit, Tristan?«

»Der Kuss gerade, du hast ihn erwidert und warst mir für diesen einen Moment so nah, Anna!«

»Nein! Lass das, ich verstehe das alles selbst nicht!«, antwortete Anna und versuchte die aufkommenden Tränen zurückzuhalten. »Du bringst mich völlig durcheinander!«

»Ja, ich weiß, es ist genauso, wie ich es befürchtet habe. Ich kann nicht anders, Anna, du faszinierst mich, die Liebe, die du ausstrahlst, zieht mich an wie ein Magnet ...«

Anna schüttelte heftig den Kopf und entriss sich entschlossen Tristans Händen. »Was sagst du denn da? Willst du, dass ich und Sofie bald sterben?«, fragte sie beinahe panisch. »Willst du das wirklich?« Doch bevor Tristan antworten konnte, klopfte es laut und durchdringend an der hölzernen Tür. Es war Eliah, er musste gerannt sein, atemlos und mit besorgtem Blick betrat er den Raum und ging auf Tristan zu. Anna nutzte den Moment, um ein bisschen

Abstand von Tristan zu bekommen, und setzte sich auf die steinerne Bank unter dem großen Fenster.

»Bruder, warum wagst du es, mich zu stören?!«

»Ich bin gekommen, um euch dringliche Dinge zu berichten!«

Tristan nickte zögernd und setzte sich zu Anna auf die Bank. »Dann sag, was ist so wichtig, dass du unser Gespräch hier unterbrichst?«

»Es geht um Sofie, ich mache mir große Sorgen, ihr Zustand ist sehr ernst, sie schläft nun fast nur noch und ist kaum mehr ansprechbar.«

Anna schreckte hoch, bestürzt über diese Nachricht. Schuldgefühle stiegen in ihr auf. Anstatt nach einer Lösung zu suchen, war sie hier und küsste Tristan. Was war nur mit ihr geschehen? Ihre Gefühle und körperlichen Reaktionen waren ihr so fremd, so neu für sie.

Tristan, der nicht nur in ihr Herz sehen konnte, sondern wohl auch ihre Gedanken erfasste, legte ihr behutsam eine Hand auf die Schulter. »Das ist wirklich sehr bedauerlich, ich werde alles, was in meiner Macht steht, tun, um Sofie zu helfen. Lasst uns gemeinsam überlegen, was gegen diese tückische Krankheit der Verlorenheit helfen kann.«

Beide, sowohl Eliah als auch Anna, blickten Tristan überrascht und hoffnungsvoll an.

»Ich dachte, nur die Reise in das Land des ewigen Eises kann uns retten?«, fragte Anna verblüfft.

»Ja, das stimmt auch«, antwortete Tristan, »doch es heißt in den jahrtausendealten Überlieferungen, dass es eine Art Medizin geben soll, die die Krankheit zwar nicht als Ganzes heilt, aber ihre Symptome lindern und erträglicher machen kann.«

»Das heißt dann, lieber Bruder, bitte verbessere mich, wenn ich es falsch verstanden habe: Anna und Sofie könnten wertvolle Zeit gewinnen, um es doch noch zu ihren vergessenen Träumen zu schaffen?«, fragte Eliah.

Tristan nickte ernst. »Nur wir wissen weder, was es genau sein soll, noch haben wir die Rezeptur oder jemals damit Erfahrungen gemacht. Wir haben schon einmal danach gesucht und leider nichts gefunden.

»Was weißt du denn aus den Überlieferungen?«, fragte Anna nervös. Sie spürte, wie Hoffnung und Angst in ihr einen Kampf ausfochten.

»Man sagt, es gebe sie nur an einem einzigen Ort im Traumland. Tief in einem verzauberten Wald soll ein weiser alter Mann leben, der dort immer wieder von den Reisenden besucht wird. Er soll eine besondere Gabe haben und den Menschen, die auf der Suche nach ihrer Wahrheit sind, Mut und Kraft geben. Dabei kann er wohl genau erspüren, was der betreffenden Person fehlt, was sie bekümmert und welche Last sie mit sich trägt. Die Reisenden verweilen kurz bei ihm und begeben sich wieder frisch und gestärkt auf die Suche.«

Anna überlegte fieberhaft, irgendwie hatte sie das Gefühl, das alles bereits zu kennen, es kam ihr seltsam vertraut vor.

»Du sagst, ein alter, weiser Mann kann helfen?«, stutzte Anna und im gleichen Augenblick schlugen ihre Gedanken eine Brücke zu einem noch nicht lange zurückliegenden wunderschönen Ereignis.

Tristan und Eliah blickten Anna überrascht an.

»Kannst du damit etwas anfangen?«, fragte Tristan und musterte Anna aufmerksam, die für einen Augenblick noch in ihren inneren Dialog verstrickt war, ehe sie reagierte.

»Kann es sein, dass ich ihm bereits begegnet bin?«, erwiderte sie beinahe atemlos. Ihr Herz begann vor Aufregung schneller zu schlagen.

»Erzähl, Anna, was weißt du?«, bat sie Tristan daraufhin nicht geringer bewegt.

»Auf unserer Reise zu euch sind wir vorher an einer kleinen Blockhütte in einem wunderschönen hellgrünen Mischwald vorbeigekommen. Dort stand ein älterer Mann, er schien auf uns zu warten, und zu meiner größten Überraschung und Freude stellte ich fest, dass ich ihn kannte und schon so lange vermisste.«

»Wen hast du vermisst, Anna?«, erkundigte sich Eliah neugierig.

»Na ja, das klingt vielleicht ein bisschen seltsam, aber es war mein Großvater, nach dem ich mich so sehr sehnte, er starb vor nicht langer Zeit ziemlich schnell und unerwartet.«

»Du hast deinen Großvater getroffen?«, unterbrach Tristan Anna und in seinem Blick lag Skepsis und Verwirrung.

»Ja, das habe ich!«, antwortete Anna etwas trotzig.

»Das ist ja phantastisch«, rief Eliah freudig. »Das passt doch genau zu der jahrtausendealten Überlieferung! Anna hat genau das bekommen, was sie so sehnlichst brauchte: eine Begegnung mit ihrem Großvater. Sie hat dadurch wieder neue Kraft und Energie geschöpft! Der alte, weise Mann hat dies gewusst und ist in die Rolle deines Großvaters geschlüpft.«

Jetzt war es Anna, die verwirrt Eliah anstarrte. »Das heißt, es war gar nicht echt?« Tränen standen in ihren Augen. War dieser wunderbare, einzigartige Moment, in dem sie ihrem geliebten Großvater wieder so nahe gewesen war, alles nur eine Illusion gewesen?«

»Nein und ja, Anna!«, antwortete Eliah. »Dein Großvater war wirklich für diesen Augenblick bei dir. Damit es aber geschehen konnte, musste dieser alte, weise Mann es möglich machen. Du bist nicht betrogen worden. Bei einer anderen Person wäre wahrscheinlich etwas anderes geschehen. Verstehst du?«

Anna nickte, langsam wurde sie sich der Tragweite bewusst. Sie versuchte sich an alles genauer zu erinnern. An das Buch, die Sätze, die dort verfasst waren. Er hatte sie noch auf etwas Wichtiges hingewiesen. Plötzlich erschrak sie, konnte es so einfach sein? Sie war nun sicher zu wissen, woraus die Medizin bestand.

»Was ist?«, fragte Tristan besorgt. »Kannst du dich noch an etwas anderes erinnern?«

»Ja, ich glaube, ich weiß, was die Medizin ist!«, rief sie aufgeregt. »Mein Großvater wies mich und Sofie auf eine Quelle in der Nähe seiner Hütte hin. Dort standen acht Gefäße, wir sollten sie mit dem Wasser für unsere weitere Reise füllen. Sie seien sehr wichtig und wir würden zum richtigen Zeitpunkt wissen, wofür wir sie benötigten. Wir folgten der Anweisung und füllten die Gefäße mit dem Quellwasser, nachdem wir davon getrunken hatten und uns daraufhin stärker und mutiger fühlten.«

»Wo sind diese Gefäße jetzt?«, unterbrach Eliah Anna.

»Sie hat sie mit hierhergebracht«, antwortete Tristan, noch bevor Anna reagieren konnte. »Ich erinnere mich, als ich dich und Sofie im Innenhof in Gefangenschaft nahm, dass ihr diese an den Taschen eurer Einhörner befestigt hattet.«

Anna nickte zustimmend. »Und wo sind sie jetzt?«, fragte sie besorgt darüber, dass diese durch Tristans Männer zerstört oder vernichtet worden waren.

Auch Eliah schien den gleichen Gedanken zu haben. Beide richteten angespannt den Blick auf Tristan.

Der sprang von seinem Platz neben Anna auf und lief in Richtung Tür. »Kommt mit, wir haben keine Zeit zu verlieren, meine Wachen haben eure Einhörner mit allem, was euch gehörte, sichergestellt. Ich weiß, dass die Gefäße im Stall aufbewahrt werden. Wir können nur hoffen, dass meine Leute nicht dachten, das sei Wasser für die Einhörner ...«

»Oh nein! Dann wäre alles verloren«, schrie Anna auf und lief zusammen mit Eliah und Tristan aus dem Raum.

Es dauerte eine halbe Ewigkeit, bis sie über zahllose Treppen, Zimmer und Innenhöfe den Stall der Festung erreicht hatten. Ganz hinten in einer großen Box standen ihre beiden treuen Gefährten. Anna rannte voller Freude auf sie zu und streichelte ihren Hals zur Begrüßung. Beide Einhörner drückten die Köpfe sanft gegen Annas Körper, und für einen kurzen Augenblick hatte sie das wohlige Gefühl, gestützt zu werden.

»Oh Herr, es ist gut, dass Ihr kommt!«, sagte ein Stallbursche, der gerade zu ihnen lief. Tristan blickte ihn streng und erwartungsvoll an.

»Später! Wir haben Wichtigeres zu tun, wir suchen die Gefäße, die an beiden Einhörnern befestigt waren.«

Der Bedienstete zuckte erschrocken zusammen und konnte Tristans Blick nicht standhalten. »Das ist ja genau das, was ich Euch berichten möchte. Wir dachten, es sei Wasser für die beiden Einhörner, und deshalb füllten wir es in diese Tränke hier. Da die Tiere sehr unruhig waren und mit den Hufen nach uns traten, haben wir nur sehr selten in ihre Box gesehen. Die Menge des Wassers, die wir ihnen gegeben hatten, war für mehrere Tage ausreichend. Futter hatten sie ebenfalls. Erst heute ist uns aufgefallen, dass sie kaum etwas davon zu sich genommen haben und sehr entkräftet sind.«

Entsetzt und zugleich besorgt über den Zustand ihrer beiden Freunde musterte Anna sie eingehend, und ja, sie wirkten gebrechlicher, als sie sie je gesehen hatte. Der Glanz ihrer Augen war verschwunden und sie traten unruhig von einem Huf auf den anderen.

»Ihr Narren!«, schrie Tristan und bebte vor Wut.

Eliah hob beschwichtigend die Hand und trat zwischen den Stallburschen und seinen Bruder. »Ist noch etwas übrig von den acht Gefäßen?«, fragte er stattdessen und bemerkte beim Blick in die Tränke, dass in dieser nur noch wenig Wasser vorhanden war und viel verdunstet sein musste.

Der Bedienstete nickte und zeigte auf ein Regal am Ende des Stalls. Wir haben hier noch vier Stück. Da die Einhörner nur sehr wenig davon tranken, schlossen wir, dass dieses Wasser ihnen wohl nicht schmeckt und ...«

»Sie haben nur so wenig wie nötig davon angerührt, weil sie genau wussten, dass es für mich und Sofie bestimmt war! Mit ihrem Verhalten wollten sie darauf aufmerksam machen! Um ihren Durst nicht noch zu verstärken, haben sie vermutlich auch das Futter nicht angerührt!«, unterbrach ihn Anna und warf Tristan einen ernsten Blick zu. »Sparsam damit umzugehen, war die einzige Möglichkeit, wie sie euch zeigen konnten, dass es etwas ganz Besonderes ist. Dieses Wasser ist unsere Medizin, die wir so dringend benötigen!«

Kaum ausgesprochen, lief Anna aus der Box den Gang entlang zu dem Regal. Dort fand sie noch vier volle Gefäße. Tristan und Eliah folgten ihr und trugen die schweren gläsernen Flaschen. Anna drückte noch einmal zärtlich ihre beiden Weggefährten. »Danke, dass ihr das gemacht habt, das Wasser, das ihr nun hier bekommt, dürft ihr trinken!«

»Ja«, erwiderte Tristan, der Anna gefolgt war und seinem Stallburschen die strenge Anweisung gab, den beiden Einhörnern zusätzlich ein spezielles Kraftfutter in den Trog zu geben, damit sie sich so schnell wie möglich erholen konnten.

Kurz darauf half Eliah Anna, die stark geschwächte Sofie, die phasenweise aus ihrer Bewusstlosigkeit erwachte, in ihrem Bett aufzurichten, um ihr schlückchenweise das Quellwasser einzuflößen. Aus den Augenwinkeln konnte Anna Tristan sehen, wie er befangen im Türrahmen stehen blieb. Er wirkte besorgt und beobachtete, wie liebevoll und behutsam, aber auch unaufhaltsam und geduldig Anna ihrer Freundin zusprach und versuchte, sie aus ihrem tiefen Schlaf zu wecken. Es mochten Stunden vergangen sein, in denen Anna zwischen Hoffnung und Angst schwebte, Sofie für immer verloren zu haben, bis sie, nach einem leichten Zucken der Augenlider, diese öffnete und sie erstaunt ansah.

Sofort sprach Anna wieder unentwegt auf ihre Freundin ein und begann ihr mit warmem Wasser und einem weichen Tuch vorsichtig das Gesicht zu waschen.

»Sofie, bitte versuche noch einmal, deine Augen zu öffnen! Ich brauche dich! Dein Leben findet hier statt und nicht in der Welt der Schattenwesen ... Ich bin bei dir und muss dir so vieles erzählen! Wir können es schaffen, es wird alles gut!«

Kurze Zeit später kehrte Sofie ganz allmählich aus ihrer Bewusstlosigkeit zurück und konnte Annas Anweisungen, einen Becher Quellwasser zu trinken, nachkommen. Ihr blasses Gesicht nahm allmählich eine zarte rosa Färbung an. Sie konnte sich selbst im Bett aufrichten und Annas Erzählungen über all das, was seit ihrer Erkrankung geschehen war, folgen. Für den Moment schien Sofies Zustand deutlich gebessert, jedoch war sie noch sehr müde und fiel rasch in einen leichten Schlaf.

Kapitel 32 – Sehnsucht

Die Sonne stand schon tief am Himmel und tauchte den dunkelblauen See und die schneebedeckten Berge in ein funkelndes goldgelbes Licht. Eliah hatte das Zimmer verlassen, um eine warme Suppe für Sofie zu holen. Anna ließ den Blick über den Horizont schweifen und Tristan, der ihr gefolgt war, stand dicht hinter ihr.

»Sie wird wieder gesund, ich bin mir sicher«, flüsterte er leise, und mit jedem Wort konnte Anna seinen Atem in ihrem Nacken spüren. Für ihren Geschmack war er ihr zu nah gekommen, und sogleich vernahm sie die widersprüchlichen Gefühle von einer starken, verlangenden Sehnsucht nach ihm und quälenden Gewissensbissen. Abrupt drehte sie sich zu ihm um und versuchte sich von diesem inneren Kampf nichts anmerken zu lassen.

»Ich hoffe, du hast recht!«, antwortete sie, bemüht, seinem prüfenden Blick standzuhalten.

Es folgte ein Moment der Stille, der für Anna unerträglich war. Tristan versuchte noch immer mit seinen Blicken in ihr Innerstes zu sehen und Anna bemühte sich, ihre Gefühlswelt vor ihm zu verbergen. Als hätte er auch das erkannt, atmete Tristan seufzend aus und wich von Anna ein, zwei Schritte zurück.

»Keine Angst, Anna, ich werde dich nicht wieder anrühren. Ich möchte dir nicht schaden ... du sollst deine Erinnerung wiederfinden und glücklich mit Wintanso werden ...«

Anna bemerkte, wie schwer ihm gerade der letzte Satz gefallen war. Nicht nur sie hatte einen inneren Kampf mit sich auszufechten, sondern auch er. Es war ein seltsames, zugleich tröstendes Gefühl.

Sie nickte und bemerkte, wie ihr diese Äußerung Tristans einen kleinen Stich verpasste. Anscheinend war sie mit nichts zufriedenzustellen.

»Wie soll es jetzt weitergehen? Wann, glaubst du, kann ich mit Sofie aufbrechen?«

Tristan schüttelte betroffen den Kopf. »Ich fürchte, ihr verliert zu viel Zeit, wenn du darauf wartest, dass Sofie wieder ganz gesund ist. Womöglich befällt dich dann diese heimtückische Krankheit und sie müsste wiederum auf dich warten.«

»Du meinst also, verstehe ich dich richtig, dass ich mich ganz allein auf die Suche machen soll?«, unterbrach ihn Anna aufgewühlt.

Tristan nickte. »Es ist die einzige Möglichkeit, die du hast, wenn du den Wettlauf mit der Zeit gewinnen möchtest.«

Anna merkte, wie ihre Knie plötzlich nachgaben und sie kraftlos auf eines der großen Samtkissen sank. Tristan griff nach ihrem Arm und zog sie behutsam hoch, seine Hand in ihrem Rücken gab ihr Halt.

»Du schaffst das, Anna, wenn nicht du, dann niemand anderer. Die kurze Zeit, in der ich dich kennenlernen durfte, hat mir schon so vieles gezeigt, was in dir steckt. Womöglich bist du dir deiner Fähigkeiten gar nicht bewusst?«

»Tristan, was immer du damit meinst, ich bin mir nicht sicher, ob es ausreicht, um in dieses kalte, gefährliche Land zu reisen. Ich weiß ja nicht einmal, wo der Ort ist, an dem ich das finden kann, was dort verbannt und eingefroren auf mich wartet.«

»Alles, was du brauchst, ist deine unverwüstliche Entschlossenheit, diesen Weg, den du begonnen hast, zu Ende zu gehen. Vertraue deinen Gefühlen, deiner Wahrnehmung, sie werden dir den Weg weisen. Du wirst zur richtigen Zeit wissen, wohin du gehen musst. Höre auf die Stimme deines Herzens, sie ist immer da, nur manchmal sind wir mit anderen Dingen zu beschäftigt. Dann verschwenden wir unsere ganze Energie, anstatt unserer inneren Sehnsucht zu folgen.«

Sehnsucht, da war wieder dieses Wort, das erst seit Kurzem zu Annas Wortschatz, zu ihrer Gefühlswelt gehörte. Ja, sie hatte Sehnsucht. Sehnsucht danach, dass ihre Reise gut ausging, dass sie sich endlich wieder daran erinnern konnte, was ihr einst so wichtig gewesen war, dass es ihr Eintritt in das Traumland gegeben hatte.

Aber da war noch eine andere Art von Sehnsucht dazugekommen. Erstmals, als sie Wintanso gegenübergestanden hatte. Noch nie hatte sie so tief empfunden. Sie sehnte sich jeden Augenblick, in seinen Armen zu liegen, seine Berührung zu spüren und in seine warmen braunen Augen zu blicken. Aber das war längst nicht alles. Da war noch etwas Neues in ihr erwacht. Eine Sehnsucht, die sie nicht haben wollte, da sie im Widerspruch zu ihrer großen Liebe stand. Eine Seite in ihr, die sie zu kontrollieren und zu verdrängen versuchte. Doch je mehr sie sich bemühte, diese Empfindungen zu ignorieren, umso mehr Gefühle überrannten sie und ließen sie keinen klaren Gedanken mehr fassen. Tristan, er raubte ihr den Verstand.

Sie begann zu begreifen, dass nicht nur ihr Äußeres einer jungen Frau entsprach, sondern auch ihr Gefühlsleben deutlich mehr Facetten hatte, als ihr bisher bewusst gewesen war.

Minuten der endlos scheinenden Stille waren vergangen, in denen sich Anna und Tristan wortlos gegenüberstanden. Anna spürte es, dieser Augenblick entschied darüber, ob sie jemals weiterreisen würde, um nach ihren Träumen zu suchen. Ihre Blicke waren tief und unergründlich, sie konnten alles bedeuten, konnten ein Feuer entfachen – oder aber alles im Keim ersticken.

Für einen Moment hatte Anna das Gefühl, den Boden unter den Füßen zu verlieren, und alles um sie herum begann sich zu drehen. Sie schnappte nach Luft und wankte. Sofort stand Tristan hinter ihr und legte seinen Arm behutsam um sie. Es war nichts Aufdringliches, nichts Anmaßendes in seiner Geste, sondern genau die Hilfe, die Stütze, die Anna jetzt so dringend brauchte.

»Ich habe Angst«, flüsterte sie leise, jedoch laut genug, dass Tristan sie hören konnte. »Ganz allein da draußen ...« Ihr Blick schweifte über das schier unendlich lange weiße Gebirge des Landes des ewigen Eises.

»Oft ist es die Vorstellung von einer neuen Herausforderung, die uns Angst macht. Sie ist so undenkbar, so unerreichbar für uns, dass wir uns in die Gefühle des Versagens hineinsteigern und es dadurch erst gar nicht versuchen. Besiege deine Angst und sie wird nicht mehr über dich herrschen, Anna! Ich weiß, dass du es kannst.«

»Hm, nur gut, dass du dir sicher bist, ich bin es nämlich gar nicht«, antwortete Anna ernst und geriet bereits erneut innerlich in Konflikt, weil sie sich unbewusst in Tristans Arm geschmiegt hatte und sich dabei sehr wohl fühlte.

Noch einmal atmete Anna tief durch, ehe sie wieder eine aufrechtere Haltung annahm und Tristan durchdringend anblickte. »Okay, ich werde es versuchen, ziehe allein los und zeig es diesem eiskalten Land da draußen! Es sind zwar schon viele daran zerbrochen, aber ich werde es nicht zulassen, dass das Gleiche mit mir und meiner Freundin Sofie geschieht. Allein für sie muss ich es wagen, für Wintanso und all die Wesen, die wegen mir und meinen vergessenen Träumen dort in ewiger Verbannung auf mich warten ... und für Elisa, deine Tochter, für dich, Tristan, werde ich all meinen Mut oder das, was davon noch übrig ist, zusammennehmen und meinen Weg durch das ewige Eis suchen«, sprudelte es nur so aus Anna heraus. Sie war so damit beschäftigt, sich selbst gut zuzureden, dass sie nur am Rande bemerkte, wie ihr Tränen über die Wangen liefen und Tristan besorgt und liebevoll ihr Gesicht in beide Hände nahm und tröstend auf sie einredete.

»Bevor du gehst, musst du noch wissen, dass es nur zu einem ganz bestimmten Zeitpunkt möglich ist, in das Land des ewigen Eises zu reisen«, erklärte Tristan und führte Anna näher an das große runde Fenster. »Schau dich um, was siehst du?«

Anna blickte in alle möglichen Himmelsrichtungen, die sich ihr boten. Verunsichert von seiner Frage, da sie deren Sinn noch nicht verstand, antwortete sie zögerlich: »Ich sehe einen endlos großen, dunkelblauen See. Überall Wasser, im Osten wie im Westen. Im Norden, am Horizont, sehe ich ein Gebirge mit zahllosen weißen Gipfeln.«

»Genau, alle Wege dorthin beginnen hier von dieser Festung aus. Im Süden, wie du weißt, liegt der Wald, aus dem ihr beide gekommen seid.«

»Das heißt, ich muss über diesen See, ich brauche also ein Boot?«

»Na ja, nicht ganz. Du musst auf die andere Seite. Aber du wirst nur wirklich dort ankommen, wenn auch hier der Winter eingekehrt ist und der See komplett zugefroren ist.«

Anna schluckte. »Dann muss ich also über das Eis, das sich bilden wird, wenn es kalt genug ist?«

»Ja, sobald die nächste Vollmondnacht ist, wird der See in hoher Geschwindigkeit zufrieren. Aber erst, wenn die Nacht der weißen Hirsche gekommen ist, wirst du aufbrechen können, denn dann ist der richtige Zeitpunkt für den Beginn deiner weiteren Reise. Du wirst den Spuren der Hirsche folgen und dadurch heil über den großen See gelangen. Ihr Instinkt sagt ihnen, wo es sicher ist und wo nicht.«

»Und wann wird das sein?«, fragte Anna und bemerkte, wie die Vorstellung, nachts über einen zugefrorenen See zu laufen, ihr erneut Angst machte.

»In drei Tagen.«

»Schon in drei Tagen? Dann habe ich gar nicht mehr viel Zeit hier mit euch ... mit dir?«

Tristan nickte niedergeschlagen. »Ja, aber es wird reichen, um dir alles Nötige beizubringen, damit du es schaffen kannst. Vor allem musst du die Spuren der weißen Hirsche im Schnee lesen können. Es wird in den nächsten Stunden beginnen, immer stärker zu schneien. Du wirst lernen, dich zu orientieren und nicht zu erfrieren, wenn du eine Pause machen musst. Und du bist nicht ganz allein. Meine Wölfe, mit denen du schon Bekanntschaft gemacht hast, werden dich begleiten und einen Schlitten für dich ziehen. Sie werden dich weite Strecken tragen und vor Gefahren schützen ...«

Anna nickte. Wie sollte sie das nur in so kurzer Zeit schaffen? War es möglich, in drei Tagen zu lernen, wie man in der Kälte überlebte? Als könnte er ihre Gedanken lesen, lächelte Tristan ihr aufmunternd zu, ehe er sie zu dem großen Bett, in dem Sofie lag, führte.

»Du solltest dich jetzt ausruhen und schlafen. Morgen fangen wir damit an, dich, so gut es geht, vorzubereiten.«

Wortlos folgte Anna Tristans Aufforderungen und legte sich neben Sofie, zog die weiche, wärmende Decke hoch und fiel sofort in einen tiefen Erschöpfungsschlaf.

Kapitel 33 – Versuchung

Die nächsten drei Tage verliefen wie im Zeitraffer, sie waren für Anna mit zahlreichen Lektionen übersät, sodass sie kaum mehr Zeit zum Nachdenken hatte, worauf sie sich da eingelassen hatte. Es gab keinen Weg zurück.

Nicht weiterzugehen, hieße verlieren, hieße alles, was ihr jemals wichtig war, aufzugeben und im Stich zu lassen.

Die Verantwortung, die auf ihren Schultern lag, war schwer und beinahe unerträglich. Wie konnte sie, ein Mädchen, das über keinerlei besondere Begabungen oder Kräfte verfügte, so eine schwere Herausforderung bewältigen?

Eliah führte Anna von Aufgabe zu Aufgabe. Das Errichten eines Zeltes zum Schutz vor der durchdringenden Kälte, das Entzünden von Feuer und das Bereiten einfacher, aber kraftspendender Speisen hatte Anna nach kurzer Zeit begriffen und nach ein paar Hilfestellungen Eliahs schließlich auch ganz allein geschafft.

Schwieriger und mit deutlicher Anspannung für Anna verbunden war das, was Tristan für Anna bereithielt. Sie musste sich mit seinen Wölfen vertraut machen. Ihre erste Erfahrung mit ihnen war angstbesetzt gewesen. Sie waren es, die sie und Sofie in einer wilden Jagd zu dieser Festung getrieben hatten. Damals hatte Anna noch nicht gewusst, was sie dort erwartete. Ihre anfängliche Furcht vor Tristan und seinen Männern hatte sich gelegt. Nun war es etwas anderes, das sie fürchtete. Ihre Gefühle, die immer wieder Karussell fuhren, wenn Tristan sie ansah, wenn er mit tiefer, ruhiger Stimme zu ihr sprach und ihr somit Mut und Kraft spendete. Diese Zuneigung, obwohl doch Wintanso es war, den sie über alles liebte.

»Anna? Hörst du mir überhaupt zu?«, fragte Tristan und unterbrach ihre Gedanken. Er hatte gerade alle sieben Wölfe in den Innenhof geführt, und dort saßen sie nun, bedrohlich nahe für Anna, die es kaum wagte, den Blick zu heben. Sollte man einem wilden Tier, das einem haushoch überlegen war, lieber nicht in die Augen sehen?

Nachdem sich Anna erstarrt und stumm nicht von ihrem Fleck wegbewegte, umfasste Tristan sanft, aber auch kraftvoll ihr rechtes Handgelenk und führte sie näher an die Wölfe heran. Dort gingen sie in die Hocke, auf Augenhöhe, und Tristan erzählte ihr über den Zusammenhalt und welches Tier welche Stellung innerhalb des Rudels hatte. Zu Annas Verwunderung war es eine schneeweiße Wölfin mit kristallblauen Augen, die als Alphatier über die anderen bestimmte. Sie war noch recht jung und wirkte sehr kräftig und wehrhaft.

»Das ist Luna. Sie ist mir treu ergeben und wird dir bei deiner weiteren Reise zur Seite stehen«, erklärte Tristan und legte der Wölfin die Hand auf den Kopf. Anna tat es ihm erst zögerlich, dann etwas mutiger nach und war angenehm überrascht, wie weich und warm das Fell dieses Tieres war.

»Hallo Luna – ich bin Anna«, sagte sie und merkte, wie diese sie neugierig inspizierte. Mit einem tiefen, kehligen Brummen stand die Wölfin auf und schmiegte ihren kräftigen Körper an Anna.

»Das ist ihre Art, Hallo zu sagen, Anna! Ich bin überrascht, wie schnell sie deine Nähe sucht. Sie hat dich bereits ins Herz geschlossen«, sprach Tristan verwundert.

»Ja, das glaube ich auch«, antwortete Anna und musste lachen, da wann immer sie Luna behutsam auf das Fell klopfte oder ihr über den Rücken strich, diese mit einem Laut reagierte und dabei freudig aufgeregt mit dem Schwanz wedelte.

»Luna, du musst Anna helfen, den Weg zu finden«, begann Tristan zu erklären. »Sie wird dich und dein Rudel brauchen, um es zu schaffen!« Die Wölfin jaulte und sogleich erhoben sich alle anderen und suchten Kontakt mit Anna und Tristan.

»Wie heißen denn die anderen?«, fragte Anna und spürte, wie alle Angst vor diesen Tieren von ihr wich und wie geborgen sie sich inmitten des Rudels fühlte.

»Die schwarz-weiß-braun gefleckte Wölfin hier ist ein Wirbelwind, sie heißt Ahyoka, das bedeutet Fröhlichkeit, die ausgeglichene Aquene, das bedeutet Frieden, Asha, dieser Name steht für Hoffnung, die immer glückliche und verspielte Amitola, also Regenbogen, die temperamentvolle Atsila, das bedeutet Feuer, und Ama, das stille tiefgründige Wasser.«

Anna wiederholte alle Namen und ging dabei auf jeden einzelnen Wolf oder jede Wölfin zu. Sie war überrascht, wie schnell sie sich die Namen merken konnte. Jedes Tier war in Farbe oder Beschaffenheit des Fells anders. Die Augen grün, gelb, blau oder bernsteinfarben.

»Sie werden mir eine große Hilfe sein«, sagte Anna zu Tristan und spürte, wie ein klein wenig Anspannung aus ihrem Körper wich.

In den darauffolgenden Stunden zeigte Tristan Anna, wie das Schlittengeschirr anzulegen war und wie sie das Gespann lenken konnte. Dabei lernte sie Rufe und Befehle, die sie insbesondere an Luna richten musste, damit diese wusste, was sie tun sollte. Anfangs fiel es Anna schwer, laut Befehle auszusprechen, und erst nachdem Tristan sie mehrfach spielerisch und lachend dazu animierte, mehr aus sich herauszugehen, fand Anna genug Sicherheit, ihre Stimme sinnvoll zu benutzen, damit sich die Wölfe in Bewegung setzten. Dabei musste Anna auch lernen, sich

ausreichend schnell abzustoßen und an dem Schlitten festzuhalten, ohne ständig eine Bruchlandung auf die mittlerweile sehr hohe Schneedecke im Burginnenhof zu machen.

»Komm schon, Anna!«, rief ihr Tristan belustigt zu, als
er ihr erneut die Hand reichte, um ihr beim Aufstehen zu
helfen. »Ich zeig es dir noch einmal.« Dabei führte er Anna
zum Schlitten, nahm ihre bereits schon durchgefrorenen
Hände in seine und legte sie auf die beiden Griffe. Mit
kurzem Anlauf und kleinem Sprung setzte er zusammen
mit ihr mit beiden Füßen auf die Schlittenkufen auf und
gab gleichzeitig Luna den Befehl loszulaufen. Für einen
Moment glitt der Schlitten im hohen Tempo durch den
pudrigen Schnee, Anna dicht angelehnt an Tristan, der
ihrem Rücken Halt gab und dessen große Hände die ihren festhielten und wärmten. Anstatt sich auf die weiteren
Kommandos zu konzentrieren, schweifte Anna für einen
Augenblick ab.

Konnte man solche schönen Momente irgendwie festhalten? Sie abspeichern oder in Einweckgläser packen, ihre
Vergänglichkeit damit stoppen und immer wieder darauf
zurückgreifen, wenn man es am meisten benötigte? Anna
atmete tief durch, der Schnee peitschte ihr ins Gesicht und
fühlte sich herrlich erfrischend an. Tristan war ihr eine
starke Stütze und gab ihr die Möglichkeit, ihr Gewicht besser zu verlagern, ohne von den Kufen abzurutschen. Sie
hatten bereits mehrere Runden im Innenhof der Festung
absolviert, als Tristan die Wölfe in Richtung Tor steuerte.

»Wo fahren wir hin?«, rief Anna atemlos und neigte den
Kopf nach hinten, um einen Blick in Tristans Gesicht zu
erhaschen. Dieser lächelte Anna freudestrahlend an. In seinen Augen war ein Glanz, den Anna bisher nicht gesehen
hatte. Er wirkte aufgeregt, gelöst, fast wie ein kleiner Junge
bei einer Schlittenfahrt.

»Keine Sorge, Anna!«, rief er ihr zu und sein Kinn streifte ihre Stirn. »Wir machen einen kleinen Ausflug, schließlich musst du diesen Schlitten in der freien Natur beherrschen. Also machen wir uns auf den Weg durch den Wald, der im Süden die Festung säumt und in einer großen Lichtung mündet. Dort haben wir genug Platz für uns ...«

Anna spürte ein Kribbeln in der Magengegend und fragte sich, was dieser Satz bedeutete. Sie durfte sich auf keinen Fall noch mehr in seinen Bann ziehen lassen. Sollte sie sich völlig in Tristan verlieben und dieser starken inneren Sehnsucht nach seiner Nähe nachgeben, waren ihre Träume, war Wintanso, war sie selbst verloren.

Doch schnell wurde Anna aus diesen Grübeleien gerissen, nachdem sie die Schönheit des tief verschneiten Waldes wahrnahm, des glitzernden Schnees und die Kraft der Wölfe, die den Schlitten in einem Tempo zogen, dass sie glaubte zu fliegen. Langsam konnte sie sich ein wenig entspannen und merkte, wie sie an Sicherheit gewann. So schrie sie immer wieder, wenn der Schlitten über einen Hügel sprang, vor Freude laut auf und lachte. Tristan, der zuerst die Kommandos gegeben und gelenkt hatte, nahm sich nach und nach zurück, um Anna das Feld zu überlassen.

Als sie die Lichtung erreicht hatten, erhöhten sie noch einmal das Tempo, und Anna versuchte erstmals, den Schlitten durch Gewichtsverlagerung und Befehlsrufe abrupt zum Stehen zu bringen. Die Wölfe reagierten unweigerlich und so schnell, dass Anna nicht damit rechnete und aufgrund der starken Kräfte den Halt verlor. Zusammen mit Tristan fiel sie hinter dem abgebremsten Schlitten in den tiefen Schnee.

Es dauerte einen kurzen Augenblick, bis sich Anna wieder orientieren konnte, nachdem sie sich den Schnee, der ihren Sturz abgefangen hatte, aus Augen, Nase und Mund gewischt hatte. Sie musste noch immer lachen über diese Schlittenfahrt, die so viel Spaß gemacht hatte, alle Sorgen waren für einen Moment vergessen, sie hatte sich so leicht gefühlt ...

Doch wo war Tristan? Warum war er nicht schon längst aufgestanden, warum hörte sie seine warme, angenehme Stimme nicht? Anna blickte sich um. Die Wölfe saßen nur ein paar Meter entfernt vor ihr und sahen sie hechelnd und fragend an. Als sie aufstand und sich den Schnee von den Kleidern klopfte, sah sie ihn endlich.

Tristan lag ein paar Meter hinter ihr noch immer reglos im Schnee. Anna lief auf ihn zu und kniete sich nieder. »Tristan? Tristan, was ist los mit dir? Warum stehst du nicht auf?«

Vorsichtig senkte Anna ihr Gesicht über Tristans. Atmete er noch? War er irgendwo verletzt? Sie konnte äußerlich nichts feststellen. Als dieser immer noch nicht reagierte, nachdem sie ihn angesprochen hatte, bekam Anna schlagartig Angst. Ihr Herz begann zu rasen und sie schnappte nach Luft. Behutsam legte sie ihre Hände auf seine Brust. Sie hob und senkte sich. Tristan atmete also noch. Anna legte den Kopf auf sein Herz und horchte. Es schlug, langsam, aber regelmäßig.

»Tristan, warum reagierst du nicht? Bitte wach auf!«, rief Anna nun flehend und man konnte die Panik in ihrer Stimme hören. Mit einem Mal spürte sie, wie zwei Arme sich um ihren Körper schmiegten, und ein leichtes Seufzen ertönte.

»Hm ... wie gut dein Haar duftet ... so könnte ich ewig liegen ...«, flüsterte Tristan und zog Annas Gesicht noch näher an das seine.

Für Sekunden verharrten beide und blickten einander tief und sehnsüchtig an. Anna kämpfte gegen die plötzliche Lähmung, es war ihr, als könnte sie sich niemals aus seiner Umarmung befreien. Nur noch wenige Zentimeter trennten ihre Lippen voneinander. Gleich würde sich entscheiden, ob ihre Reise weiterging oder doch für immer bei Tristan endete.

»Nicht!«, hauchte Anna und begann sich zuerst zögerlich, dann immer vehementer aus Tristans Umarmung zu befreien.

Dieser gab nach einem kurzen Widerstand nach, drehte das Gesicht zur Seite und stand mit niedergeschlagener Miene auf.

»Entschuldige!«, stammelte er. »Ich hatte für einen Moment vergessen, dass du jemand anderen liebst und ich nur deinen Untergang bedeuten kann.«

Anna spürte die Traurigkeit in Tristans Worten. Er tat ihr unendlich leid. Sein Schicksal war schwer zu ertragen. Es sollte sich nicht noch einmal wiederholen. »Tristan, du bist nicht mein Untergang! Nur wenn ich mich voll und ganz auf dich einlasse, dann ... dann will ich nicht mehr weg von hier. Verstehst du das? Dann will ich nur noch eines: jeden Tag, jede Stunde, jede Minute mit dir zusammen sein ...« Annas Stimme wurde brüchig, sie musste sich von Tristan abwenden, da sie einen Kloß im Hals bekam und ihr Tränen in die Augen schossen. Daraufhin spürte sie, wie Tristan sie an beiden Schultern berührte und ihr aufhalf. Sein Blick war voller Liebe und Ernsthaftigkeit.

»Ich weiß, Anna, ich weiß ...«

Und so gingen beide zu dem Schlittengespann und fuhren zurück zur Festung. Die Dunkelheit brach bereits herein, der beinahe komplette Vollmond strahlte vom Himmel und erleuchtete ihnen den Weg. Dort wurden sie bereits erwartet. Nach einem Abendessen im Kaminzimmer bei wärmendem, prasselndem Feuer legte sich Anna wieder zu Sofie in ihr Zimmer. Es war die letzte Nacht in Tristans Festung, die letzte vor ihrem Aufbruch in das Land des ewigen Eises.

Kapitel 34 – Aufbruch

Bereits mit den ersten goldenen Sonnenstrahlen, die die Gipfel der schneeweißen Berge erleuchteten, stand Anna auf. Sie sollte heute, am letzten Tag, noch etwas Wesentliches lernen, etwas, das sie sich nicht vorstellen konnte, jemals zu benutzen.

»Das ist das Letzte, was ich dir beibringen werde, Anna. Versprich mir, dass du es anwenden wirst, wenn die Stunde gekommen ist«, sagte Tristan ernst, als er Anna im Innenhof demonstrierte, wie man mit Pfeilen ein anvisiertes Ziel traf.

Anna beobachtete ihn dabei angespannt. Wie sollte sie das in so kurzer Zeit nur lernen? Außerdem spürte sie, wie sich ihr Magen verkrampfte bei der Vorstellung, sie müsse damit auf etwas Lebendiges schießen, es verletzen oder gar töten.

»Ich werde es versuchen«, antwortete sie zögerlich und nahm die von Tristan gezeigte Haltung mit Pfeil und Bogen ein. Ihre Arme wackelten und ihre Hände begannen zu zittern, sobald sie den Zielpunkt, den sie auf einer Scheibe aus Stroh treffen sollte, fokussierte.

Nach ein paar Fehlversuchen ließ Anna entmutigt die Arme hängen. »Ich schaffe das niemals, Tristan. Ich habe mit Schießen keinerlei Erfahrung. In ein paar Stunden geht die Sonne unter und ich muss aufbrechen, es ist aussichtslos ...«

»Nein, das ist es nicht!«, widersprach Tristan und trat dicht hinter sie, sodass seine Arme ihre stützten. Anna atmete tief durch und versuchte sich auf das Abschießen des Pfeils zu konzentrieren und sich nicht von dem Kribbeln, das ihren ganzen Körper in Tristans Nähe erfasste, ablenken zu lassen.

Dieser zeigte Anna unermüdlich, welche Haltung sie annehmen musste und mit welcher Technik sie die Pfeile unterschiedlich weit schießen konnte.

»Warum muss ich das auch noch lernen?«, fragte Anna, als sie eine kurze Pause machten und alle verschossenen Pfeile im Burghof einsammelten.

»Anna, da draußen lauern neben der Kälte und dem Eis, das jederzeit brechen kann, noch andere Gefahren. Davor möchte ich dich beschützen.«

»Du sprichst in Rätseln, kannst du mir vielleicht verraten, was du meinst?«

»Du hast noch nicht mit ihnen Bekanntschaft gemacht, aber sie sind dir ständig dicht auf den Fersen. In meiner Festung warst du bisher sicher vor ihnen, aber die Zeit arbeitet gegen dich und Sofie.«

»Meinst du die Schattenwesen?«

»Ja«, stimmte Tristan ihr zu und in seinen Augen lag tiefer Ernst und ein Ausdruck, den Anna nur als Sorge oder gar Angst deuten konnte.

»Sie kommen immer dann, wenn du erschöpft bist, wenn du orientierungslos umherziehst, ohne ein eigentliches Ziel vor Augen.«

»Deshalb ist es ja auch so schwierig, jemals wieder an seine vergessenen Träume zu gelangen, oder?«, fragte Anna, die glaubte, die Zusammenhänge und Abläufe hier im Traumland allmählich zu verstehen.

Tristan nickte. »Dann schlagen sie zu und fallen über dich her, so schnell, dass du keine Chance mehr hast, dich zu wehren.«

Anna spürte eine tiefe Beklemmung in sich aufsteigen. »Und was – bitte, Tristan, verzeih mir, wenn ich das infrage stelle –, aber was können mir da diese albernen Pfeile helfen? Ich kann ja nicht mal richtig zielen und wäre sicher nicht schnell genug, mich im richtigen Moment damit zu verteidigen.«

Tristan schüttelte den Kopf und ging einen Schritt auf Anna zu. Sein Blick war durchdringend und besorgt zugleich.

»Anna, es geht gar nicht darum, dass du hier zu einer 1-a-Kämpferin ausgebildet werden sollst, die alles vernichtet, was sich ihr in den Weg stellt. Nein, es geht vielmehr darum, dass du auf deiner weiteren Reise wachsam bist, deine Umgebung genau in Augenschein nimmst, dich von nichts und niemandem täuschen lässt und nur dann zu den Pfeilen greifst, wenn du bemerkst, dass dir deine Verfolger sehr nahe gekommen sind. Du hältst sie mit diesen Pfeilen, die keine gewöhnlichen sind, auf Abstand. Es sind keine Giftpfeile oder welche mit speziellen scharfen Spitzen, damit du deinen Feind besonders schwer verletzen kannst. Nein, es sind Pfeile des Lichts. Wenn du sie abschießt, werden sie hell erstrahlen und die Schattenwesen, die Licht verabscheuen, auf Abstand halten. Was du also auf deiner Suche und Reise durch das Land des ewigen Eises beachten musst, ist, wie nah sie dir bereits auf den Fersen sind. Verlass dich auf deine Wahrnehmung, sie wird sich von Tag zu Tag schärfen – und dann, wenn es nötig ist, ziele direkt auf die Schattenwesen!«

Anna hörte erstaunt zu. Eine Weile musste sie sich alles noch einmal durch den Kopf gehen lassen, bevor sie sich Tristan zuwandte. »Was ist das für ein Licht? Ist es Feuer?«

Erneut schüttelte Tristan den Kopf und lächelte. »Das ist ja das Besondere an diesen Pfeilen. Die Qualität und Stärke ihres Scheins hängt von dem ab, der sie loslässt.«

»Wie meinst du das?«

»Na ja, wenn du innerlich stark bist und mit dir im Gleichgewicht, wenn du viel Liebe in deinem Herzen trägst, dann werden sie in hellem Licht erstrahlen. Wenn du schwach und traurig bist, sind sie eher matt, wenn du wütend bist, glutrot und heiß. Dann können sie auch ihr Gegenüber verbrennen.«

Kapitel 35 –
Nacht der weißen Hirsche

Die Turmuhr schlug bereits das zwölfte Mal. Es war Mitternacht und Anna stand zusammen mit Tristan oben auf dem höchsten Aussichtspunkt, den seine Festung zu bieten hatte.

Gespannt betrachteten sie die unendliche weiß-silbern schimmernde Eisdecke des großen Sees, der vor ihnen lag. Der Vollmond zeigte sich gerade in seiner ganzen Größe und ließ die Nacht taghell erscheinen.

Kein Laut, nichts regte sich, kein Wind, nur das sanfte Fallen der unendlich vielen dicken Schneeflocken durchbrach die angespannte Stille. Auch die Wölfe saßen reglos am Fuße der Festung auf einer breiten, tief verschneiten Brücke, die mit dem Seeufer verbunden war.

Alle warteten nur auf eines: die weißen Hirsche. Das Erscheinen ihres Rudels auf dem zugefrorenen See war der sichere Hinweis, dass der geeignetste Moment für die Überquerung der endlos scheinenden Eisfläche gekommen war.

Anna fühlte ihre Anspannung vom Kopf bis in die Zehen. Angst und Wehmut zugleich krochen in ihr hoch. Jeden Augenblick musste sie sich von Tristan verabschieden, vielleicht für immer. Sie musste die kranke Sofie zurücklassen und wusste nicht, was sie auf ihrer weiteren Reise erwartete. So gerne hätte sie jetzt einfach die Augen geschlossen, sich an Tristan angelehnt und gesagt, dass sie zu schwach für diesen Weg war, dass sie es einfach nicht konnte und es doch bitte jemand anders wagen sollte. Zu gerne hätte sie die Verantwortung für ihre Freundin, für alle Wesen, die mit ihr in Verbindung standen, abgegeben. Sehnlichst hätte sie jetzt nach einer Hand gegriffen, die sie durch diesen letzten so wichtigen Abschnitt führte und ihr allein durch ihre Anwesenheit die Angst nahm.

Aber Anna wusste, so jemanden gab es nicht. So jemanden konnte es auch gar nicht geben, weil man nur selbst das bewirken konnte, was man sich so sehr wünschte, was man erhoffte, auf seiner Reise durch das Leben zu finden. Jemand anders würde nie das Gleiche bewirken wie man selbst, weil jeder einzigartig war ...

»Da!«, riss Tristan sie aus ihren Gedanken und zeigte in nordöstliche Richtung des Sees. »Siehst du? Sie kommen, Anna!«

Sie versuchte ihren Blick zu schärfen. Zuerst sah sie nur einen leichten Schatten in der Ferne, dann wurden die Umrisse deutlicher. Wie eine große, glitzernde Schneewolke, die schnell über den See glitt, liefen mehrere weiße Hirsche über das Eis. Als das Mondlicht sie erfasste, strahlte ihr Fell in Tausenden silbrig weißen Facetten.

Anna staunte. »Sie sind wunderschön!« Voller Anmut, mit erhobenem Haupt, überquerten sie den See.

»Es wird Zeit, Anna, du musst jetzt gehen«, ermutigte sie Tristan, ihm nach unten zu folgen. Anna nickte und nahm jede einzelne Treppenstufe ganz bewusst wahr. Gerne hätte sie diesen Moment noch ein wenig hinausgezögert. Ein kalter Wind blies ihr ins Gesicht, als sie an der Brücke ankamen. Anna zog die Kapuze ihres dunkelblauen Samtmantels, der von zahllosen silbernen Sternen durchzogen war, weiter ins Gesicht und hoffte, Tristan würde ihre Tränen nicht bemerken.

Die Wölfe, ganz besonders Luna, die Anführerin, begrüßten Anna voller Freude, sodass sie für einen kurzen Augenblick wohlige Wärme verspürte. Vielleicht war sie auf ihrer Reise doch nicht so allein, wie sie dachte.

»Nun ist es tatsächlich so weit«, bemerkte Anna, bemüht, ihre Stimme auf einem neutralen Niveau zu halten. Sie wollte es auch Tristan nicht unnötig schwer machen.

Dieser trat, nachdem sich Anna auf dem Schlitten eingerichtet und nochmals alles genau kontrolliert hatte, auf sie zu und beugte sich zu ihr herab. Noch ehe sie ein Wort sagen konnte, spürte sie eine sanfte Umarmung, einen flüchtigen Kuss und ein Flüstern: »Anna – finde das, wonach du suchst, ich weiß, dass du es schaffen wirst.« Danach gab er einen lauten Befehl an die Wölfe, die sich blitzschnell aufrichteten und sich, noch ehe Anna etwas erwidern konnte, in Bewegung setzten.

Die Wölfe jaulten laut auf, als riefen sie sich gegenseitig etwas zu, und beschleunigten ihr Tempo derart, dass Anna ihre ganze Aufmerksamkeit auf die Schlittenfahrt lenken musste, um nicht hinabzufallen. Sie spürte die salzigen Tränen an ihren Lippen, ein stechender Schmerz durchzog für einen Augenblick ihren gesamten Körper bei dem Gedanken: Jetzt gibt es kein Zurück mehr, es geht weiter … Land des ewigen Eises, ich komme – und ich werde meine Angst besiegen.

Die Fahrt des Schlittens war so schnell, dass Annas Tränen blitzschnell trockneten.

Kapitel 36 – Kampf

Der Mond war nur noch als zarte, runde Scheibe am dämmernden Morgenhimmel zu sehen. Anna stand noch immer auf ihrem Schlitten, die Wölfe hatten ihr Tempo seit Beginn der Reise ein wenig gedrosselt, wirkten aber immer noch kraftvoll und entschlossen, Anna so schnell wie möglich über den großen, zugefrorenen See zu bringen.

Es gab nur ein kurzes Zeitfenster, in dem es sicher war, über die Eisfläche zu reisen. Sobald die Sonne aufging, hatte Tristan Anna erklärt, beginne das Eis viele kleine Risse zu bekommen und könne bei der kleinsten Belastung brechen. Das komme auch durch die unterschiedlichen Strömungen des Sees. Er vermutete eine warme Quelle, die den See speiste und das Eis instabil machte. Nur in der Nacht der silbernen Hirsche, die einen ausgezeichneten Instinkt besaßen, konnte man es wagen, in das Land des ewigen Eises zu reisen. Auf Annas Frage, warum man dann nicht einfach mit einem Boot im Sommer fahren könne, hatte sich Tristans Gesichtsausdruck verdüstert. Die Antwort war angsteinflößend: Es gab starke Strömungen, die einen derartigen Sog ausübten, dass alles, was auf der Wasseroberfläche schwamm, mit einem Mal in die Tiefe gezogen wurde.

Anna fröstelte bei diesem Gedanken. Erst jetzt bemerkte sie, dass sie ihre Hände gar nicht mehr spürte. Sie waren taub vor Kälte. Sie traute sich nicht, die Finger von den Griffen zu nehmen, da sie fürchtete, vom Schlitten zu fallen. Anna blickte sich um. Alles war weiß, so weit das Auge reichte, nur die Schlittenspuren im Schnee verrieten, woher sie gekommen war. Zum Glück hatten die Wölfe eine sehr gute Orientierung und wussten, wohin sie Anna bringen sollten.

»Luna! Halt!«, rief Anna beherzt, als ihr klar wurde, dass sie so die Reise nicht länger fortführen konnte.

Sofort reagierte das Wolfsrudel und blieb stehen. Mit leisem Jaulen riefen sie sich Befehle zu und blickten alle auf Anna, die starr vor Kälte vom Schlitten glitt, ihren Körper abklopfte und sich bewegte.

Nichts half, sie fühlte die unangenehme Kälte, wie sie sich durch ihre Kleidung fraß. Sie hätte ein Feuer machen müssen, um sich aufzuwärmen, aber die Zeit dafür reichte nicht. Anna blickte sich nochmals besorgt um, der Vollmond war bereits tief im Westen und wurde immer blasser. Es konnte nicht mehr lange dauern, bis die Sonne aufging.

Die Wölfe schienen Annas Not zu begreifen. Nachdem Luna einen tiefen Laut von sich gegeben hatte, standen sie alle auf und bewegten sich, so gut es das Schlittengeschirr zuließ, auf Anna zu. Sie erschrak, als sie bemerkte, wie zielgerichtet sie auf sie zuliefen. Doch in ihren Blicken lag nichts als Sanftmut und treue Ergebenheit. Nichts, wovor Anna Angst haben musste.

Und so kam es, dass Ahyoka, Aquene, Asha, Amitola, Atsila, Ama und Luna sich ganz dicht um Anna stellten und vorsichtig an sie schmiegten, bis Anna endlich begriff, dass sie nichts anderes wollten, als sie zu wärmen. Erleichtert und gerührt von deren Feinsinnigkeit setzte sich Anna für einen Augenblick nieder, umhüllt von weichem, wärmendem Wolfsfell.

»Ihr seid wunderbare Geschöpfe. Danke! Ich möchte mich nur für ein paar Minuten ausruhen, ich bin so müde«, sagte Anna und konnte bei diesem Satz die Augen kaum mehr aufhalten. Doch da stand Luna auf und stupste sie mit ihrer Schnauze an. Sie wirkte ein wenig nervös, und nachdem Anna nicht reagierte, berührte sie sie erneut mit ihrer feuchten Schnauze im Gesicht.

»Okay, Luna«, gähnte Anna, »du hast ja recht, wir müssen weiter, es wird bald Morgen sein und wir müssen bis dahin das Ufer erreichen.«

Luna wedelte mit dem Schwanz und jaulte laut auf. Das war zugleich das Zeichen für die anderen Wölfe. Alle positionierten sich wieder an ihrer gewohnten Stelle am Schlitten. Anna streckte sich noch einmal und stieg wieder auf.

Sie wollte soeben den Laufbefehl geben, als sie erstarrte. Gerade noch war alles weiß und hell um sie herum gewesen, doch plötzlich nahm sie hinter sich am Horizont einen riesigen dunklen Schatten wahr, der sich mit einer irrsinnigen Geschwindigkeit auf sie zubewegte. Die gerade neu gewonnene Wärme wich prompt aus Annas Körper. Eine eisige Kälte erfasste sie und ließ ihre Glieder erstarren. Die Wölfe wurden unruhig und begannen erstmals zu knurren. Sie warteten nicht mehr auf Annas Befehl und setzten sich in Bewegung. Ihr Fluchtinstinkt siegte.

Anna hielt sich im letzten Moment fest, konnte jedoch den Blick nicht von dem lösen, was sie verfolgte. Gelähmt vor Angst und plötzlicher Gewissheit darüber, was ihr nahte, klammerte sie sich fest. »Lauft! So schnell ihr könnt! Die Schattenwesen – sie sind uns schon auf den Fersen!«

Es konnten nur sie sein. Die Schattenwesen, vor denen sie Tristan wiederholt gewarnt hatte. Diese furchtbaren, zerstörerischen Kreaturen, die dann kamen, wenn man geschwächt war, sich nicht wehren konnte und den Glauben an sich verloren hatte.

Sie verfolgten sie und waren ihr jetzt schon so nah. Die Pause, oje, sie hätte keine Pause machen dürfen. Ein kurzer Moment der Unaufmerksamkeit, und schon glaubten diese

Wesen, sie besiegen zu können. Anna begriff allmählich die Tragweite ihrer Handlungen.

Die Wölfe hatten die Fahrt derart beschleunigt, dass ihr der Schnee ins Gesicht peitschte. Dies half ihr, wieder zu sich zu kommen. Sie wusste jetzt, eine weitere Pause durfte es so bald nicht geben. Sie musste diese Wesen abhängen – und vor allem darauf achten, was sie dachte. Jede Angst, jeder Selbstzweifel zogen die Schattenwesen magisch an.

Für einen kurzen Augenblick sah es so aus, als wären die Wölfe schneller und der Abstand zur Dunkelheit hinter ihnen verringerte sich für einen Moment. Der Schlitten berührte nur noch selten den eisigen Boden und die Fahrt glich einem Flug durch das endlose Weiß der unerbittlichen Schneelandschaft.

Tausend Gedanken schossen Anna durch den Kopf auf ihrer Flucht vor den Schattenwesen, die sich trotz aller Anstrengungen ihrer kraftstrotzenden Wölfe immer noch nicht abschütteln ließen. Sie konnte deren Nähe spüren. Es war eine eisige Kälte, die sie erschauern ließ.

Allen Bemühungen zum Trotz konnte Anna fühlen, wie sich die Dunkelheit an sie heftete, sie umhüllte, wie ein bleierner schwarzer Mantel, der sie zu erdrücken versuchte. Er wiegte schwer in ihrem Nacken, auf ihren Schultern. Jeder Atemzug fiel ihr schwerer, jede Drehung des Kopfes schien ihr unmöglich. Gleichzeitig bemerkte sie, wie sie von einer eigenartigen Benommenheit ergriffen wurde, die ihren Blick immer mehr verschleierte.

Nur noch kurze Zeit, und sie befürchtete, den Halt zu verlieren. Es kam alles so plötzlich – aus dem Nichts – und es war in diesem Moment so viel stärker als sie selbst. Das, vor dem sie auf ihrer Reise durch das Traumland immer versuchte wegzulaufen, holte sie jetzt mit seiner ganzen Wucht und Erbarmungslosigkeit ein.

Anna versuchte verzweifelt ihre Gedanken zu ordnen. Es durfte nicht passieren. Sie musste wieder Klarheit gewinnen. Aber ihre Gedanken gehorchten ihr nicht mehr – sie waren kaum spürbar, völlig verlangsamt, unkoordiniert und unbrauchbar.

Nichts funktioniert mehr, war das Einzige, was Anna noch mühsam denken konnte, bevor sie sich selbst wie in Trance dabei beobachtete, wie ihre Hände die Griffe des Schlittens losließen. Auch sie gehorchten ihr nicht mehr. Machten einfach das, wonach ihnen war. Sie entschieden sich, diese irrsinnige Fahrt ins Nichts zu beenden. Es war aus und vorbei. Kein Kampf, keine Suche, keine verdammten Träume mehr, die irgendwo auf sie warteten, damit sie sie endlich erreichte, umsetzte und alles, was sie dafür geopfert hatte, einen Sinn machte.

Anna wurde mit einem heftigen Stoß vom Schlitten gewirbelt und landete unsanft auf der verschneiten Eisdecke. Die Fahrt war für sie zu Ende. Die Wölfe bemerkten Annas Sturz und kehrten sofort zu ihr zurück. Luna ließ einen lauten Schrei aus. Ein Befehl, der den anderen Wölfen signalisierte, sich von den Leinen des Schlittens zu befreien, indem sie sie durchbissen. Jetzt konnten sie sich frei bewegen, stürmten auf die reglose Anna zu und umstellten sie schützend. Im gleichen Moment waren die Schattenwesen bedrohlich nahe gekommen. Die beängstigende Dunkelheit waberte wie feiner Nebel und umschloss Anna und die Wölfe. Mit lautem Getöse und furchteinflößenden Klängen versuchten sie ihre Opfer zu lähmen, um schließlich ganz über sie herzufallen.

Anna konnte sich nicht bewegen, sie war wie erstarrt, ihre Gliedmaßen gehorchten ihr nicht mehr. Doch etwas verwirrte sie. Gefangen in ihrer Benommenheit konnte sie zunächst ganz leise und dann immer lauter eine Stimme hören: »Anna, wenn es nötig ist, benutze sie!«

Irritiert von diesen Worten aus dem Nichts, versuchte Anna ihre Aufmerksamkeit darauf zu lenken. Und schon wieder konnte sie sie hören: »Anna, die Pfeile! Benutze sie!« »Tristan!«, schrie sie mit einem Mal, nachdem sie sich wieder erinnerte, wie er sie auf diese Reise vorbereitet hatte.

Die Wölfe, die immer noch schützend bei Anna standen, schienen ihre Gedanken lesen zu können. Amitola stand auf, lief zum Schlitten und brachte Anna den Bogen und die Pfeile. Durchdringend blickte sie Anna an, die sich nach und nach sicherer wurde, dass sie nicht so wehrlos war, wie sie im Moment gedacht hatte. Nein, sie hatte noch eine Chance. Und die war genau jetzt. Augenblicklich musste sie all ihre Reserven mobilisieren und aus der Dunkelheit treten – ans Licht.

Mit zitternden Händen nahm sie den ersten Pfeil aus dem ledernen Behälter und spannte den Bogen. Sie blickte sich um, wohin sollte sie zielen? Alles war schwarz. Sie war völlig orientierungslos, wo war hinten, wo war vorne? Sie wusste nur, dass sie jetzt etwas tun musste. Sie durfte nicht aufgeben, nein, sie hatte es Tristan versprochen, genau wie Sofie und Wintanso, der irgendwo hier auf sie, auf seine Rettung wartete. Anna versuchte sich mit aller Mühe aus ihrer Erstarrung zu lösen. Die Kälte in ihren Gliedern schmerzte, sie konnte kaum die Arme heben. Ihre Finger waren taub und sie hatte Schwierigkeiten, den Blick auf ein Ziel zu fixieren.

Und dann schoss Anna den ersten Pfeil in die Richtung, in der sie den Anfang der Dunkelheit vermutete. Zunächst sah er noch aus wie ein ganz gewöhnlicher Pfeil, doch dann begann er hell zu erstrahlen, in einem goldenen warmen Licht. Gleichzeitig hörte Anna ein Kreischen und Krachen, das wohl von den Schattenwesen ausging. Die Helligkeit war ihr Feind, das Licht, die Wärme verabscheuten sie. Für einen kurzen Augenblick teilte sich die Finsternis über ihr und Anna konnte einen kleinen Fleck blauen Himmels sehen. Erstaunt über die Wirkung ihres ersten Pfeils fasste sie Mut, einen zweiten abzuschießen. Dieses Mal sammelte sie bewusst gedanklich ganz viel Kraft und schoss erneut ein noch helleres Licht, das wiederum die Dunkelheit zerriss. So machte Anna weiter und weiter.

Mit jedem Pfeil, den sie abschoss, konnte sie fühlen, wie die bleierne Schwere aus ihrem Körper glitt. Sie konnte spüren, wie sie selbst immer mehr an Energie zurückgewann. Schließlich gab sie ihren Wölfen den Befehl, wieder mit ihr aufzubrechen, denn der Himmel, der immer deutlicher hervortrat, war hellblau. Die Nacht war vorbei! Das Eis würde nicht mehr lange halten. Sie musste so schnell wie möglich das andere Ufer erreichen. Da die Wölfe die Leinen des Schlittens in ihrer Not, Anna zu helfen, durchgebissen hatten, mussten sie ihn nun zurücklassen und zu Fuß weitermarschieren.

»Ihr bekommt mich nicht!«, schrie sie den Schattenwesen entgegen und nahm erstmals die in ihr aufkommende Wut wahr, die ihre Pfeile noch intensiver und stärker machte. Die Schattenwesen mussten weichen, Annas Pfeile waren mächtiger. Mit einem lauten Grollen zog sich die Dunkelheit zu einer düsteren Wolke zusammen und wich blitzschnell, ähnlich einem Tornado, außer Sichtweite.

»Wir haben es geschafft!«, rief Anna erleichtert ihren treuen Freunden zu. Diese antworteten alle zusammen jaulend. Anna fühlte, wie sehr sie sich mittlerweile mit ihnen verbunden fühlte. Sie hatten sie zu jeder Zeit beschützt. Und Tristan – wie hatte er es angestellt, in ihren Gedanken derart beharrlich aufzutreten, dass sie aus ihrer Trance finden konnte? Er war bei ihr gewesen, er hatte sie beschützt. Oder hatte sie sich selbst geholfen? War sie doch stärker, als sie glaubte?

Doch im selben Moment, als Anna dachte, das Schlimmste überstanden zu haben, schwankte die Eisfläche unter ihren Füßen. Die Wölfe blieben instinktiv stehen und blickten sich um. Ein leises, helles Knacken aus der Ferne näherte sich mit rasender Geschwindigkeit. Es wurde immer lauter. Unüberhörbar zog es sich wie eine zischende Schlange durch die Eisoberfläche.

»Oh nein!«, schrie Anna. »Das Eis, es bricht!« Das Knacken um sie herum nahm kein Ende, im Bruchteil einer Sekunde sah Anna, wie immer größere Risse das Eis teilten. Sie stand mit ihren Wölfen auf einer Eisscholle, von der nach und nach weitere Stücke abbrachen und in den schwarzblauen Tiefen des unheimlichen Sees versanken.

Das konnte nicht wahr sein, nein, das durfte nicht passieren! Was sollte sie jetzt tun? Die Pfeile hatten ihr geholfen, die Schattenwesen auf Distanz zu halten, aber das, was jetzt geschah, hatte eine neue Dimension.

Anna versuchte ihr Gleichgewicht zu halten. Die Wölfe winselten und Anna glaubte, das erste Mal Angst in ihren Augen zu sehen.

Sie musste sie beruhigen, auch wenn sie Panik verspürte, wusste sie, dass jede Unruhe oder hektische Bewegung das Eis unter ihren Füßen brechen lassen könnte und sie wären für immer verloren. Verschlungen von den Strömungen des eiskalten Sees. Anna versuchte diesen entsetzlichen Gedanken zu stoppen. Vorsichtig kniete sie sich nieder und gab den Wölfen ein Zeichen, es ihr nachzutun. Ganz langsam und vorsichtig folgten sie ihren Anweisungen und suchten dabei erneut Körperkontakt zu Anna.

»Habt keine Angst, wir werden es schaffen, ich weiß noch nicht, wie. Aber ich weiß, wir werden heil da drüben ankommen.« Anna erkannte im Morgennebel bereits erste Umrisse des anderen Ufers. Sie breitete die Arme um die

Wölfe aus und zusammen kauerten sie sich enger aneinander. Sie schloss für einen Moment die Augen, um sich zu sammeln. Die lähmende Angst wandelte sich nach und nach in eine immer größer werdende Wut. Sie konnte spüren, wie sie sich in ihrem ganzen Körper ausbreitete. Ein starkes inneres Vibrieren machte es ihr schwer, ruhig zu bleiben und abzuwarten. Sie konnte nicht mehr. So wollte sie nicht mehr.

»Verdammt noch mal!«, schrie sie plötzlich heraus. Die Wölfe blickten sie neugierig und auch ein wenig verwundert an. Anna reichte es endgültig. Sie stand einfach auf, ungeachtet ihrer ersten Intuition, sich so ruhig wie möglich zu verhalten, damit das Eis nicht brach. »Wie lange soll ich eigentlich noch kämpfen? Hört ihr, wer immer, was immer, es mir so schwer macht, mein Ziel zu erreichen. Ihr könnt mich mal! Ich will doch einfach nur meinen Weg gehen. Funktioniert das nicht auch mal mit weniger Schwierigkeiten? Gelingt irgendetwas auch ohne Umwege? Steilhänge, Schluchten, Geröll, Hitze, Kälte, Einsamkeit und Schmerz? Verdammt noch mal, warum ist das so?«

Anna war völlig außer sich. Tränenbäche strömten ungebremst über ihre Wangen. Die Wölfe versuchten sie zu beruhigen und winselten leise. Doch Anna war nicht mehr bereit, sich trösten zu lassen. Das hätte für sie geheißen, dass sie bemitleidenswert war. Dass mal wieder etwas schwierig war. Es reichte! Es reichte ihr endgültig. Wütend stampfte sie auf und schrie in den Himmel: »Das geht auch einfacher! Wenn dieses Land, dieses Leben, das von mir will, dass ich aufgebe, dann hättet ihr das auch einfacher haben können. Ich mach in diesem blöden Spiel nicht mehr mit! Ich steige aus!«

Das war der Augenblick, als Anna keinen Halt mehr fand. Die Scholle unter ihren Füßen brach entzwei. Eiskalte Dunkelheit umgab sie von einem Moment auf den anderen. Eine starke Strömung zog sie immer tiefer an den Grund des Sees. Anna war unfähig, sich zu bewegen oder dagegen anzukämpfen. Sie war es leid, sie wollte nur noch aufhören, stark zu sein, und sich ihrem Schicksal ergeben. Was immer gerade geschah, sie empfand es als seltsam erlösend.

Ihr Blick richtete sich nach oben an die Wasseroberfläche, sie sah, wie die Wölfe panisch im eiskalten Nass schwammen und ihre Köpfe zu ihr nach unten streckten. Jedoch konnten sie niemals so tief tauchen, um sie zu erreichen oder gar zu retten.

Es war aus, gleich würde alles vorbei sein, dachte Anna und wunderte sich, dass sie keine Panik oder Furcht empfand.

Auf einmal veränderte sich die tiefe Schwärze um sie herum. Anna traute ihren Augen nicht. Wahrscheinlich der Sauerstoffmangel, dachte sie, als sie das regenbogenfarbene Sonnenlicht vor sich sah. Egal wo sie hinblickte, die Dunkelheit hatte Gestalt und Farbe angenommen und bewegte sich auf sie zu. Oder glitt sie mit der Strömung dorthin? Und dann vernahm sie einen Klang, der ihren ganzen Körper durchzog und sogleich ein Gefühl der Wärme und Geborgenheit in ihr auslöste. Es war ein Klang, heller als jede Glocke, klar und weich.

»Hallo Anna – weißt du noch, wer ich bin?«, fragte das meterlange, große Wesen, das nun ganz dicht vor ihr schwamm. Mit seinen großen Augen und dem weißen Fell sah es aus wie eine riesige Robbe. Anna war wie hypnotisiert von den verschiedenen Regenbogen, die sie in seinen Augen sah. Etwas sagte ihr, dass sie diesem Tier schon einmal begegnet war.

»Erkennst du mich?«, fragte die Robbe, näherte sich Anna

vorsichtig und berührte sie mit ihrer weichen Schnauze. »Es wird Zeit, dass ich dich hier fortbringe!« Damit packte sie Anna vorsichtig mit ihrem Maul und platzierte sie mit einem Stoß auf ihren Rücken. Endlich begriff Anna, dass Flinka ihre Rettung war. Sie klammerte sich fest und die riesige Robbe schwamm mit einer irrsinnigen Geschwindigkeit der Wasseroberfläche und dem Ufer entgegen. Dort angekommen ließ sich Anna mit ihrer letzten Kraft vom nassen Rücken des Tieres gleiten und fiel in einen tiefen Erschöpfungsschlaf.

Kapitel 37 –
Das Land des ewigen Eises

Als Anna erwachte, stand die Sonne bereits hoch am Himmel und ließ die weiße Landschaft derart erleuchten, dass sie Mühe hatte, die Augen zu öffnen, und dafür mehrere Anläufe brauchte. Sie fühlte sich warm und geborgen, denn Flinka hielt sie zwischen ihrer rechten Flosse und ihrem weichen, großen Körper leicht an sich gedrückt.

In diesem Nest aus zartem Robbenfell hatte Annas Körper sich erwärmen und ihre gesamte Kleidung trocknen können. Vorsichtig befreite sie sich aus ihrer Ruhestätte. Da drehte Flinka ihren großen runden Kopf und stupste Anna sacht mit ihrer weichen Schnauze an. In ihren riesigen dunklen Augen erstrahlten dabei die farbenprächtigsten Regenbogen, die Anna staunen ließen und sie für einen kurzen Moment fesselten.

»Anna! Bist du nun endlich aufgewacht? Ich habe mir schon große Sorgen gemacht, ob unser gemeinsamer Tauchgang doch etwas zu lang für dich gewesen ist.«

Anna räusperte sich, es dauerte, bis sie ihre Stimme wiederfand, die noch ein wenig schwach und brüchig war. Sie war sich nun sicher, dass diese Robbe nur Flinka sein konnte, die sie und Sofie in das Traumland gebracht hatte. War das ein gutes Zeichen? Kam sie ihren vergessenen Träumen endlich näher, nachdem sie geglaubt hatte, den Kampf endgültig verloren zu haben, und nichts mehr einen Sinn machte?

»Danke Flinka, du warst meine Rettung! Ohne dich wäre ich hoffnungslos ertrunken.«

»Oh nein, Anna, ich allein habe dich nicht gerettet. Ich war da, weil du da warst, verstehst du?«, widersprach ihr Flinka und blickte Anna freundlich und aufmunternd an.

Anna schüttelte den Kopf. »Nein, verstehe ich nicht wirklich ... Wie meinst du das? Ich hatte doch aufgegeben, ich konnte und wollte einfach nicht mehr kämpfen, um mein Ziel zu erreichen. Es war einfach zu viel für mich ...«

Da berührte Flinka Anna mit ihrer Flossenspitze vorsichtig am Kinn, so als würde sie versuchen, den traurigen Blick und den nach unten hängenden Kopf wieder gerade zu richten.

»Mädchen, schau mich an, weißt du es denn wirklich nicht? Ich bin Teil deiner Träume, ohne die es mich nicht gäbe, verstehst du? Ohne deine Phantasie würde ich nicht existieren, dann hätte ich wirklich nicht da sein können, um dich zu retten«, erklärte Flinka sanft.

Verblüfft suchte Anna für einen Moment die richtigen Worte. Sie schüttelte ungläubig den Kopf. »Du meinst, ich habe mit meinen Träumen, die mich einerseits hierhergebracht haben und auf deren Suche meine Freundin und ich mehrmals beinahe ums Leben gekommen sind, gleichzeitig auch unsere Rettung bedacht?«

Flinka nickte eifrig und drehte sich Anna nochmals zu, sodass ihre Augen auf gleicher Höhe von Annas Gesicht lagen.

»Ja, Anna, es ist gar nicht so kompliziert, wie du vielleicht denkst. Der Schlüssel zu allem liegt in dir selbst. So wie die Schattenwesen dir schaden können, wenn du dich schwach, einsam und hoffnungslos fühlst, so kann dir der Glaube an dich selbst, an deine innere Stimme und deine Phantasie helfen. Ich bin der beste Beweis dafür. Du hast Robben schon immer geliebt, besonders die kleinen weißen Babys mit den großen schwarzen Augen. In deiner Phantasie gab es mich und ich habe dich und deine Freundin hierhergebracht, damit du das findest, wonach du dich so gesehnt hast. Du bist nun schon so nah. Mitten im Land des ewigen Eises, du musst nur noch mal ein wenig Mut und Kraft aufbringen, um deine Reise fortzusetzen ... Und wenn du aufstehst und nach vorne in Richtung des Eisgebirges blickst, wirst du auch sehen, dass du dies nicht allein tun musst.«

Noch ein wenig schwach auf den Beinen stolperte Anna von Flinka weg, ihre Neugierde war größer als die Schwäche in allen Gliedmaßen, die ihre Bewegungen noch sehr verlangsamten.

Im gleichen Augenblick hörte sie mehrere laute Jaulrufe.

»Die Wölfe!«, stieß Anna voller Freude hervor und versuchte ein paar weitere Schritte auf sie zuzugehen. Doch diese rannten ihr bereits mit irrsinniger Geschwindigkeit entgegen, und als sie sie erreichten, musste Anna laut lachen. Sie konnte ihr Glück kaum fassen, dass ihre Freunde überlebt hatten und immer noch da waren.

»Luna! Ah, nicht so stürmisch – ich fall gleich um!«, lachte Anna und streichelte jeden einzelnen Wolf mehrmals. Alle schmiegten sich an sie und winselten aufgeregt, als Anna sie zur Begrüßung in die Arme schloss. Für eine Weile genoss Anna dieses unbeschreibliche Glücksgefühl, ihre Begleiter und Beschützer wieder an ihrer Seite zu haben. Sie konnte spüren, wie sie sich von Moment zu Moment zuversichtlicher und gestärkter fühlte.

»Anna, es wird Zeit für mich zu gehen«, unterbrach Flinka sie bei ihren Spielen mit den Wölfen.

Anna stand auf, schüttelte den Schnee von ihrem Mantel und lief auf Flinka zu. Sie drückte sich unterhalb ihres Kopfes an ihre Brust und genoss für einen kurzen Augenblick Flinkas Wärme.

»Ich danke dir trotzdem noch einmal und vermisse dich schon jetzt«, flüsterte sie leise.

»Keine Bange, Anna, wir werden uns wiedersehen! Glaub daran, und du wirst den Weg finden, der dich glücklich macht!«

»Ich werde mir alle Mühe geben, Flinka. Deine Worte haben mir sehr geholfen, danke ... und lebe wohl!«

»Bis bald, Anna!«, verabschiedete sich Flinka, schwang sich in die Lüfte und zog wie eine weiße Wolke am hellblauen Himmel davon.

Anna lag auf dem Rücken im Kreise ihrer Wölfe und betrachtete den azurblauen Himmel, an dem sie gerade noch Flinka hatte erblicken können.

Da wurde sie von einem zarten Lachen aus den Gedanken gerissen. Ruckartig setzte sie sich auf und blickte um sich. Woher kam diese Stimme? Stille, dann plötzlich erneut klares Lachen, nicht das eines Erwachsenen, es war eindeutig das Lachen eines kleinen Kindes.

Anna stand auf, sie verspürte den Drang, dieser Stimme zu folgen. Es war ein Zeichen für sie, das konnte sie ganz eindeutig spüren. Dieses zarte Stimmchen, es klang manchmal ganz nah und dann wieder ganz weit weg. Sie musste dorthin, wo es herkam. Sie musste dieses Kind finden. Was machte es überhaupt hier im Land des ewigen Eises? War es Elisa? Oder nur eine Falle? Ein Lockruf ins Verderben?

Nein, Anna glaubte das nicht. Sie wusste, sie hatte nicht nur Sofie das Versprechen gegeben, ihre vergessenen Träume wiederzufinden, sie hatte auch Tristan versichert, alles zu tun, um seine Tochter, die hier gefangen war, zu finden und zurückzubringen.

So begann Anna, zusammen mit ihren Wölfen, in die Richtung zu laufen, in der sie die Kinderstimme vermutete. Es ging zunächst am Seeufer entlang, bis sie schließlich in

Richtung der Berge durch den hohen Schnee stapften. Der Weg war sehr anstrengend und ermüdend für Anna, aber sie gönnte sich und ihren Begleitern keine Pause. Sie hatte das Gefühl, bereits ganz nah an ihrem Ziel zu sein. Immer wieder drehte sie sich verwirrt im Kreis, wenn die Stimme ihre Richtung zu ändern schien. Je höher sie stiegen, umso schwieriger wurde es, das Lachen einer Richtung zuzuordnen, da es, durch das Echo der glatten Felswände verstärkt, zurückhallte. Die Wölfe versuchten Anna zu helfen, indem sie alles um sie herum intensiv abschnüffelten, um eine menschliche Fährte aufzunehmen, aber der Schnee schien jegliche Gerüche zu absorbieren. So musste sich Anna ganz auf ihr Gehör verlassen.

Sie stiegen mittlerweile einen schmalen Pfad oberhalb eines Schneefeldes hoch. Überall ragten mächtige Felsentürme empor, deren Ende von unten nicht einschätzbar war, da ihre Gipfel von Wolken verhüllt waren. So vergingen Stunden wie im Flug, die Sonne sank tiefer und tiefer, die Schneelandschaft leuchtete in orange-gold-blauen Tönen und verblasste immer mehr. Anna bemerkte, wie müde ihre Beine wurden, auch die Wölfe trotteten langsamer neben und hinter ihr.

»Ich glaube, es wird Zeit, unser Nachtlager aufzuschlagen«, sprach sie zu Luna und blickte suchend die nähere Umgebung ab. Nicht weit entfernt gab es eine höhlenartige Einkerbung in der Felswand. »Da vorne werden wir die Nacht verbringen. Dort sind wir vor Wind und Wetter geschützt.«

Anna legte Decken und den Proviant, der von den Wölfen aus dem See gerettet worden war, auf den kalten Boden. Nur womit sollten sie sich wärmen? Es gab keinen Baum weit und breit, keinen Ast, kein brennbares Material. Alles, was sie noch hatte, war das Kleid, das sie trug, und ein paar

Pfeile, die übrig waren. Sollte sie es riskieren, ihre einzige Möglichkeit der Verteidigung den Flammen zu opfern? Nach kurzem Zögern entschloss sie sich für diesen Schritt. Es war einfach zu kalt und ein Feuer dringend nötig, um die Nacht heil zu überstehen. Mithilfe eines Feuersteins, den Anna von Tristan bekommen hatte, entzündete sie erste Flammen, welche sich rasch ausdehnten und allmählich Wärme spendeten. Zu ihrer Verwunderung brannten die Pfeile sehr gut und intensiv. Nachdem sie ein wenig gegessen hatte, rollte sie sich neben den Wölfen zusammen und fiel in einen unruhigen Schlaf.

Kapitel 38 - Innere Stimme

Immer wieder meinte sie, die Kinderstimme zu hören, mal im Traum, dann im Wachzustand. Viele Erlebnisse ihrer Reise erschienen vor ihrem inneren Auge. Wintanso, sein Gesicht, sein Lächeln und seine sanfte und starke Berührung. Für einen Moment glaubte Anna, ihm ganz nah zu sein.

Von Angesicht zu Angesicht standen sie sich gegenüber. Sie streckte die Hände nach ihm aus. Er versuchte sie zu greifen, doch eine unsichtbare Wand trennte sie. Anna bemühte sich mit aller Kraft, eine Lücke zu finden, doch es schien unüberwindbar.

»Wintanso! Ich möchte zu dir ... Hol mich hier raus – zu dir ...!«

Mit diesen Worten erwachte Anna. Sie glaubte, gerade erst eingeschlafen zu sein, doch die Nacht wich bereits dem Tag. Die Sterne und der Mond verblassten am hellblauen Himmel und eine zartrosa Morgendämmerung mit den ersten goldenen Sonnenstrahlen kündigte sich an.

»Wintanso ...«, flüsterte Anna noch, als sie sich aus ihrem Lager aufrichtete und vorsichtig einen Schritt nach dem anderen zwischen den eingerollten Wölfen machte. Sie stand auf dem Felsvorsprung und blickte in die endlose Weite des Landes des ewigen Eises. Sehnsuchtsvoll versuchte sie, noch für einen Augenblick in ihren Träumen zu verweilen und Wintanso nah zu bleiben, doch der hereinbrechende Tag war stärker und holte Anna mit all ihren Sinnen wieder ins Hier und Jetzt zurück.

Ihr Blick ging einen Moment lang verträumt ins Leere, als sie erstarrte. Sie konnte etwas im Schnee vor sich sehen. Es war der Abdruck zweier Füße. Zweier sehr kleiner Fußsohlen – es waren Kinderfüße, die Spuren waren deutlich und wirkten ganz frisch in den Schnee gedrückt.

War das Mädchen hier gewesen, während sie schlief? Warum hatte es sie nicht geweckt?

Sofort rief Anna alle noch ruhenden Wölfe zu sich, ihr weniges Hab und Gut war schnell gepackt. Asha und Amitola konnten eine Fährte aufnehmen und liefen aufgeregt vor Anna. Die Spur führte eng an einem Abgrund entlang, immer höher zwischen den Felsentürmen hindurch. Bald schon säumte nicht einmal mehr Gestein, sondern nur noch Schnee und Eis ihren Weg und es wurde immer beschwerlicher, der Spur zu folgen. Ein kalter Wind blies ihnen entgegen und machte jeden weiteren Schritt schwerer und schwerer. Es begann zu schneien, und bereits nach kurzer Zeit konnte Anna nur noch eine Armeslänge weit sehen. Alles andere wurde von dem Schneesturm verschluckt. Asha und Amitola blieben abrupt stehen und riefen Anna einen warnenden Laut zu.

»Was ist? Geht es hier nicht mehr weiter?«, keuchte sie erschöpft und ein wenig erschrocken zugleich.

Auch die anderen Wölfe verharrten und drückten Anna einen Schritt weit zurück. Es war ganz unmissverständlich zu deuten. Aus irgendeinem Grund durfte sie hier nicht weitergehen.

Anna bemühte sich, die Umgebung nach einer möglichen Gefahrenquelle abzusuchen. Waren es wieder die Schattenwesen? Hatten die Wölfe sie gewittert? Nein, sie konnte sie jedenfalls nicht wahrnehmen. Wo waren die Fußspuren? Auch die waren auf einmal wie vom Erdboden verschluckt. Anna kniete sich nieder, aus Erschöpfung und Enttäuschung. »Wo sind denn jetzt die Fußabdrücke? Sie waren doch gerade noch hier?«

Aber die Wölfe schienen immer nervöser zu werden und versuchten Anna am Weitergehen zu hindern.

»Was habt ihr denn nur?«, fragte Anna beunruhigt und begann allmählich, den Weg, der vor ihr lag, genauer zu inspizieren. Der Schneesturm hatte sich ein wenig gelegt und die Sicht wurde besser.

Ihr stockte der Atem, als sie es erkannte. Für einen Augenblick der Schwäche sackte sie zusammen und stützte sich gegen Asha, die sie liebevoll und aufmunternd anstupste. Mit zittrigen Knien stand sie wieder auf, um noch einmal ein genaueres Bild von dem zu bekommen, was vor ihr lag.

Dort erstreckte sich eine zehn Meter breite Gletscherspalte. Kein Weg führte hinüber und überhaupt – wo war das Kind, das hier entlanggelaufen war?

Anna vernahm eine Stille, wie sie ihr noch nie begegnet war. Es war so still, dass sie glaubte, nicht nur ihr Herz, sondern auch jedes einzelne der Wölfe hören zu können. Und wie in einen Bann gezogen standen sie alle reglos da und lauschten dieser unendlichen, tiefen Ruhe.

Und da! Mit einem Mal wurde diese Stille gebrochen ... von einer zarten, leisen Melodie ... gesungen von einem Kind. Es klang so friedlich und ruhig, ganz ohne Angst oder Kummer. Diese Melodie erreichte Anna unmittelbar. Sie kam ihr seltsam vertraut vor und wirkte auf sie natürlich beruhigend.

Dunkle Nacht,
eine Sternschnuppe fällt.
Jetzt wünschen sich viele
in eine andere, verträumte Welt.

Für Anna stand fest, es gab keine Zweifel, es war Elisa. Sie befand sich dort unten in der Gletscherspalte, in der kalten, dunklen Tiefe, und sie hatte seltsamerweise überhaupt keine Angst.

Schon jetzt fühlte sich ihr Anna verbunden und bemerkte, wie sich ihr soeben noch schnell schlagendes Herz verlangsamte und sich ihre hektische, oberflächliche Atmung beruhigte.

Vorsichtig setzte Anna einen Schritt vor den anderen an die Kante der Spalte und ließ sich dort auf die Knie nieder. Die Wölfe taten es ihr nach.

Anna sammelte sich und holte tief Luft, dann begann sie zu singen. Sie trug das gleiche Lied wie Elisa vor, nicht ahnend, dass sie je zuvor diesen Text gewusst hatte. Ihre helle, klare Stimme wurde von den Eiswänden verstärkt, und für einen Augenblick schien das gesamte Land des ewigen Eises von ihrer Stimme ergriffen zu sein.

Du suchst die Tür,
den Weg dorthin,
er liegt tief verborgen in dir,
mittendrin.

Das Kind aus der Tiefe war für einen Augenblick verstummt, doch dann begann es weiterzusingen, und zusammen mit Anna sprach sie die Worte, die sie beide unwiderruflich miteinander verband.

Deine Träume, Hoffnung, Phantasie
weisen dir den Weg.
Deine Sehnsüchte öffnen dir das Tor,
lassen dich herein.

Für einen Augenblick der Stille
begibst du dich auf eine Reise

durch deine Welt,
einfach so, wie es dir gefällt.

Ein Regenbogen steht fest
am Himmel.
Mitten in der Nacht
blühen sonnengelbe Primeln
in wunderschöner Pracht.

Der Wind flüstert leise
ein zartes Lied.
Es begleitet dich
auf Schritt und Tritt.

In deiner Welt der Phantasie
kannst du über Regenbogen steigen,
auf Einhörnern durch die Lüfte schweben.
Dort findest du das Land der Harmonie,
wo schillernde Pflanzen aus dem Wüstensand treiben ...

Komm, Träumer,
komm herein ...

Mit diesem letzten Satz ergriff Anna ein starker Schwindel. Alles um sie herum begann sich zu drehen. Von irgendwoher kannte sie dieses Gefühl. Vor ihren geschlossenen Augen spielten sich die buntesten Farbenspiele ab und die wunderbare Melodie klang immer noch in ihrem Herzen nach.

»Ich kenne diese Sätze ...«, flüsterte Anna und versuchte mit dem Kind weiterhin in Kontakt zu bleiben.

»Diese Verse ... ich habe sie selbst geschrieben, vor langer Zeit ...«

Ein plötzliches Grollen setzte ein. Der eisige Boden unter Anna gab nach. Seltsamerweise verspürte sie im Gegensatz zu früheren Situationen überhaupt keine Angst mehr. Sie schloss die Augen und versuchte sich ganz auf das soeben gesungene Lied zu konzentrieren. Diese zarte Kinderstimme, die voller Begeisterung mit ihr zusammen diese Verse gesungen hatte, berührte etwas in ihr, von dem sie bisher nicht wusste, es gehabt zu haben.

Sie spürte, wie sich der Boden unter ihr ruckartig herabbewegte, oder war es nach oben? Aufgewirbelter Schnee bedeckte ihr Gesicht und ihre ganze Kleidung, als sie vorsichtig die Augen öffnete.

Und auf einmal waren sie wieder da. Die Bilder ihrer Vergangenheit. Unfähig, noch die Umgebung zu betrachten, war Anna von den Erinnerungen, die vor ihrem geistigen Auge auftauchten, gefangen.

Sie sah sich als kleines Mädchen mit ihren Eltern und ihrer Schwester.

Sie liefen durch einen lichtdurchfluteten Wald und pflückten Schneeglöckchen und Schlüsselblümchen. Sie konnte das Lachen ihrer Mutter hören und die ruhige, sanfte Stimme ihres Vaters, der sie aufforderte, sich für ein gemeinsames Foto zu ihrer Mutter und Schwester zu stellen.

Dann tauchten andere Szenen auf. Sie sah sich auf der Kellertreppe sitzen, hielt sich im Nachthemd die Ohren zu wegen der lauten Musik und dem Streit ihrer Eltern.

Anna zuckte unter dem plötzlichen Schmerz zusammen, der ihren ganzen Körper erfasste. Eine Träne lief ihr über die Wange, schon hatte sie eine neue Szene in den Bann gezogen. Ihr Großvater erklärte Anna den Sternenhimmel und ihre Großmutter brachte ihren Lieblingsschokoladenpudding mit Vanillesauce. Anna konnte die Liebe und Geborgenheit genauso stark fühlen wie zuvor den Schmerz. Dann eine Szene, in der sie mit ihrer Freundin Sofie verkleidet als Feen über eine bunte Blumenwiese mit riesigem Huflattich lief. Sie lachten und nahmen die großen Blätter als Kopfbedeckung mit, die sie vor dem hereinbrechenden Sommerregen schützten.

Wie ein Film tauchte eine Erinnerung nach der anderen auf. Sie sah, wie sie immer wieder Mühe hatte, sich unter anderen Kindern zu behaupten, in der Schule mitzuhalten und daher ihre Träume in Bildern und Geschichten festhielt. Sie spürte die Liebe zu ihren Eltern und zu ihrer Schwester und die Ohnmacht und Hilflosigkeit, als alles begann auseinanderzubrechen.

Und dann entdeckte Anna neugierig jene Szene, in der sie Poster mit dem Gesicht eines jungen Mannes in ihrem Zimmer aufhing und diese sehnsüchtig betrachtete. Mit ihrer ganzen Willenskraft versuchte Anna, diesen inneren Film anzuhalten, um alles genauer inspizieren zu können. Völlig gebannt und fassungslos erkannte sie dieses ihr so vertraute und geliebte Gesicht des Jungen, von dem sie den Blick nicht lösen konnte.

Es war Wintanso! Nein, es war Noah! Der Schauspieler und Filmstar aus den USA. Wintanso, der sie einst im Meer der tausend Blüten fand und gerettet hat, der sie auf seine Insel brachte und ihr eine völlig neue Welt offenbarte, der, dem ihr Herz gehörte und den sie mit all ihrer Kraft und ihrem Mut suchte, um ihn vor seinem Tod im Land des ewigen Eises zu bewahren. Er war Noah! Oder war Noah Wintanso? Für einen Moment musste Anna die Augen schließen, um die vielen Gedanken und aufkommenden Fragen zu ordnen. Blitzartig wurde ihr klar, dass sie die Erinnerung an ihre Träume wiedergefunden hatte!

Sie hatte sich gewünscht, aus ihrer Welt zu flüchten und

Noah kennenzulernen, verbunden mit der Hoffnung, auch er würde sich in sie verlieben und sie fortholen aus der Welt der Erwachsenen, die ihren Kummer nicht erfassten.

Mit einem Mal sah Anna den Sommerabend, an dem sie mit Sofie allein auf der Terrasse ihres Elternhauses saß, um Abschied von ihrem früheren Leben zu nehmen. Nach und nach bröckelte die Mauer des Vergessens in Annas Bewusstsein und sie begriff, wer Wintanso für sie wirklich war. Sie erkannte, wer Joshua für Sofie war, sie verstand endlich so vieles, was ihr bis gerade eben noch als ein unlösbares Rätsel erschienen war.

Als Anna die Augen wieder öffnete, war es dunkel. Langsam gewöhnte sie sich an das tiefe Schwarz, das sie umgab, und erkannte, dass vor ihr eine gläserne, aus Eis und Schnee geschaffene Treppe in die Tiefe führte. Wohin diese ging, war für Anna nicht einsehbar. Mit einem Mal erstrahlten die zahllosen Stufen in silbernem Glanz. Voller Entschlossenheit betrat Anna die Treppe und setzte langsam und vorsichtig einen Schritt nach dem anderen in den unbekannten Abgrund. Sie lauschte, ob sie noch einmal die zarte Kinderstimme vernahm. Diese war der Schlüssel zu all dem, was vergessen schien. Schmerzvolles wie auch Schönes. Beides gehörte zu ihrem Leben. Ohne dieses hätte sie nie gelernt, ihre Ängste zu überwinden und mehr Selbstvertrauen zu entwickeln. Anna wäre nicht so entschlossen ihrem Ziel gefolgt, sie hätte nie hierher zu diesem magischen Ort gefunden.

Soeben hatte Anna die letzte Stufe der gläsernen Treppe betreten, als alles in silbrigem Schein erstrahlte. Sie befand sich in einer lichtdurchfluteten Halle, die Decke und Wände waren mit wunderschönen Gemälden geschmückt und ein paar Meter vor sich sah sie eine kleine Gestalt, die ihre Arme nach ihr ausstreckte. Als Anna sie entdeckte, konnte sie nichts mehr aufhalten. Sie lief los, dem kleinen Wesen entgegen, nichts konnte sie bremsen, kein störender Gedanke, keine Schwäche, kein Schmerz. Überrascht von ihrem eigenen Verhalten, überschwemmt von einem unendlichen Glücksgefühl ließ sie sich vor dem kleinen Mädchen auf die Knie fallen. Dieses schenkte ihr ein strahlendes Kinderlächeln und legte ihr sogleich die kleinen Ärmchen um den Hals. Was daraufhin geschah, war für Annas Verstand unerreichbar. Die Gefühle hatten das Regiment übernommen und tobten um die Wette.

»Elisa!«, hauchte Anna dem kleinen Mädchen ins Ohr und drückte sie fester an sich. Diese nickte eifrig und ließ sich vertrauensvoll auf Annas Schoß nieder.

»Du bist da!«, gluckste sie mit ihrer weichen Kinderstimme und berührte mit der kleinen linken Hand Annas Gesicht. Eine Träne des Glücks lief Anna über die Wange, die sogleich von Elisa aufgefangen wurde.

»Du musst nicht weinen«, sagte diese ruhig. Und in ihrem Tonfall lag unendliche Weisheit. »Du hast mich doch gefunden.«

»Ja, ich habe dich gefunden!«, antwortete Anna und betrachtete erleichtert das kleine Mädchen, das sich zu ihr umdrehte, genauer. Überrascht und ungläubig stellte sie fest, dass Elisa genau wie sie aussah, als sie ungefähr vier Jahre alt gewesen war. Erstaunt betrachtete sie die langen dunkelblonden Haare, die leuchtend blauen Augen und die hohe Stirn, die bei genauer Betrachtung einen v-förmigen Schatten unter der Haut zeigte. Genau das hatte sie auch, man sah es nur, wenn sie ganz blass oder krank war. Sie hatte es seit ihrer Geburt, und laut ihrer Mutter hatte das mit der Lage als Fötus in ihrem Bauch zu tun. Wie konnte dieses kleine Mädchen genau das Gleiche haben?

»Erkennst du mich?«, fragte diese mit einem unschuldigen Lächeln, das nur Kinder haben.

»Wie kann das sein?«, fragte Anna verwundert. »Du siehst mir so ähnlich! Du bist doch Tristans Tochter!«

Anna stockte, sie konnte in Elisas Gesicht lesen, dass sie etwas wusste und noch mit sich rang, wie sie es ihr am besten erklären sollte.

»Also ...«, begann sie leise. »Es ist nicht ganz richtig, weißt du?«

Anna nickte und fühlte zugleich, dass jetzt sehr wichtige und für sie bedeutungsvolle Sätze aus dem kleinen Mund des Kindes kommen würden.

»Erzähle mir doch bitte, was du weißt«, bat Anna und schmiegte die Wange an ihr Gesicht. Sie fühlte sich ihr verbunden, als hätte sie sie schon immer gekannt und wäre schon immer bei ihr gewesen.

»Nun, wie erkläre ich es dir am besten ...«, begann Elisa und hielt für einen Augenblick inne. Anna lauschte geduldig. »Du bist ich, weißt du? Und ich bin du!«

Anna zuckte zusammen. Ihr ganzer Körper fühlte sich seltsam unruhig an. Sie musste aufstehen und Elisa, die auf ihrem Schoß saß, für den Moment neben sich auf den Boden setzen.

»Ich hatte gerade auch diesen Gedanken ... Wie kann das sein, wie ist das möglich?«

Elisa sprang auf. In ihrem weißen Kleid sah sie aus wie ein kleiner Engel. Ihr Lächeln war voller Vertrauen und Liebe.

»Du hast in deiner Welt vor langer Zeit die Verbindung zu mir verloren, aber weil du das Träumen nicht aufgegeben hast, konnte ich hier im Traumland, im Land des ewigen Eises, Zuflucht finden. Mit der Hoffnung, dass dich eines Tages wieder ein Weg zu mir führt.«

»Aber Tristan, hat er alles erfunden? Warum erzählt er mir so eine Geschichte von dieser anderen Frau, die er so geliebt hat? Und woher weißt du das alles?«

»Diese Frau gab es auch, sie starb jedoch, als sie sich entschloss, bei Tristan zu bleiben. Die Verlorenheit hatte sie eingeholt. Tristan musste erkennen, dass er eine große Schuld auf sich geladen hatte, denn er wusste von der Gefahr, aber seine Liebe war so besitzergreifend. Es brach ihm das Herz, als er sehen musste, was er angerichtet hatte. Eine gemeinsame Tochter war immer sein Wunsch, es gab sie jedoch nicht. Als er auf dich traf, war plötzlich wieder alles da. Er dachte, er könnte niemals wieder so empfinden. Du hast ihn wieder lebendig werden lassen, ihn nach und nach aus seinem Panzer der Kälte und Feindseligkeit befreit. Er hat sich dir immer mehr geöffnet und dir seine Zuneigung gezeigt. Jedoch wollte er aus seinen Fehlern lernen und mit jedem Tag, den er mit dir verbrachte, wuchs seine Angst vor seiner Liebe zu dir. Er hat geahnt, wonach du suchst. Ein Teil davon warst du selbst. Er nannte mich Elisa und wusste, dass du alles dafür tun würdest, um das Kind aus dem Land des ewigen Eises zu befreien. Ich konnte das alles sehen, da ich ein Teil von dir bin und eine große innere Weisheit besitze«, erwiderte das kleine Mädchen und die Worte sprudelten mit einer Selbstverständlichkeit aus ihrem Mund, als wäre das alles hier das Normalste auf der Welt.

»Ich muss es dir noch besser erklären«, fuhr Elisa fort, griff nach Annas Hand und zog sie zu sich. Zusammen setzten sie sich erneut auf dem glänzenden Boden nieder.

»Du musst wissen, dass deine Suche nach deinen Träumen viel mehr beinhaltet als das, woran du dich gerade wieder erinnert hast. Es geht nicht nur um Wintanso, es geht um dich selbst.«

Anna hatte noch immer Mühe, alles zu begreifen, nickte ihr aber bestätigend zu.

»Ich gehöre zu dir. Du hattest mich verloren und nun hast du mich auf der Suche nach deinen vergessenen Träumen wiedergefunden. Ich erinnere dich daran, mehr an dich und deine Fähigkeiten zu glauben! Zu Hause in deiner Welt sind viele Dinge geschehen, die dich zum Zweifeln gebracht haben, dich verunsichert und schließlich dazu geführt haben, dass du dir nicht wirklich vertraust. Ich bin das Kind in dir, das du einmal warst und das immer bei dir bleiben wird, solange du es willst. Hör wieder auf deine innere Stimme und ich führe dich dorthin, wo du dich wohl und geborgen fühlst. Auch wenn du schon viel älter sein wirst, werde ich dich immer begleiten. Es liegt an dir, ob du es zulässt, ob du unsere Verbindung aufrechterhältst.«

Anna schluckte, als sie die Tiefe und Ernsthaftigkeit dieser erwachsenen Worte des kleinen Mädchens vor sich begriff.

Ja, Elisa, die zwar einem Kind glich, aber eine unendliche innere Weisheit zu besitzen schien, hatte recht. Sie hatte immer das Gefühl gehabt, nichts Besonderes zu sein. Sie hatte keine echten Talente, war in der Schule nur durchschnittlich bis schlecht. Nichts konnte sie besser als ihre Mitschülerinnen. Alles, was ihr wichtig war, war ihre Familie und die begann sich nach und nach aufzulösen. Schon oft hatte sie ihr Leben infrage gestellt. Doch jetzt schien erstmals alles begreifbarer.

Gerührt von Elisas Worten zog sie die Kleine wieder in die Arme und drückte sie innig an ihre Brust. Diese atmete leise auf und ließ sich tiefer in die Umarmung sinken. Für diesen Moment brauchte es keine Worte. Er war einzigartig, unwiederbringlich und voller Liebe.

Langsam löste sich Elisa aus der Umarmung und blickte

Anna durchdringend an. »Tristan hat dir eine Geschichte erzählt, damit du ihn verlässt und nicht bei ihm bleibst. Er wusste, dass du kurz davor warst, den Kopf zu verlieren, Wintanso und alles, was dir einst wichtig war, zu vergessen, um ihn zu lieben. Du wärst bei ihm geblieben und die Schattenwesen hätten leichtes Spiel gehabt. Er ist unendlich klug und sensibel, er konnte sehen, dass ich hier auf dich warte, um deine Verletzungen zu heilen ...«

Anna war sprachlos, gerührt von Tristans liebevollen Taten, die sie erst jetzt verstand.

»Oh nein, das hätte ich nicht für möglich gehalten!« Anna schüttelte den Kopf. Sie konnte es nicht fassen, dass er trotz seiner Liebe zu ihr sein eigenes Verlangen hintanstellte, um ihr nicht im Wege zu stehen. Noch nie war ihr so viel bedingungslose Liebe begegnet. Auch jetzt in diesem Moment, wo ihr bewusst wurde, dass er auf der Suche nach ihrer Erinnerung derart geholfen hatte, machte sich ein wohliges, warmes Gefühl in ihrem ganzen Körper bemerkbar. Wie konnte sie ihm dies jemals danken? Sein selbstloses und für sie nicht immer begreifbares Verhalten hatte sie beschützt und geholfen, unbeschadet hier anzukommen.

Nachdem sich allmählich all ihre ungeklärten Fragen wie die Knoten eines langen Fadens zu lösen begannen und die Suche nach ihren vergessenen Träumen mehr war als der Versuch, ihre verloren geglaubte Erinnerung zurückzubekommen, nahm sie die kleine Elisa auf den Arm und drehte sich mit ihr freudestrahlend im Kreis. Diese lachte vor Vergnügen auf. Die Wände der marmorbeschaffenen Halle verstärkten das fröhliche Glucksen und Kichern der beiden Mädchen, die sich wiedergefunden hatten. Atemlos ließen sie sich auf den Boden sinken und schnappten nach Luft.

»Und nun? Was ist der nächste Schritt? Wie gelange ich

zu Wintanso und all den Wesen des Traumlandes, die ich durch mein Vergessen in Gefahr gebracht habe?«, fragte Anna schließlich und strich Elisa sanft die zerzausten Haare aus dem Gesicht.

»Nun ja, viel kann ich dir dazu nicht sagen, nur, dass du es schon die ganze Zeit bei dir trägst und die Aufgabe hattest, es mit hierherzubringen, um nun das letzte verschlossene Tor zu öffnen«, antwortete sie und schenkte Anna wieder ihr strahlendes Kinderlächeln.

Anna nickte, sogleich kam ihr der Beutel um ihrem Hals wieder in den Sinn, den ihr vor langer Zeit Anouk mit auf die Reise gegeben hatte. Sie hatte ihr von der enormen Wichtigkeit des Inhaltes erzählt, dass sie es nicht verlieren dürfe, denn sonst wäre sie für immer verloren. Beinahe panisch griff sie sich an die Brust, unter den Mantel, erfasste erleichtert den ledernen Beutel und streifte ihn ab. Vorsichtig holte sie die Kostbarkeit zum Vorschein: Den Kopfschmuck, der von den Indianern der roten Wüste getragen wurde, als Zeugnis der Liebe und Verbundenheit von Mann und Frau. Nathan hatte ihn Anouk als Zeichen seiner Liebe mit der Absicht, für immer bei ihr zu bleiben, angefertigt. Drei golden- und perlmuttschimmernde filigrane Ketten, die in der Mitte auf einen zweifarbigen ovalen Stein zuliefen. Die beiden goldgelben und rotbraunen Hälften hatte Anouk einst mit Nathan geteilt und sie nach seinem Tod wieder zusammengefügt. Der Glanz der Steine war seitdem verblasst.

Anna begriff nach und nach, dass dieser zweigeteilte Stein nicht nur die Liebe zweier Menschen widerspiegelte, sondern auch symbolisch für die beiden Brüder Noah, also Wintanso, und Joshua stand, die bereits seit Langem von der Verlorenheit überwältigt, schließlich in das Land des ewigen Eises verbannt worden waren. So lange, bis jemand kam, der die Fähigkeit besaß, das zusammenzufügen, was zusammengehörte ...

Während Anna fieberhaft überlegte, was sie mit dem kostbaren Schmuck in ihren Händen tun sollte, war Elisa bereits auf sie zugekommen, legte die kleinen Händchen auf ihre und berührte die Kette. Wie von Zauberhand begann das Gold der zarten Bänder zu glänzen und der Perlmuttschimmer der einzelnen Glieder zu leuchten. Aber der zweifarbige Stein blieb glanzlos und stumpf wie bisher. Anna blickte Elisa verwundert an. Was konnte diese alles bewirken?

»Anna, weißt du denn wirklich nicht, was du jetzt tun musst?«

Anna versuchte sich zu konzentrieren, einen klaren Gedanken zu fassen und ihrer inneren Stimme zu trauen und diese lauter werden zu lassen.

»Nein!« Sie schüttelte noch den Kopf, obgleich sie immer deutlicher wusste, was nun zu tun war. Elisa beobachtete sie gespannt und nickte ihr aufmunternd zu.

»Du weißt es! Du weißt es schon sehr lange, nur du hast dir selbst nicht getraut, du hast es nicht für möglich gehalten, dass es so einfach sein kann und dass genau du die Person bist.«

Anna starrte sie noch immer etwas ungläubig an, sie zitterte, als sie den Kopfschmuck mit beiden Händen vor sich in die Höhe hielt und zugleich in der Halle eine aus Eis beschaffene Wand suchte, die wie ein Spiegel glänzte. Ganz am Ende des riesigen Raumes schien es solch eine Wand zu geben, ihr Licht reflektierte genau in Annas Gesicht.

Als könnte Elisa Annas Gedanken lesen, stand diese auf und nahm Anna an die Hand. Sie lief zielgerichtet zusammen mit ihr auf den Spiegel am Ende der Halle zu. Tatsächlich war das Eis so glatt und poliert, dass Anna sich selbst darin ganz deutlich sehen konnte. Erneut war sie überrascht von dem, was sie zu sehen bekam. Sie hatte sich verändert, sie war nicht mehr das Kind, das einst im Traumland angekommen war, sondern eine junge Frau. Ihre blauen Augen strahlten sie aus dem Spiegelbild an, als wollten sie ihr etwas mitteilen. Alles, was sie sehen konnte, machte ihr Mut, den nächsten Schritt zu gehen.

»Tu es! Es ist für dich bestimmt, bring es wieder zum Leuchten!«, flüsterte die kleine Elisa, die ihre Hand nun losließ und einen Schritt hinter sie trat.

Schließlich folgte Anna ihrem Impuls und legte sich die Kette mit dem zweifarbigen Stein um die Stirn, Elisa half ihr, sie unter den Haaren zu verschließen.

In diesem Augenblick erstrahlte ein heller Schein aus beiden Steinen des Ovals, sodass Anna für einen Moment geblendet die Lider schloss. Er war so hell, dass er die Halle für Bruchteile von Sekunden in das warme Licht einer aufgehenden Sonne tauchte.

Kapitel 39 – Erfüllung

Da begann das Eis mit einem Mal um sie herum zu knacken und zu bersten. Erschrocken von dem, was vorging, öffnete Anna die Augen und sah sich ängstlich um. Die Säulen der Halle brachen nach und nach ein und die Decke aus Eis und Schnee schmolz in Windeseile dahin. Das Eis wandelte sich in Wasser und Anna befand sich bereits knöcheltief darin.

»Elisa? Wo bist du?«, rief Anna ängstlich, da diese wie vom Erdboden verschluckt war.

»Ich bin immer bei dir ... vergiss das nicht! Geh einfach dorthin, wo du glaubst, gehen zu müssen ... Du hast es geschafft, Anna, öffne dein Herz, deine Augen, und du wirst alles finden, wonach du gesucht hast!«, hallte ihr die glockenklare Stimme der kleinen Elisa von den einstürzenden Wänden entgegen.

Anna verstand endlich. Noch ungläubig betrachtete sie einen Moment lang ihr Spiegelbild. Die Steine des Kopfschmucks hatten erneut ihren ursprünglichen Glanz, sie waren nun wieder fest miteinander verschmolzen.

Mit ihrer Entscheidung, diese selbst zu tragen, hatte sie erstmals an sich geglaubt. Aber auch daran, dass sie Wintanso wiedersehen würde und die Fähigkeit besaß, alle Wesen des Traumlandes, die durch ihr Vergessen in das Land des ewigen Eises verbannt waren, zu befreien. Und damit zugleich ihre liebste Freundin Sofie vor der Verlorenheit zu bewahren, da sie nun endlich begriffen hatte, dass es nicht nur um die Erinnerung an die Träume und Sehnsüchte zweier Teenager gegangen war.

Diese Reise, sie war notwendig gewesen, mit all ihren Strapazen und wunderbaren Augenblicken. Nur so konnte sie den Weg, der letztendlich zu sich selbst führte, und den Glauben an sich und ihre Fähigkeiten finden. Eine Voraussetzung dafür, dass ihre Träume wahr werden konnten.

Das Wasser um Anna herum nahm immer größere Ausmaße an. Es bildeten sich Sturzbäche und kleinere Strudel. Alle Säulen waren eingestürzt, alle Wände lösten sich auf, nur die eine, die einem Spiegel glich, hielt noch stand.

Entschlossen drückte Anna mit ihrer linken Hand gegen diese letzte Mauer aus Eis und Schnee. Überrascht, mit welcher Leichtigkeit sich diese wegschieben ließ und sogleich wie Puderzucker zerfiel, sah sich Anna einem Tageslicht gegenüber, das am Ende der Wassermassen leuchtete. Alles schien dorthin zu fließen, auf diesen einzigen Ausgang, dessen Licht sie anzog.

Anna überlegte nicht lange, sie watete durch das Wasser, dem geheimnisvollen Licht entgegen. Je näher sie ihm kam, umso leichter und mutiger fühlte sie sich. Dass sie mittlerweile brusthoch im Eiswasser schwamm, machte ihr nichts aus.

Sie wusste, wie noch nie in ihrem Leben, dass das der richtige Weg war. Er würde sie dorthin führen, wo sie schon immer sein wollte. Nur ihre ewigen Selbstzweifel und ihr geringes Vertrauen in ihre eigenen Fähigkeiten, ihre mangelnde Liebe zu sich selbst hatten das bisher verhindert.

Befreit durch ihre neuen innersten Erkenntnisse, schwamm sie mit dem Fluss aus Schmelzwasser durch die helle Öffnung am Ende der Halle.

Anna ruderte mit den Armen und gelangte an die Uferböschung des Flusses. Sie konnte Boden unter den Füßen spüren und kletterte tropfnass an Land. Schlotternd legte sie den durchnässten dunkelblauen Samtmantel ab und begann ihr Kleid, so gut es ging, auszuwringen. Ein leichter, wohliger Sommerwind streifte sie und gab Anna sogleich ausreichend Wärme. Langsam ging sie einen grasbewachsenen Hügel hinauf. Mit jedem Schritt wich die schwere Last, die sie während ihrer Suche auf den Schultern getragen hatte, ihre Haare trockneten und das zweifarbige Oval auf ihrer Stirn glänzte.

Schließlich erreichte sie die Hügelkuppe und blieb staunend vor dem, was der Ausblick ihr dort bot, stehen.

Vor ihr eröffnete sich der Frühling in seiner schönsten Form. Da, wo Eis die Landschaft überzogen und Schnee gelegen hatte, war nun ein endlos scheinendes Tal aus hellgrünen Gräsern, übersät von unendlich vielen Schneeglöckchen, die wie weiße Wolken im Kontrast zum hellblauen Himmel wirkten. Vögel sangen und nisteten in den weit auseinanderstehenden Laubbäumen, Bienen und Käfer summten und brummten durch die Luft. Schmetterlinge tanzten zwischen rosa und blau-lila blühenden Fliederbüschen.

Anna nahm einen tiefen Atemzug. Das ganze Tal strahlte Ruhe, Frieden und Glück aus. Sie wagte nicht, sich zu bewegen, da sie fürchtete, diese wunderschöne Szene zu zerstören.

Ein Schmetterling in den Farben des Regenbogens flog direkt auf sie zu und landete einer Feder gleich auf ihrem Kopf. Das zweifarbige Oval schien ihn anzuziehen. Immer wieder flatterte er auf und tanzte mehrmals um sie herum, als wollte er mit ihr Kontakt aufnehmen. Voller Bewunderung für dieses zarte filigrane Geschöpf folgte Anna ihm von der Hügelkuppe hinunter in das hellgrüne Tal. Der reißende Fluss teilte sich dort in mehrere kleinere Bäche, die glasklares Wasser führten und sich zwischen den Bäumen, Gräsern und zahlreichen Schneeglöckchen hindurchschlängelten.

»Wie wunderschön es hier ist!«, sagte Anna leise zu sich

selbst und überlegte nicht lange, als sie sich inmitten einer Schneeglöckchen-Wiese niederließ und begann einen Strauß zu pflücken.

Erinnerungen aus ihrer Kindheit wurden erneut wach, einer ihrer vielen glücklichen Momente, als sie mit ihrer ganzen Familie in einem hellen Frühlingswald spazieren ging und einen Strauß zusammenstellte. Immer bedacht, auch keine Wurzel mit hinauszuziehen, damit die Blume auch im nächsten Jahr wieder blühte. Erstmals spürte sie keinen Schmerz mehr, auch wenn sie wusste, dass es vorbei war und niemals wieder so sein würde. Aber diese wunderbare Erinnerung blieb bestehen und konnte ihr durch nichts und niemanden genommen werden.

Anna genoss gerade den süßen Duft der Blüten, als sie etwas aus der Ferne hörte. Es war ihr, als riefe jemand ihren Namen. Zunächst ganz leise, einem Flüstern gleich. Sie musste sich anstrengen, genauer hinzuhören, doch da war es wieder. Nun etwas deutlicher, lauter: »Anna!«

Anna, die gerade noch inmitten der Schneeglöckchen kniete und ihren Strauß in den Händen hielt, richtete sich auf, um besser wahrnehmen zu können, was bis gerade eben noch unhörbar gewesen war. Suchend blickte sie in alle Himmelsrichtungen. Sie war sicher, jemand rief nach ihr. Es kam nicht von hinten, sondern von vorne aus dem Frühlingstal, an dessen Anfang sie stand.

»Anna!« Da war es wieder! Es war dieses Mal sehr viel lauter, und Annas Herz machte einen Sprung, als sie erkannte, dass es eine vertraute dunkle Stimme war. Eine Stimme, die sie schon so lange vermisste und sich so sehnlichst herbeiwünschte, seitdem sie im Sturm auf dem Meer der tausend Blüten von ihm getrennt worden war.

»Wintanso!«, kam es ihr zunächst leise, dann immer lauter über die Lippen. Sie konnte es nicht fassen, fürchtete, gleich aus einem Traum aufzuwachen, denn es war seine Stimme.

Nach anfänglicher Verwirrtheit rannte Anna los, sie lief durch das kniehohe Gras, darauf bedacht, die Blüten der schneeweißen Blumen nicht zu zerdrücken, immer weiter in das Frühlingstal hinein, sprang über den ein oder anderen kleinen Bach in die vermutete Richtung, aus der seine Stimme gekommen war.

»Wintanso, wo bist du? Ich bin hier! Ich bin ganz in der Nähe! Wintanso!«

Um Luft zu holen und sich besser orientieren zu können, hielt Anna für einen Augenblick inne und richtete den Blick auf den Horizont.

Dort! Sie konnte ihn sehen. Eine Gestalt, sie bewegte sich mit schnellen, geschmeidigen Schritten von dem grasbewachsenen Hügel, der im Süden das Tal begrenzte, auf sie zu. Anna versuchte ihren Blick zu schärfen, aber die Art, wie sich diese Person bewegte, war ihr vertraut. Sie musste nicht mehr erkennen, um zu wissen, dass er es war. Für einen kurzen Moment verfiel sie in eine regelrechte Starre aus Freude und Aufregung. Die Gefühle in ihr hielten sich an den Händen und tanzten im Kreis: Glück, Freude, Liebe. Anna spürte, wie ihr Herz noch schneller schlug und ein starkes Kribbeln in ihrem Bauch, gefolgt von wohliger Wärme, ihren ganzen Körper ergriff.

»Anna! Bleib, wo du bist! Ich bin gleich bei dir!«, rief Wintanso, nur noch ein paar Meter von ihr entfernt. Mit schnellen, weiten Schritten rannte er ihr entgegen. Seine Arme geöffnet, um sie sogleich zu umschließen und für immer festzuhalten. Der Blick seiner braunen Augen so warm und tief.

»Halt mich! Lass mich nie mehr los!«, schluchzte Anna, die jegliche Kontrolle über ihre Gefühle verlor. Glücklich und endlos erleichtert, ihm nochmals so nahe sein zu dürfen, schmiegte sie sich in seine Umarmung.

»Ich habe dich so vermisst ... du bist so stark und sanft zugleich ...«, flüsterte sie, als beide, ergriffen vor Glück und Liebe, taumelnd in das Gras sanken. Für den Augenblick schien die Zeit im Traumland stehen geblieben zu sein.

»Anna, du hast es geschafft, sieh nur, was du aus dem Land des ewigen Eises gemacht hast! Alles Kalte musste weichen, ist geschmolzen, durch die Liebe, die du in deinem Herzen trägst und die du bei all den Schwierigkeiten auf dem Weg zu mir nicht verloren hast! Du hast mich befreit und alle anderen Wesen, die mit deinen vergessenen Träumen in Verbindung standen«, sprach Wintanso, der Annas Gesicht in beide Hände genommen hatte und sie sogleich zärtlich küsste. Von tiefer Zuneigung und Leidenschaft ergriffen erwiderte Anna seine Liebe und schlang die Arme noch fester um seinen Körper. Niemals sollte dieser Augenblick enden! Niemals. Sie wollte ihn festhalten – für immer und ewig. Wintanso, er war da, er war Noah zugleich. Eine tiefe Sehnsucht hatte sie hierher in das Traumland geführt. Sie hatte vieles überwinden müssen, Freude und Schmerz gefühlt, Verlust und Hingabe erfahren. Alles, was auch das Leben bei ihr zu Hause zu bieten hatte. Nur jetzt war es wahr geworden. Sie hielt die Liebe ihres Lebens in den Armen, und das Schönste, das Unglaublichste daran war, dass diese ersehnte Liebe erwidert wurde.

Liebevoll strich Wintanso über den Kopfschmuck, den sie noch immer trug, und den zweifarbigen Stein, der sogleich noch intensiver funkelte.

»Du meinst, deinem Bruder und Sofie geht es jetzt auch wieder gut? Konnte ich das Fortschreiten der Verlorenheit verhindern?«, fragte Anna atemlos, nachdem sie sich allmählich beruhigt hatte und sich Wintansos Worte noch einmal durch den Kopf gehen ließ.

Er nickte. »Dadurch, dass du nicht aufgegeben hast, auch nachdem du den letzten Halt unter deinen Füßen verloren hattest und in die Abgründe des dunklen Sees hinabgesunken bist, dadurch, dass du die Angst vor dem Land des ewigen Eises verloren hast – dadurch konntest du die Zeichen auf deinem Weg wahrnehmen und ihnen folgen ... die dich schließlich zur dir selbst und deiner Erinnerung an deine Träume geführt haben ...«

»Und ich dachte immer, es ist viel komplizierter, ich muss irgendwelche schwierigen Rätsel oder Aufgaben lösen«, unterbrach ihn Anna und strich Wintanso durch seine dunkelbraunen Haare. Sein Gesicht war so wunderschön – männlich, mit weichen Zügen, die die Sensibilität seiner hellbraunen Augen unterstrich.

Wintanso lachte leise auf. »Anna, der Weg zu sich selbst ist oft der schwierigste, den es gibt! Vielen gelingt das nicht, es verlässt sie der Mut, wenn sie ihr Ich erkennen und genauer hinsehen. Du warst unglaublich mutig! Besonders, als du ganz allein gegen die Schattenwesen gekämpft hast!«

»Ich war doch gar nicht allein! Meine Freunde, die Wölfe, waren bei mir. Sie gaben mir das Gefühl, beschützt zu sein.«

»Ja, die Wölfe, das war ja auch etwas ganz Besonderes. Es waren nicht einfach nur Wölfe, weißt du?«

»Wie meinst du das? Für mich wirkten sie wie richtig starke, kluge Tiere. Ihr Instinkt hat mich über das Eis gebracht, na ja fast, bis mich Flinka aus den Tiefen des Sees rettete.«

Wintanso lächelte erneut. Wenn er sie so ansah, ging ihr Herz auf. Sie musste gegen ein starkes Verlangen ankämpfen, ihn noch näher an sich heranzuziehen und ihn erneut endlos lange zu küssen. Oder sollte sie diesem Gefühl einfach nachgeben? Anna beschloss, ihren Verstand für einen Augenblick auszuschalten und das zu tun, wonach ihr gerade war. Was für ein herrliches Gefühl! Sie konnte das tun, was ihr ihr Herz geradezu befahl, und Wintanso schien in keiner Weise davon abgeneigt. Schließlich fasste sie sich erneut, denn sie hatte noch so viele Fragen, nur Wintanso konnte sie ihr beantworten.

»Die Wölfe, kannst du dich noch an ihre Namen erinnern?«, begann er erneut und gab Anna die Möglichkeit, in einer kurzen Pause Luft zu holen.

»Hm, Luna war die Leitwölfin. Ein wunderschönes Tier, schneeweiß mit kristallblauen, aufmerksamen Augen. Manchmal war nur dieses leuchtende Blau im Weiß der Landschaft zu sehen. Die anderen hatten sehr sonderbare Namen.« Anna versuchte sich zu konzentrieren, was ihr in Wintansos Gegenwart sehr schwerfiel. Er grinste, war sich seiner Wirkung auf sie wohl bewusst.

»Also, ich glaube sie hießen Ahyoka, Aquene, Asha, Amitola, Atsila und Ama. Warum fragst du mich das?«

»Na ja, wie gesagt, es waren keine gewöhnlichen Wölfe. Ihre Namen hatten Bedeutungen und Merkmale, die du alle in dir trägst. Sie waren wichtige Begleiter, damit du den letzten Abschnitt im Land des ewigen Eises wirklich schaffen konntest: Fröhlichkeit, Frieden, Hoffnung, Regenbogen, Feuer und das stille tiefgründige Wasser ...«

Anna nickte erstaunt, ja, all dies waren Wesenszüge von ihr. Das ein oder andere war manchmal verschüttgegangen oder ihr noch gar nicht richtig bewusst gewesen.

»Und was, glaubst du, steht momentan im Mittelpunkt?«, flüsterte sie in sein Ohr.

Wintanso zog sie näher an sich heran. Seine Wärme fühlte sich himmlisch an. Anna konnte nicht genug davon bekommen. Behutsam legte er beide Arme um sie, drehte sich ein paarmal mit ihr lachend im hohen Gras und kam so zum Liegen, dass sein Gesicht sich dicht über ihrem befand. »Das ist ganz klar das Feuer!«, neckte er sie und bewegte seine Lippen zärtlich von ihrem Schlüsselbein aufwärts über den Hals zu ihrem Mund.

»Ich habe genug vom tiefgründigen stillen Wasser«, flüsterte Anna, die den Moment genoss und mit geschlossenen Augen versuchte, ihn für immer festzuhalten.

Nach einer Weile erhob sich Wintanso, dabei legte er die Arme unter Annas Nacken und Beine.

»Wohin trägst du mich?«, fragte sie neugierig, als sie bemerkte, dass er sich mit ihr fortbewegte.

»Ich muss dir etwas zeigen, ich glaube, es wird dich interessieren.«

Anna fühlte sie leicht und geborgen in Wintansos Armen. Ihr Gewicht schien ihm überhaupt nichts auszumachen. Mit Leichtigkeit lief er in Richtung des großen Tals. Anna schmiegte ihr Gesicht an seine warme Brust. Sein Herz schlug in einem ruhigen, regelmäßigen Rhythmus. Die schönste Musik, die sie je gehört hatte. Alles an ihm übertraf die Erfahrungen, die sie bisher gemacht hatte. Es schien so, als wären ihre Sinne überfordert von so viel Schönheit, Anmut und Stärke in einer Person. Unglaublich, sie wurde von ihm geliebt ...

Doch dann war da nicht nur Wintansos Herzschlag, den sie überglücklich vernahm. Eine neue Melodie ertönte von der Ferne. Ein Trommelwirbel, Flöten, Stimmen, die ein Lied sangen. Der mitreißende Rhythmus einer fröhlichen Melodie. Wintanso war inzwischen stehen geblieben und ließ Anna von seinen Armen hinabgleiten.

»Da, sieh nur, sie sind alle gekommen!«

Anna folgte Wintansos Anweisung und richtete den Blick nach oben in Richtung des grünen Walls, der das

Tal ringförmig umschloss. Staunend, mit offenem Mund, stand sie neben Wintanso und fühlte, wie die Freude und der Rhythmus der Musik nach und nach ihren ganzen Körper ergriffen. Das war mehr, als sie sich vorzustellen wagte.

Unzählige Indianer des Volkes der roten Wüste säumten den ringförmigen Rand des Talkessels, sangen und tanzten ausgelassen und fröhlich. Anna verstand den Text nicht, aber es wirkte tatsächlich so, als bejubelten sie etwas.

»Was feiern sie?«, fragte sie Wintanso unsicher.

Der blickte Anna durchdringend und ernst an, dann legte er die rechte Hand in Annas Nacken, mit der anderen nahm er ihre rechte Hand und legte sie zusammen mit seiner linken zuerst auf ihr, dann auf sein Herz. Anna wurde von einem warmen, elektrisierenden Gefühl überschwemmt.

»So sagen es die Indianer der roten Wüste, wenn sie von Herzen danken, wenn sie die Liebe des anderen dankbar annehmen und sogleich Liebe geben möchten.«

»Du meinst, wirklich ich bin gemeint?« Ungläubig schüttelte Anna den Kopf.

»Ja! Du hast der weisesten Frau des Stammes ihre Söhne wiedergegeben. Mich und Joshua. Unser Volk ist nun frei von dem Fluch der Schattenwesen.«

Anna nickte, sie konnte es nur schwer fassen. In ihrem bisherigen Leben auf der Erde hatte sie, so schien es, nichts richtig machen können. Sie war nie besonders gut in etwas gewesen. Mit der Trennung der Eltern und dem drohenden Auszug aus ihrem geliebten Haus waren ihre schulischen Leistungen noch mehr abgesackt. Und jetzt sollte sie etwas so Großes vollbracht haben?

»Ich bin doch nur meinem Weg gefolgt«, antwortete sie und fühlte sich beinahe peinlich berührt von so viel Aufmerksamkeit.

Wintanso, der zu erfassen schien, was in ihr vorging, schenkte ihr wieder sein unwiderstehliches Lächeln.

»Genau das war das Richtige – du bist ihn gegangen, auch wenn er mit Schmerz und Verlust verbunden war. Du hast trotzdem nicht aufgegeben und dein Bestes getan. Niemand ist perfekt, Anna, wichtig ist nur, dass man seine Fehler und Schwächen erkennt und nach jedem Absturz nicht verharrt, sondern weitergeht. Wie du siehst, da, wo vorher lebensfeindliches Eis war, wachsen jetzt Schneeglöckchen und Flieder ...«

»Meine Lieblingsblumen ...«, sinnierte Anna und sog nochmals bewusst den süßen Duft der Blüten ein.

»Ja, das ist das Geschenk des Lebens. Genauso wie es Schwierigkeiten für dich bereithält, gibt es auch die Momente, in denen alles perfekt ist. Das Leben nimmt nicht nur, Anna, es schenkt dir auch endlos viel. Es liegt an dir, ob du es erkennen kannst und wahrnimmst.«

»Wenn das so ist, dann ist das hier ein riesengroßes Geschenk!«, antwortete Anna nachdenklich.

Die beiden liefen den Indianern der roten Wüste ein Stück entgegen, der Klang des Liedes war mittlerweile zwischen den grünen Hügeln verhallt, nur eine leise, zarte Flötenmelodie, die von den Kindern gespielt wurde, ertönte.

In diesem Augenblick entdeckte Anna ihre Freundin Sofie zusammen mit Joshua, Lea und Anouk. Sie waren alle quicklebendig und winkten ihr ausgelassen und fröhlich aus der Ferne zu. Aber nicht nur sie waren gekommen, sondern alle Wesen des Traumlandes, mit denen sie während ihrer Reise Kontakt gehabt hatte. Sie erschienen nun hier auf den hellgrünen Hügeln über dem Tal: Flinka, Poalbo, Antiqua, Quantana, das Volk des Meeres der tausend Blüten, Sonnenwind und Keran!

Stolz und kraftstrotzend stand er da. Sein Blick fest auf Anna gerichtet. Annas Herz machte einen Sprung.

»Wie kann das sein? Keran, er lebt!«, fragte sie Wintanso überrascht.

»Ja! Vermutlich hat er den Brand schwer verletzt überstanden, erst deine wiederkehrende Erinnerung an deine Träume hat ihm genug Kraft für seine Genesung gegeben. Du hast alle Wesen des Traumlandes von der drohenden Verbannung und dem Untergang befreit«, erklärte dieser und strich ihr sanft über die Wange.

Anna blickte sich erneut suchend um. Einer fehlte. Hatte er bereits vollkommen mit ihr abgeschlossen? Hatte ihr Verhalten seinen Schmerz unermesslich werden lassen?

Wintanso zog Anna zur Seite und riss sie aus ihren Gedanken. »Er wird kommen, hab Geduld, ich kann die Pferde schon hören.«

Und tatsächlich. Anna drehte sich um und konnte in der Ferne die Wölfe sehen. Luna lief vorneweg, gefolgt von den anderen. Dahinter sah sie ein großes schwarzes Pferd mit einem dunkel gekleideten Reiter. Tristan. Es konnte nur einer sein. Etwas dahinter, auf einem kleineren Pferd, folgte ihm Eliah.

Anna hielt die Luft an. Die Atmosphäre um sie herum schien zu knistern. Wie würde Wintanso reagieren? Er fühlte jede Regung in Anna, jeden Gedanken, jedes Gefühl schien er zu teilen. Sie konnte vor ihm nichts verstecken.

»Es ist in Ordnung, Anna! Tristan war sehr wichtig für dich, um auf deiner Suche nach dir selbst weiterzukommen. Geh zu ihm, ich bleibe hier und warte auf dich«, beruhigte er sie sanft und gab ihr einen flüchtigen Kuss auf den Nacken.

Anna nickte, mit unsicherem Gang lief sie den Hügel wieder taleinwärts hinab, Tristan entgegen.

Innerhalb kürzester Zeit sprangen die Wölfe freudig auf Anna zu und rissen sie zu Boden. Lachend streichelte und balgte sie mit jedem Einzelnen. »Ich danke euch für alles und bin so froh, euch wiederzusehen!«, rief sie voller Freude. Jegliche Angst vor den wilden Tieren mit den besonderen Namen war verflogen.

»Darf ich dir aufhelfen?«, fragte eine tiefe, ernste Stimme, die Anna sofort aus ihrem Spiel mit den Wölfen riss. Nach kurzem Zögern ergriff sie Tristans rechte Hand, die er ihr entgegenstreckte.

»Tristan ...«, begann sie, aber ihre Stimme versagte.

Das Graublau seiner Augen wirkte wässrig. Anna konnte erahnen, dass er selbst mit der Fassung rang. Sogleich fühlte sie, wie auch sie mit den Tränen kämpfte. Beide blickten einander wortlos an, die Wölfe und auch Eliah waren für sie nicht mehr wahrnehmbar und in den Hintergrund getreten.

»Ich bin sehr glücklich, dass du gekommen bist ...«, begann Anna schließlich, die erst jetzt bemerkte, dass seine Hand die ihre nicht losgelassen hatte und sie beinahe unbemerkt immer näher zu sich heranzog. Es trennten sie nur noch wenige Zentimeter, bis ihre Körper sich berührten. Tristans Blick wurde weicher, er schloss die Augen für einen Moment, als müsste er genau überlegen, was er sagen konnte und was er lieber für sich behalten sollte, wohlwissend, dass Wintanso nicht weit entfernt auf seine Liebste wartete.

»Anna, auch ich bin sehr froh und erleichtert darüber, dass du an deinem Ziel angelangt bist. Meine Wölfe scheinen dich gut beschützt zu haben.«

»Ja, Tristan, das haben sie. Sie waren treue Begleiter und gaben mir mehr als ihre Freundschaft ... genauso wie du.«

Tristan nickte. Anna entging nicht, wie er innerlich mit sich rang, ihr nicht zu nahe zu kommen.

»Ich habe lange gebraucht, um dein Handeln zu verstehen, warum du es mir anfangs so schwer gemacht hast, zu dir durchzudringen und jegliche Nähe vermieden hast. Alles macht jetzt einen Sinn für mich.«

Tristans Augen leuchteten bei diesen Worten auf. Vorsichtig nahm er Annas zierliche Hände in seine und betrachtete sie. Dabei huschte ein Lächeln über sein Gesicht und gab ihm die nötige Weichheit, die ihn lebendig und liebenswert machte.

»Ich habe sehr schwer mit mir selbst gekämpft, Anna, um dich nicht bei mir zu halten, sondern ziehen zu lassen. Es war für mich eine völlig neue Erfahrung. Nicht die besitzergreifende Liebe ist die wahre, sondern die, die fähig ist loszulassen, damit der andere sich gestärkt von der Liebe entfalten und leben kann.«

Anna hörte schweigend zu, jedes einzelne seiner Worte hallte in ihr nach, berührte ihr Herz und tauchte in die Abgründe ihrer Seele.

»Ich dachte, mein Herz zerbricht für immer, als ich dich in der Vollmondnacht all den Gefahren auslieferte und dich über das Eis des großen Sees ziehen ließ. Ich glaubte, zuerst sterben all meine Gefühle, dann mein Verstand und schließlich mein Körper. Alles in mir verlangte nach dir – alles in mir kämpfte dagegen an –, um dich leben zu lassen, lieben zu lassen, auch wenn ich nicht der Auserwählte bin. Wie hätten wir glücklich werden können, wenn meine Liebe zu dir deinen langfristigen Untergang bedeutet hätte?«

Anna hatte mittlerweile den Kampf gegen die Tränen verloren. Eine nach der anderen rollte über ihre Wangen. Tristans Worte rührten an ihren Gefühlen für ihn. Sie konnte sie nicht leugnen, auch wenn sie Wintanso über alles liebte, verspürte sie eine tiefe Zuneigung und Faszination für diesen Mann, der äußerlich so wehrhaft, aber innerlich weich und verletzbar war.

»Ich danke dir, Tristan, ich weiß, ich kann es nicht mehr wiedergutmachen, aber du sollst wissen, dass ich zutiefst dankbar dafür bin, dass du diesen Kampf zugunsten meiner Liebe geführt hast.« Tristan nickte traurig und ernst zugleich. Annas Tränen arbeiteten massiv an seinem selbst auferlegten Schutzschild.

Behutsam wischte er die einzelnen Tränen von Annas Wangen.

»Auch ich danke dir, Anna. Durch dich habe ich gelernt zu lieben, ohne besitzergreifend zu sein. Auch wenn mein Schmerz im Moment noch sehr groß ist, bin ich mir sicher, dass sich irgendwann die Freude darüber setzt, zu wissen, dass ich dir helfen konnte, deine Erinnerung an deine vergessenen Träume zurückzugewinnen. Ich wollte dir weiterhelfen und dich glücklich machen, und das ist auch ein wunderbares Gefühl, zu wissen, wie man mit der Liebe umgehen kann.«

»Deine Art, mir deine Liebe zu zeigen, half mir, meine wiederzufinden«, unterbrach Anna. »Das ist mehr, als ich jemals in meinem Leben geschenkt bekam.«

Dabei hatte sie die restlichen Zentimeter, die beide noch voneinander trennten, überschritten und legte ihre Stirn an seine Brust. Zärtlich umarmte Tristan Anna und vergrub sogleich sein Gesicht in ihren Haaren.

So standen beide wortlos, ein jeder den anderen tröstend, eine Weile da. Anna wusste, der Augenblick des Abschieds war gekommen. Ein Abschied für immer, unvorstellbar und grausam. Langsam löste sie sich aus Tristans Umarmung und blickte ihn an. Sein Gesicht wirkte verletzlich wie noch nie, aber seine Schönheit war nun vollkommen, nicht mehr das kalte, abweisende Wesen wie damals, als er sie in der Festung gefangen nahm.

»Es ist Zeit, Anna, ich muss gehen.« Da fiel der Satz, den Anna nicht hören wollte, der aber unbarmherzig in ihrem Inneren nachhallte.

»Ich weiß, dass du auch bald wieder nach Hause zurückkehren wirst, jetzt, wo du das gefunden hast, wonach du gesucht hast«, seufzte er und seine Stimme klang ungewöhnlich rau und heiser.

Anna nickte, ein Kloß in ihrem Hals machte es ihr unmöglich zu sprechen. Noch einmal zog Tristan sie ganz fest an sich, beugte sich zu ihrem Gesicht, legte es in seine beiden Hände und flüsterte: »Ein Teil von mir, Anna, wird dich immer lieben, egal wo du lebst und wem dein Herz gehört. Vielleicht kreuzen sich unsere Wege in einer anderen Welt, vielleicht ist das jetzt das letzte Mal, dass ich dir so nah sein darf, dann vergiss bitte diese Worte nicht ...«

Anna unterdrückte ein Schluchzen. Sie konnte nichts mehr erwidern, die Zerrissenheit in ihr machte es unmöglich.

Tristan löste sich von Anna. Ein letzter liebevoller Blick. Dann drehte er sich um und lief mit schnellen Schritten zu seinem Pferd, auf dem er mit einem Satz Platz nahm. Er ritt davon, ohne sich noch einmal umzudrehen. Anna wusste, wenn er sie so sehen würde, wie sie gerade da stand, wäre er sofort wieder zurückgekommen. Völlig aufgelöst und schluchzend sank sie zu Boden. Eliah und die Wölfe waren Tristan gefolgt und ließen sie mit ihrem Abschiedsschmerz allein.

Doch da war er bereits bei ihr.

Wintanso.

Sein Blick war von Sorge und Mitgefühl geprägt.

Liebevoll setzte er sich hinter sie in das hohe Gras und schloss vorsichtig die Arme um sie. Anna bemerkte sofort, wie wohltuend seine Nähe war, wie sich ihr Atem und ihr

Herzschlag beruhigten. Langsam ließ sie sich nach hinten fallen und wurde nun von ihm aufgefangen und gestützt.

»Es ist in Ordnung, wenn du traurig bist«, flüsterte er leise und schmiegte sein Gesicht an ihres.

»Du bist mir nicht böse?«, fragte Anna unsicher.

»Warum sollte ich?«

»Na ja, es ist ja nicht zu übersehen, dass ich für Tristan viel empfinde ...«

»Ja, das ist ganz offensichtlich«, antwortete er ruhig und schenkte ihr wieder sein unwiderstehliches Lächeln. »Aber du hast dich ganz klar für mich entschieden.« Er begann mit zärtlichen Küssen ihre Tränen zu trocknen.

Anna fühlte, wie die Schwere, die gerade noch ihren Körper ergriffen hatte, nach und nach wich. Mit jedem Kuss fühlte sie sich leichter und befreiter von allem Kummer.

»Wie viel Zeit bleibt uns noch, Wintanso? Eine weitere Trennung überlebe ich nicht. Wann muss ich gehen?«

Er zog Anna noch fester an sich und streichelte ihr über die langen dunkelblonden Haare. Mit seinen Fingern zeichnete er den ovalen Stein des Kopfschmucks auf ihrer Stirn nach.

»Was ist? Willst du mir keine Antwort darauf geben, weil sie so vernichtend ist?«, fragte Anna misstrauisch.

»Mir ist nur gerade aufgefallen, dass du den Kopfschmuck schon immer getragen hast, der dunkle Fleck, der durch deine Haut schimmert, er hat genau die Form des Ovals.«

Anna fasste sich überrascht an die Stirn und begann zu lächeln. »Hm, ich habe immer gedacht, das ist bloß ein unschöner Schatten in meinem Gesicht, der gerade dann deutlich zu sehen ist, wenn es mir nicht gut geht, ich krank oder sehr blass bin.«

»Ja, vielleicht ist das so in deiner Welt. Hier ist es ein Zeichen innerer Verbindung, unserer Liebe – die auch fortbesteht, wenn sich unsere Wege trennen.«

Anna schluckte und hatte Mühe, ihr Gefühlschaos zu ordnen.

»Wie lange noch?«, fragte sie erneut und hoffte, es gäbe darauf keine Antwort.

Wintanso blickte zu Boden, es fiel ihm sichtlich schwer, ihr in die Augen zu sehen.

»Noch genau ein Tag – bis zu deinem nächsten Schlaf. Wenn du dann die Augen wieder öffnest, wirst du zu Hause aufwachen«, antwortete er zögernd, in seiner Stimme schwang Schwere und Traurigkeit mit.

»Noch bis zur kommenden Nacht?«, fragte Anna entsetzt. Ihr Herz begann zu rasen, ihr Atem stockte. Die Beklommenheit in ihrer Brust breitete sich so stark aus, dass sie glaubte, ihr Herz würde jeden Moment aufhören zu schlagen. »Nur noch ein paar Stunden?«

Wintanso nickte und schloss sie fest in die Arme.

»Ich will aber nicht! Ich will bei dir bleiben!«, rief sie empört. Sie fühlte wieder diese Wut, eine hilflose Wut, ähnlich wie in dem Moment, als das Eis unter ihren Füßen gebrochen war und ein Fall in die kalte Dunkelheit folgte.

»Jetzt, wo ich dich endlich gefunden habe, soll ich dich schon wieder verlassen?« Erneut begann Anna zu weinen, sie schluchzte ungehemmt in Wintansos Armen. Behutsam versuchte er sie zu beruhigen, indem er über ihren Rücken und Nacken strich und dabei eine Melodie summte, die auf sie hypnotisch wirkte.

Sie seufzte zwischen Weinen und einem verzweifelten Lachen. »Du musst damit aufhören, sonst schlafe ich gleich hier in diesem Moment ein und verschwinde ...«

Wintanso nickte und lächelte mit wässrigen Augen zurück. Als Anna das sah, schmerzte ihr Herz umso mehr. Wintanso mit Tränen, das war zu viel für sie.

»Du bist schon fast zu Hause, Anna, nur ich halte dich

hier noch. Eigentlich ist vorgesehen, dass die Menschen, direkt nachdem sie ihre Erinnerung in unserem Land gefunden haben, zurückkehren müssen.

Ich habe alle Wesen des Landes beschworen, uns noch einen ganzen Tag zu geben. Ich weiß, dass das auch Joshua für Sofie getan hat. Und da unsere Mutter eine Frau mit viel Magie ist, konnte sie die Zeit für uns für ein paar Stunden anhalten. Erst wenn du in den Schlaf fällst, kehrst du, genau wie Sofie, zurück auf die Erde. Da Menschen nicht Wesen des Traumlandes sind, können sie hier nicht leben. Sie müssen gehen, wenn die Zeit gekommen ist, sonst werden sie krank. Du würdest hier nicht lange glücklich sein, sondern immer schwächer werden und schließlich sterben. Nimm die Botschaft des Traumlandes mit in deine Welt und du wirst sehen, änderst du dich, wird sich vieles für dich ändern. Du hast gelernt, dir zu vertrauen, an dich zu glauben, dein Leben selbst in die Hand zu nehmen und nicht zu warten, dass jemand anderes es für dich tut.

All die Erfahrungen, die du auf der Reise durch die verschiedenen Länder des Traumlandes gemacht hast, werden dir helfen, nach und nach dein Leben zu leben und nicht das der anderen«, versuchte Wintanso Anna zu trösten.

Sie hatte aufgehört zu weinen. Konzentriert auf jedes seiner Worte. Sie wollte all seine Ermutigungen niemals vergessen. Sie waren ihr Lebenselixier. Sie hatte geahnt, dass es auf einen Abschied hinauslaufen würde – aber sie hatte es nicht wahrhaben wollen. Tatsächlich fühlte sie sich innerlich gewachsen, viel stärker als zu Beginn ihrer Reise.

Gefasst richtete sich Anna auf, drückte Wintansos Hand und blickte ihn zuversichtlich und voller Liebe an.

»Wie werden wir die letzten gemeinsamen Stunden verbringen? Hier unter den Augen all der anderen?«

Wintanso lachte auf. Sein Gesicht bekam wieder das vereinnahmende Leuchten, das Anna so liebte. »Du meinst also, du möchtest lieber mit mir allein sein? Das will auch ich mehr, als du dir vorstellen kannst, und dazu möchte ich dich an einen Ort bringen, der mir sehr wichtig ist, den du bereits kennst und mit dem du sehr schöne Erinnerungen verbindest.«

»Deine Insel?«, unterbrach ihn Anna freudig.

Sie hatte die Bilder noch im Kopf: das Meer, das Baumhaus, der Wasserfall und der See, in dem sie schwammen. Damals waren sie sich erstmals nähergekommen.

Wintanso nickte und lief mit Anna an der Hand los. »Lass uns zu Anouk gehen! Meine Mutter weiß, wie wichtig die verbleibende Zeit ist, die wir noch haben. Sie wird uns mit einem Zauberritual in kürzester Zeit auf meine Insel bringen.«

Als sie oben auf der Bergkuppe des südlichen Talendes angekommen waren, warteten Anouk und ihr Volk, begleitet von den Indianern des Meeres der tausend Blüten, bereits auf Anna und Wintanso.

Sie führte die beiden in den Kreis hinein, in dem alle zusammengekommen waren und in dessen Mitte ein großes Feuer brannte. Anouk und Sonnenwind schmückten beide mit zarten weißen Blüten und ließen sie von einem köstlichen Saft trinken. Sie sangen erneut ein Lied, dessen Rhythmus Anna mitriss und sie an einem Tanz teilnehmen ließ, ohne zu wissen, dass sie dazu fähig war. Diese beiden Völker, deren Herkunft so gegensätzlich, ihr Aufeinandertreffen so selbstverständlich und friedlich war, zogen Anna zusammen mit den magischen Klängen der Flöten und Trommeln, den Gesängen der Männer und Frauen in einen tiefen Bann. Wintanso bewegte sich mit ihr leicht wie eine Feder und sie wurden aufgenommen in den Fluss von Leichtigkeit und Freude. Anna fühlte sich lebendig, jegliche Schwere, Trauer und Ängste fielen von ihr ab. Jegliche Dunkelheit in ihr wich einem hellen Licht, Lebensfreude und Übermut. Ihr war, als schwebte sie mit den anderen im Kreis um das Feuer. Genau in diesem Augenblick begannen die Farben und Formen um sie herum zu verwischen, ihre Beine suchten Halt auf einem Boden, der in weite Ferne rückte. Sie glaubte zu fliegen, ihr Verstand versuchte zu begreifen, was gerade geschah, konnte es aber nicht fassen.

Aber das war momentan für Anna nicht wichtig. Sie ließ es geschehen, wichtig waren nur die beiden starken Arme, die sie in diesem magischen Augenblick trugen. Wintanso, er hielt sie fest und sicher bei sich. Anna schloss für eine Sekunde die Augen, riss sie panisch wieder auf, da sie befürchtete, schon wieder zu Hause auf der Erde zu sein. Doch was sie sah, beruhigte sie sofort und raubte ihr für einen Moment den Atem.

Sie waren angekommen.

Kapitel 40 – Liebe

Die Farben und Formen um sie herum waren wieder deutlich zu erkennen und hatten Konturen. Sie fühlte den sandigen, weichen Boden unter den Füßen. Vor ihr lag das Meer der tausend Blüten. Mit einem leisen Rauschen zogen die Wellen an Land, die Sonne ging gerade goldgelb auf und tauchte das kleine dunkelgrüne Urwäldchen und den Sandstrand in ein warmes Licht. Unzählige weiße Blüten trieben auf den Wellen des großen azurblauen Ozeans. Mit jedem Strahl, der sich mit der steigenden Sonne wie ein goldener Fächer ausbreitete, öffneten sich die zarten Blütenblätter mehr und mehr. Ein süßlicher Duft, gemischt mit einer salzigen Meeresbrise, lag in der Luft. Anna atmete mehrmals tief ein und aus. »Ich bin wieder hier! Diese Insel, sie ist so wunderschön!«

»Ja, das ist sie. Ein Ort, an dem nur noch du gefehlt hast«, fügte Wintanso hinzu und in seinem Gesicht breitete sich wieder dieses warme Strahlen aus. »Es ist so, als gehörtest du schon immer hierher«, setzte er fort und suchte ihren Blick. »Deine Augen haben genau die Farbe des Meeres der tausend Blüten. Ich könnte dich stundenlang so ansehen.«

Anna lächelte und spürte, wie ihr die Wärme ins Gesicht stieg. Komplimente dieser Art zu bekommen, war ihr völlig neu. Bisher hatte sie immer gedacht, an ihr gäbe es nichts Besonderes.

Sie versuchte ihre Gedanken zu ordnen, die im Gefühlschaos verloren gegangen waren, und sich bewusst zu werden: Das war er jetzt, ihr letzter Tag mit Wintanso. Ihre letzten Stunden im Traumland.

»Woran denkst du?«, unterbrach sie Wintanso und zog sie an der Hand mit sich nach vorne zur Brandung.

»Dass ich jede Stunde, jede Minute, jede Sekunde, die uns noch bleibt, ganz bewusst erleben will ... und dass ich es schaffen möchte, nicht die Trauer über den bevorstehenden Abschied dominieren zu lassen, sondern die Freude darüber, dass ...«

»Dass?«, fragte Wintanso neugierig, als Anna nach den richtigen Worten suchte. Sie standen mittlerweile beide knöcheltief im schäumenden Meerwasser.

»Dass du mich liebst ...« Weiter kam Anna nicht, da er sie bereits zärtlich küsste.

»Ich werde es dir jede Stunde, jede Minute, jede Sekunde beweisen, wie sehr ich dich liebe ...«, flüsterte er und zog Anna eng an sich.

Ihr wurde schwindlig, seine Nähe und Leidenschaft hatte eine erschreckende Wirkung auf ihren Körper. Alles war so neu für sie und hatte von ihr völlig Besitz ergriffen. Sie verlor das Gleichgewicht, und noch bevor Wintanso reagieren konnte, fiel sie in die warmen Wogen der aufschäumenden Brandung. Wintanso sprang ihr sofort hinterher und beide tauchten lachend auf.

»Lass uns schwimmen gehen, Anna! Morgens ist es besonders schön!«, schlug er freudestrahlend vor und streifte sich sein nasses Leinenhemd über den Kopf. Mit einem Wurf landete es am Strand. Anna bemerkte, wie sein Anblick ihr Herz noch schneller schlagen ließ, oder war es die Frage, die sie sich stellte, nämlich: Was sollte sie jetzt ausziehen? Mit dem Kleid, das sie von Tristan geschenkt bekommen hatte, das sie gewärmt hatte im Land des ewigen Eises, würde sie aufgrund des Gewichts nach unten gezogen. Sie musste es ausziehen, so konnte sie nicht schwimmen gehen.

Unsicher blickte sie Wintanso an. Als ob er bereits ihre Frage erahnte, trat er auf sie zu und zog sie aus dem Wasser.

»In der Bambushütte da hinten findest du, was du brauchst. Geh nur, ich warte hier auf dich.«

Anna nickte und hatte bereits das vertraute Baumhaus in den Armen zweier ausladender tropischer Bäume entdeckt. Dort hatte sie bereits schon einmal mit Wintanso übernachtet. Hier hatte sie erstmals diese intensive Liebe und Geborgenheit in Wintansos Nähe empfunden.

Auf merkwürdig unsicheren Beinen, beinahe taumelnd, lief sie zu dem Baumhaus. Das silbrig weiße Kleid hing nass und schwer an ihrem Körper und machte das Hinaufklettern zum Eingang schwierig. Dort angekommen blickte sie sich erleichtert um. Alles war noch so, wie sie es in Erinnerung hatte. Die weißen Matten mit den weichen Kissen und Decken. Die Feuerstelle, die beiden runden Fenster, von denen man weit über den Ozean blicken konnte, und die vielen wohlriechenden weißen Blüten, die im ganzen Raum verteilt waren. Da entdeckte sie es. Am hintersten Ende, auf ihrem früheren Schlafplatz, lag das, wovon Wintanso wohl gesprochen hatte.

Es war ein Hauch von Nichts. Ein schlichtes weißes Wickelkleid aus leicht transparentem Stoff, der durch die mehreren Schichten, die aufeinanderfielen, blickdicht wurde. Es hatte nur auf der linken Seite einen Träger über der Schulter, die rechte blieb frei. Ab der Taille fiel der Stoff fließend in einen kurzen Rock hinab, darunter trug sie eine kurze weiße Hose. Anna hatte keinen Spiegel, unsicher drehte sie sich im Kreis und betrachtete sich.

»Und so soll ich nun Wintanso gegenübertreten?« Warum machte sie sich darüber Gedanken, zu Hause hatte sie beim Baden immer einen Bikini an, und das hier war doch durchaus sehr viel mehr Stoff. Aus Sorge, sie könnte den wertvollen Kopfschmuck beim Schwimmen im Meer verlieren, nahm sie ihn vorsichtig ab, legte ihn in die Schale einer offenen Herzmuschel und versuchte ihre zerzausten Haare mit einem bereitliegenden Kamm zu glätten und wieder zum Glänzen zu bringen.

Schließlich fasste sie sich ein Herz und verließ das Baumhaus. Langsamen Schrittes, und ein jeder kostete sie eine Menge Mut, lief sie auf Wintanso zu. Er saß bis zur Brust im schäumenden Wasser der Brandung und wartete dort auf sie. Anna lief so leise im weichen Sand, dass er ihr Kommen noch nicht bemerkt hatte. Sie konnte den Blick von ihm nicht lösen. Wintanso wirkte in dieser Umgebung noch schöner, attraktiver, seine Haut, seine Haare, alles schimmerte in einem besonderen, anziehenden Licht und wurde eins mit der einmalig schönen Landschaft.

Vorsichtig schlich sie sich von hinten an und verdeckte Wintansos Augen mit ihren Händen. Lachend griff er nach ihren Armen, mit einem Satz zog er sie zu sich und hielt sie fest.

»So, nun zeig mir mal, wie viel Kraft du hast, dich aus meinen Armen zu befreien!«

Anna schüttelte den Kopf. »Wer sagt denn, dass ich das will?« Kichernd schmiegte sie sich noch enger an ihn, bis er seinen Griff lockerte, entwich dann blitzschnell und lief in die Wellen der Brandung.

»Du bist ganz schön raffiniert!«, lachte Wintanso und folgte ihr sofort nach.

Das Wasser fühlte sich wunderbar warm und weich an. Es schmeckte salzig und seine Auftriebskraft veranlasste Anna und Wintanso, sich immer wieder Hand in Hand auf dem Rücken liegend treiben zu lassen, den Blick auf den hellblauen Himmel gerichtet, den einzelne bauschige Wolken schmückten.

»Dieser Himmel, er ist so wunderschön!«, rief Anna, als sie Arm in Arm in den Wellen trieben.

Wintanso sah nach oben und nickte. »Es ist derselbe wie bei dir zu Hause.«

Anna schüttelte den Kopf. »Das kann ich gar nicht glauben ... Hier ist alles so ... so traumhaft, einfach einzigartig ... und zu Hause, da ist alles anders ...«

Wintanso löste sich aus der Umarmung, drehte sich Anna zu und zog sie an der Taille zu sich heran.

»Es kommt darauf an, wie du die Dinge betrachtest, Anna. Dein Himmel auf der Erde ist derselbe. Es liegt an dir, was du daraus machst und wohin dein Blick geht.«

Anna nickte, sie verstand, was er sagte, doch konnte sie sich einen Himmel ohne Wintanso nur sehr schwer vorstellen.

Bevor sie aber in trübsinnige Gedanken verfallen konnte, wurde sie plötzlich in den Rücken gestupst. Sogleich hörte sie Wintanso Lachen und einen Ton, der nur von einem Delfin stammen konnte.

»Taurin!« Sie konnte es nicht fassen, er war es und er hatte seine ganze große Familie mitgebracht, von der sie bereits zu allen Seiten umgeben waren.

»Komm, lass uns spielen, wie es Kinder tun!«, forderte sie Wintanso auf. Sogleich holten beide tief Luft und tauchten unter. Die Delfine schwammen neben, unter und über ihnen. Immer wieder kamen sie ganz nah und ihre großen dunklen Augen blickten Anna lange und neugierig an. Es war ihr, als erforschten sie ihr Herz, als wüssten sie genau, was sie fühlte, was sie dachte. Anna schwamm ohne jegliche Mühe oder Kraftanstrengung immer in Begleitung eines Delfins, getragen von einem unbändigen Glücksgefühl und einer Leichtigkeit, von der sie nicht geahnt hatte, dass es sie gibt.

Bis zum frühen Abend spielten die Tümmler mit ihren beiden Freunden in den Wellen. Erst als sie sich verabschiedeten, merkte Anna, dass sie hungrig war, und schwamm mit Wintanso zurück an Land. Dort angekommen, spürte sie, dass dieses einzigartige Erlebnis etwas mit ihr gemacht hatte. Sie hatte sich verändert. Es fühlte sich unendlich gut an. Sämtliche Unsicherheit und Schwere war von ihr gewichen. Dunkles hatte in ihrem Kopf keinen Platz, die vielen schönen Gefühle überfluteten sie förmlich – und sie wollte, dass dies niemals endete.

Erschöpft ließ sie sich in den weißen, pudrigen Sand sinken. Wintanso legte sich zu ihr und beugte sich über sie. Er schien in keinster Weise müde von dem stundenlangen Bad im Meer. Mit einer weißen Feder in der Hand strich er Anna über die Haut. Sie musste lachen, denn es kitzelte und machte sie wieder wach.

»Und was machen wir jetzt?«, fragte sie neugierig.

»Das, was durch das Schwimmen viel zu kurz gekommen ist«, antwortete Wintanso und setzte einen zärtlichen Kuss nach dem anderen von Annas Schlüsselbeingrübchen über den Hals in Richtung Lippen. Dabei hob er sie vorsichtig vom sandigen Boden hoch und nahm sie auf die Arme. Langsam und eng umschlungen trug er sie zum Baumhaus.

Als die Sonne glutrot im Meer versank, aßen Anna und Wintanso von dem Fisch, den er gefangen und über dem Feuer zubereitet hatte. Es schmeckte köstlich und steigerte Annas Wohlgefühl. Wäre da nicht die Müdigkeit gewesen, die sich wie Blei immer wieder auf ihre Augen legte. Nur nicht einschlafen!, dachte Anna. Dann ist alles vorbei und ich sehe Wintanso nie wieder.

»Du wirst es nicht verhindern können, Anna«, flüsterte Wintanso und stockte, als wollte er die Stille des magischen Augenblicks zwischen ihnen nicht brechen. »Der Moment, in dem du das Traumland verlassen wirst, steht kurz bevor ... Du musst zurück, dort ist deine Bestimmung, nicht hier ...« Seine Stimme brach und Anna stellte an seinem Gesichtsausdruck entsetzt fest, dass er die Trauer über die bevorstehende Trennung nicht mehr unterdrücken konnte. Wenn er nur halb so stark wie sie empfand, diese innige Liebe – eine Verwandtschaft zweier Seelen –, dann würde der Abschied auch für ihn unendlich schwer sein. Besorgt blickte sie ihm in die Augen. Anna wollte ihn nicht so traurig sehen, ihn niemals unglücklich machen.

»Wenn ich hier nicht hergehöre, wohin gehöre ich dann? Mein Leben auf der Erde ist so kompliziert, alles ist so grau, ich werde nicht verstanden für das, was ich sehe, was ich denke und was ich fühle«, sagte Anna traurig.

»Du wirst dort gebraucht, Anna, vielleicht ist das Anderssein für dich irgendwann ein Vorteil. Vielleicht ist deine Fähigkeit, die Welt in verschiedenen Farben zu sehen, eine Gabe. Für dich eröffnen sich weiterhin neue Welten«, antwortete Wintanso ruhig.

»Wenn ich wieder zu Hause bin, werde ich immer wieder ganz bewusst den Himmel betrachten. Vielleicht stelle ich fest, dass es doch ein und derselbe ist. Nur dass wir uns nicht mehr sehen können ...«

Wintanso strich ihr tröstend über das Haar und hielt sie fest in seinen Armen, beide den Blick durch das große, runde Fenster auf den Ozean gerichtet, in dem die Sonne nun beinahe versunken war.

»Anna, du musst wissen, dass durch deine Reise zurück genau dasselbe passieren wird, was auch auf der Hinreise geschehen ist.«

Anna schreckte hoch. »Heißt das, ich kann mich an das hier, an meine Reise und Suche durch das Traumland ... an dich ... gar nicht mehr erinnern?«

»Ja«, antwortete Wintanso und seine Mimik war ein

Spiegel ihres Schmerzes, den Anna bei der Vorstellung, Wintanso zu vergessen, empfand. Sie konnte ihre Tränen nicht mehr zurückhalten. Sprachlos blickte sie durch einen Tränenschleier in seine warmen braunen Augen.

Mit einem Mal zitterte Anna am ganzen Körper, sie sprang auf und begann laut zu schluchzen. Wintanso drückte sie, so fest er konnte, an sich, ohne ihr dabei wehzutun. Ihr Leid war auch sein Leid. Für diesen Moment gab es einfach nichts, was es zu beschönigen galt.

»Anna, das hat einen Sinn, glaube mir. Wenn du dich an all das hier erinnern könntest, würde es irgendwann aus dir herausbrechen und die Menschen um dich herum würden denken, du wärst verrückt! Es ist zu deinem Schutz!«

»Aber warum dann das alles, warum bin ich in dieses Land gekommen, wenn ich nichts, nicht einmal die Erinnerung daran, mitnehmen kann?«, fragte sie mit tränenverzerrter Stimme.

Für einen Moment schwiegen beide, der Halt durch Wintansos Arme half ihr, wieder ein wenig zur Ruhe zu kommen, und die Schönheit des ersten Abendsterns am Horizont erinnerte sie an den Sternenhimmel bei sich zu Hause. An den Ort, wo alles seinen Anfang nahm.

»Ich habe die Erinnerung an meine Träume in diesem Land wiedergefunden – und ich werde auch dich nicht vergessen!«, sagte sie entschlossen und zog Wintanso näher an sich heran. »Niemals, niemals werde ich dich vergessen! Mir wird einfallen, was ich tun muss, um mit dir in Verbindung zu bleiben, auch wenn wir in zwei verschiedenen Welten leben.«

»Es wird so ähnlich wie mit einem schönen Traum sein«, setzte Wintanso fort. »Du wachst auf und anfangs ist alles noch da, doch dann verblassen die Bilder sehr rasch. Nach und nach werden die einzelnen Szenen abreißen ... außer ...«

»Außer was?«, unterbrach ihn Anna ungeduldig.

Die Müdigkeit war nun in all ihren Gliedern zu spüren. Das Rot der untergehenden Sonne war einem tiefen, samtenen Blau gewichen.

»Außer du vertraust darauf, dass unsere Liebe und Verbindung weiterhin bestehen bleibt und dich ein Leben lang begleiten wird. Wenn du, egal was dich in deinem Leben auf der Erde erwartet, zulässt, immer wieder innezuhalten, dann werden Bilder aus dieser Welt an die Oberfläche kommen ... deine Erinnerung wird stärker und stärker und du wirst einen Weg finden, wie du sie lebendig werden lässt ...«

»Wie soll das gehen? Wenn ich mich doch nicht erinnern kann?«, frage Anna beinahe panisch. Sie spürte, wie ihr die Zeit davonrannte.

»Ich weiß, Anna, das ist so schwer zu begreifen, aber die Liebe, die du in dir trägst, wird sich zu Wort melden, irgendwann, immer wieder, wenn du es am nötigsten brauchst, wird sie zu dir sprechen und dir einen Teil aus deinen Erinnerungen aus dem Traumland zeigen.

Du hast hier so viel Mut und Anstrengung bewiesen. Ich bin mir ganz sicher, dass du es schaffen wirst. Wenn der richtige Moment dafür gekommen ist, alles in seiner Ganzheit zu erfahren, wird es geschehen.«

Anna nickte, sie begann alles zu verstehen.

»Wie ist das mit Sofie, wird es ihr auch so gehen wie mir?

Wintanso schüttelte den Kopf. »Nein, Sofie hat zwar auch den Blick für das Unsichtbare und Unmögliche. Du verfügst jedoch über den ungebrochenen Willen, der dich und sie letztendlich vor der Verlorenheit gerettet hat. Sie war deine Begleiterin auf einem Stück deines Weges durch das Traumland, auf der Suche nach eurer Erinnerung, die letztendlich zu dir selbst geführt hat. Sollte sie sich jemals an ihre Erlebnisse hier erinnern, dann nur durch deine Hilfe.

Vielleicht in vielen Jahren, jetzt wird alles für sie wie vorher sein, außer dass sie das Gefühl eines tiefen, erholsamen Schlafes haben wird, wenn sie erwacht.«

Anna fasste nach Wintansos Händen und legte sie auf ihr Herz. »Versprich mir, dass das wahr ist! Sag mir, dass unsere Liebe stark genug ist ...«, flüsterte sie und blickte ihn eindringlich an. Sie fühlte, wie sie den Kampf gegen die Müdigkeit nach und nach verlor, immer wieder fielen ihre Augenlider zu. Wintanso schmiegte sich an sie und legte seine Arme um sie.

»Ich folge dir, Anna, wohin du auch gehst, ob du es weißt oder nicht, ob du mich jemals sehen wirst oder nicht, egal wohin, egal wie weit, ich bin da, im Licht und in der Dunkelheit. Ich werde dafür sorgen, dass du deine Erinnerung an deine Träume niemals vergisst ...« Das waren die letzten Worte, die Anna vernahm, als sie schließlich in einen tiefen, festen Schlaf verfiel.

Kapitel 41 – Erinnerung

Es war der Gesang einer Amsel, den Anna als Erstes vernahm, als sie die Augen öffnete und sich streckte. Der Himmel über ihr war hellblau, mit kleinen weißen watteartigen Wolken, die vom Morgenrot in ein zartes Rosa getaucht waren. Die Berge blitzten im goldenen Sonnenlicht und die Luft roch frisch und klar nach Sommermorgen.

Anna wickelte sich aus ihrer weißen, weichen Decke, in der sie wohl letzte Nacht im Liegestuhl beim Sternschnuppenschauen eingeschlafen war, und tippte Sofie an, die gerade erwachte.

»Guten Morgen!«, begrüßte sie ihre Mutter, die mit zwei Tassen warmem Kakao durch die Terrassentür geradewegs auf die beiden Mädchen zukam und sie vor ihnen auf den Holztisch stellte. »Ihr habt letzte Nacht so fest hier draußen geschlafen, dass ich es nicht übers Herz brachte, euch wachzurütteln, als ich nach Hause kam.«

»Ja«, antwortete Anna. »Wir haben eine wunderschöne Sternschnuppe gesehen, und als wir uns etwas wünschten, sind wir wohl eingeschlafen.«

»Hm, das muss so gewesen sein«, meinte Sofie, stand auf und legte ihre Decke zusammen. »Ich habe so gut wie schon lange nicht mehr geschlafen ...«

»Gut!«, stimmte ihre Mutter lächelnd zu und lief bereits wieder ins Haus zurück. »Wenn ihr gefrühstückt habt, kann ich eure Hilfe brauchen!«

Anna nickte, sie konnte es sich nicht erklären, aber sie sah für einen Bruchteil von Sekunden Wesen, Länder und Klänge, die sicherlich nicht von dieser Welt waren. »Ich hatte einen sonderbaren Traum ...«, begann sie leise.

»Erzählst du ihn mir?«, fragte Sofie neugierig, die versuchte, ihre Haare mit einer Spange zu bändigen.

»Vielleicht später einmal ... jetzt müssen wir uns anziehen, die Umzugsfirma kommt gleich.«

Sofie blickte Anna ernst an. »Ja, du hast recht, wir müssen los, es ist Zeit.«

Anna nickte. Sie war überrascht, wie ruhig sie innerlich war. Die Trauer über den Verlust ihrer kleinen Familie war nicht mehr zu spüren. Sie hatte das Gefühl, dass alles so richtig war, wie es jetzt war. So sprang sie von ihrem Stuhl auf und nahm die Decke unter den Arm, blickte noch einmal in den Garten zurück.

»Es ist Zeit, Abschied zu nehmen ...«

Noch am gleichen Tag zog Anna mit ihrer Mutter in ihre gemeinsame Wohnung, die im obersten Stockwerk eines Bergbauernhofes, etwas außerhalb ihres bisherigen Wohnortes, lag. Nachdem die meisten Kisten verteilt und die Nacht hereingebrochen war, zog sich Anna in ihr Zimmer unter dem Dach zurück. Sie stieg die Sprossen einer Holzleiter nach oben in ihr Hochbett, das direkt unter einem großen zweiflügeligen Holzfenster angebracht war. Mit einem Stoß öffnete sie es und atmete die wohltuende Bergluft ein. Erleichtert, den Umzug und Abschied endlich hinter sich gebracht zu haben, ließ sie sich in die Decke und Daunenkissen rücklings fallen.

»Wow, was für ein Ausblick!«, stieß sie staunend hervor. Sie konnte von ihrem Bett direkt den Himmel betrachten, der von unendlich vielen goldenen Sternen übersät war. Eine Weile ließ sie diesen Anblick auf sich wirken, dann sah sie ihn ... den Sternenbogen. »Unglaublich ... diese Sterne lassen sich verbinden ...«

Für einen Moment schloss sie die Augen. Als sie sie wieder öffnete, war die Sternenformation noch immer da, es schien ihr sogar, als leuchteten diese Sterne noch heller als der Rest am ganzen Nachthimmel.

Da griff Anna nach ihrem Tagebuch und einem Stift. Der Sternenbogen hatte sie inspiriert. Sie wollte ihre Gedanken und Gefühle loswerden. Sie überschwemmten sie innerlich in einer Fülle, dass sie nichts anderes tun konnte, als sie staunend zuzulassen. Dabei fühlte sie eine Wärme und Leichtigkeit, die sie von innen heraus erfüllte und ein Lächeln in ihr Gesicht zauberte.

Mit der Absicht, ihre innere Welt sichtbar werden zu lassen und ihre Träume niemals zu vergessen, schrieb sie die ersten Zeilen in ihr Tagebuch:

Erinnerung an die Träume

Es war fünf Minuten vor Mitternacht ...